四月的丁香

——張振剛中短篇小說集

張振剛　著

前言

2007 年 4 月初的一天晚上，我半躺在床上享受臨睡前夜讀的美好時光。快十一點了，陣陣睡意襲來，我便闔上書準備就寢。這時，床頭的電話鈴聲突然響起，深更半夜的，這是哪路神仙啊？

拿起電話，聽筒裡是一個陌生男子渾厚的聲音。他說：「您是張振剛老師嗎？我是北京亞洲世紀影視文化發展有限公司的，我叫王寶德。您的中篇小說《摸奶之辱》我們很感興趣，計畫改編成電影拍攝作品。不知張老師是否同意？如蒙同意，我們馬上發傳真給您，簽訂包括委託書在內的合約。」

我當然同意。但是，合約簽了也就簽了，下文沒有。簽約時間是 2007 年 4 月 11 日。

朋友們早就警告過我，觸「電」危險。其實，四年前我自己已經有過類似的經驗。那是 2005 年 6 月，我的長篇小說《情事陳跡》為北京天地琢石影視投資公司選中（他們計畫拍攝二十集電視連續劇），簽訂了為期五年的授權期限合約書，並且付給了作者權利金（可見其誠心誠意的程度）。現在離合約期滿還有一年多一點時間，拍攝方還是「砧板不響貓不叫」。會不會在最後一年投入拍攝呢？恐怕難說。

這就是所謂的觸「電」危險；因為一部影視劇上馬與否，其中主客觀的變數實在是太多了。世事總是這樣的，這叫無常。無常就是常。

　　我之所以嘮嘮叨叨訴說這些，是想說，我的小說也許還有被閱讀的意義。這也是在純文學市場不景氣的現狀下，我還有勇氣選出主要是近十年來創作發表的幾個中短篇小說集起來付梓的理由。

張振剛

2009 年 5 月 8 日

目次

翡翠胸飾

一

世上有一類被稱作冷人的人。所謂冷人,無非形容其為人冷靜,冷淡,乃至冷漠。自從曹雪芹先生將貴族少女薛寶釵標為冷人,這冷人二字就有了非可言說的旖旎和詩意。「任是無情也動人」,不是嗎?

可是我的朋友溫緘默雖是個冷人,卻是個男性,也缺少詩意,倒並不乏熱情。這也許要怪他的父母。據說他的父母就因為太過熱情,太過饒舌,從而招致了半生的分離和艱辛,所以當溫緘默呱呱墜地時,他的父母不約而同地為他起了這麼一個半是箴規半是誓言的名字。而溫緘默也真的很聽話,從小到大他的嘴巴的基本功能也就用於進食,以致初次接觸他的人疑心他會不會是個啞巴。

然而溫緘默身上最引人注目的也是這張嘴巴了。他的嘴很闊,嘴唇很薄(奇怪,常識是嘴唇厚口訥,嘴唇薄巧言令色)。由於這一闊一薄,感覺裡他的兩個嘴角直插腮幫,非常之扁。幸而他不大說話,否則嘴巴一定可與鯰魚比美。他進食的時候,你可以見識他的牙齒,那是兩排雪白、整齊、勻稱的好牙。見識了這滿口堅直的好牙,你會覺得難怪他會如此沉默寡言吧。其次是他的眼睛。他的眼

睛不大，但黑得有些鋼藍，很亮，使人相信他的智慧他的溫情全在這一雙閃著藍光的眼睛裡了。

溫緘默雖不苟言笑，喜怒不形於色，但這並不妨礙他有許多朋友，也不妨礙他時常參加朋友間的聚會。究其原因大概有二：一是他的手特別巧，一切日常生活上的活兒他都懂，都拿手，尤為精通的是家用電器，無論收錄機、電視機、VCD，也無論冰箱、空調、洗衣機，他都會安裝維修，而且手腳麻利。二是他性情隨和，對朋友盡心，朋友有什麼事需要他幫忙，不管清早還是深夜，可以說隨叫隨到。比如前年夏天，那個炎熱勁是近幾年少見的，我住的是六樓頂層，室內氣溫平均都在 35℃ 以上，只好全天 24 小時開足空調。不想有一天晚上那臺松下突然發生故障，沒法子只好撥通緘默家的電話。我在電話裡支支吾吾有些不好意思，他在那一頭只說了三個字：「我就去。」那天他咬著手電筒幹了將近半個小時，把空調修好了。當他爬上陽臺時，渾身就跟水裡撈上來一樣了。我和我父母感激得不知說什麼好，緘默只笑笑，咕咚咕咚喝完一瓶農夫山泉，拎起工具袋走了。

你想，像這樣的人他會沒有許多朋友嗎？於是溫緘默就常常列席朋友的聚會。說列席，是說他雖參加聚會，除了吃喝，很少用嘴巴來說話，至多有時候很淡地笑笑。

有一天晚上，我們在商貿大廈浣紗廳聚會。那次是我們的老大岑建國請客。岑是我們高中時代的同學，近幾年搞皮革服裝發了財。他長得人高馬大，可說是非常帥氣，這幾年又在生意場中捶打，練就了一張好嘴。他熱情大方，出手又很闊綽，所以男女朋友一大幫。

可是至今他未曾結婚,當然女朋友是不會少的(其中也不乏同居者),但他都不滿意,用他的話說是檔次太低。最近他認識了九曲區的一位小學老師沈辛荑,正熱烈地追求她。這次聚會是他追求鏈上比較關鍵的一環(他電話中約我時就這麼說的),所以我們大家都樂意推波助瀾。溫緘默也被邀約了。按說溫緘默又不會湊趣,這我明白老岑自有他的小算盤。你想溫緘默的沉靜冷漠,不正好反襯老岑的熱情洋溢嗎?看來老岑不僅得意於商場,也得意於情場;他懂得女人的喜好,也懂得陪襯的重要。這是一個熱鬧、開放、崇尚富有又充滿競爭的時代呀!

我們包訂的浣紗廳不很大,但相當雅致豪華,服務十二分的到位,因而非常之舒適。我們三男三女一共六人。不知是不是由於主題太過鮮明,男的中間岑建國顯出第一流的出眾,女的中間嫵媚清婉的的確確要數沈辛荑了。我只知道這位沈小姐出身世家,父母都在天津一所大學裡教書,她現在和祖母住在一起。沈辛荑的長相如果分開來看,眼睛不算水靈,嘴巴不算小巧,可是一合起來,整體就非常的美麗動人;尤其是耳鬢,柔亮的黑髮,潤澤的腮頰,氤氳流動的那一脈青春雲霞更是奪人心魄。難怪岑建國要為她魂不守舍了。

聚會按常見的方式進行,既熱烈又輕鬆。岑老大不愧情場老手,他談吐瀟灑得體,勸酒又殷勤又自然;陪客們呢,也推波助瀾得不著一點痕跡。正如岑建國預謀的,溫緘默的反襯也十分成功。總之,少女沈辛荑這一晚非常開心。沈辛荑開心,岑建國就信心百倍了。後來不知怎麼,話題扯到珠寶首飾上。從金銀扯到寶石,又由寶石,紅寶石,藍寶石,貓兒眼,變石,祖母綠扯到

翡翠。岑建國大概覺得火候到了，話音裡就透出要送沈小姐一件首飾的意思。沈辛薇不置可否地嫣然一笑，卻說起自己佩戴的一件翡翠飾物來。她一邊說，一邊從豐滿的胸口把那件翡翠胸飾挖出來給大家賞鑒。

那是一枚雕成茄子形狀的橙紅色翡翠，色彩豔麗，明淨如水。借來放大鏡細看，茄蒂茄紋都鏤刻得十分精細；蒂紐上一個小孔，就穿了一根紫絲色的絨線。

對於翡翠，包括岑老大在內差不多全是外行，大家只一味上品極品地亂讚一氣。這時棗嘴葫蘆溫緘默開口說話了，他說：「這翡翠不能算上品，這是老種的醬瓜地，不過也算不錯了。」

他說出的話彷彿從抽屜裡取出來一方素帕，又整齊又平常，大家根本就沒在意。可是沈辛薇卻注意了，她亮起一雙杏眼望了望溫緘默，說：「喲，原來溫先生是行家呢！我聽我奶奶說過，是叫什麼老種醬瓜地。」

岑建國就給了溫緘默一拳，說：「緘默，真有你的！」說著，他就勢兒又把話題往贈送上引。

這時女客中一人在沈辛薇耳邊咕噥一句，於是三位女性就起身上了一趟洗手間。

趁她們不在，我們狠狠地挖苦了一通岑建國。老岑笑著抱拳致謝，答應事成之後一定重重報答。眾人還不依時，三位女性回來了。可是在這之後說起了別的話題，岑建國再也找不回贈送首飾的機會了。

又坐了一會兒，沈辛薇開始不安地抬腕看錶。這個動作叫岑建國捕捉到了，他沉吟了一下，就在我耳根咬了一句，我於是說：「老

岑，時候也不早了，沈小姐是老師，明兒怕是要早起的，不如我們就散了吧，反正以後有的是機會。」

兩位女伴就挽著沈辛荑站起身，笑笑說：「那就謝謝岑老闆啦。」

岑建國瞄一下沈辛荑，說：「什麼話？求小姐們賞光還求不來呢。老張、老溫，我們送送小姐們。」

他的話音剛落，沈辛荑忽然輕輕「咦」了一下，兩道細眉一皺一紅（憑我的經驗，漂亮女人心裡激動時，她眉毛下的皮膚會突然泛紅），卻露齒一笑說：「我的胸飾丟了。」

二

在上一節文字中我故意忽略了一位女性，就是她們上洗手間前，在沈辛荑耳邊咕噥一句的那一位。她名叫姜麗娜，是沈辛荑的小姐妹。岑建國認識沈辛荑，就是由於姜麗娜的關係。姜麗娜的丈夫一年前去了西藏，現在她一個人生活在這座城市，感到無比的寂寞。

第二天一早，岑建國按響了姜麗娜單元房的門鈴。

姜麗娜蓬鬆著頭，一邊扣著褲子上的襻紐出來開門，一邊打著哈欠問：「誰呀？大清早的。」見是岑建國，她扁扁嘴說：「是你。」說完，重新回到床上。

岑建國跟進房，在床邊的一張沙發上坐下，說：「麗娜，是妳調的槍花吧？」

姜麗娜連連打著哈欠，她鑽進被窩，閉上眼，沒有回答。

　　岑建國點燃一支煙，吸了一口說：「麗娜，一定是妳調的槍花。」說著起身去扳她的肩膀。

　　姜麗娜一掙說：「誰調什麼槍花了？你煩不煩！」

　　岑建國把她的膀子一掀說：「婊子！妳小心點！」說著轉身走了。

　　姜麗娜一下從床上爬起來。她赤著腳追出去拉住岑建國說：「建國，建國，你不能扔了我！我，我哪樣不及她姓沈的？我懊悔不該讓你認識她。」

　　岑建國笑著搖搖頭說：「看看，看看，醋勁兒又來了不是？我總不能一直跟妳這麼不清不白吧？」

　　姜麗娜說：「我離了嫁給你。」

　　岑建國凶起來，直問到她臉頰上：「離，離，還要說離！妳離得了嗎？」

　　姜麗娜哭了，說：「這個該死的，我要離，他就跟我拼命。你，你叫我怎麼辦呢？」

　　岑建國緩和了口氣說：「所以，麗娜，我們只能分手。」

　　姜麗娜十分委屈，十分傷心，她說：「建國，其實我早想通了，可我這心裡就是放不下你。」說著，眼淚又止不住地流下來。

　　岑建國說：「麗娜，我不早跟妳說了？不管怎麼樣，我們還是好朋友嘛。」

　　姜麗娜無奈地望望岑建國，從床頭拾起一塊紗絹抹抹眼淚說：「沈辛薇的胸飾是我拿的。不過，我這其實是為了你。」

　　岑建國不懂了，他說：「妳，妳這是什麼意思？」

姜麗娜不屑地撇撇嘴。她走到窗前，拾起梳子一下一下地梳理頭髮，一邊說：「舊的不去新的不來，你不是想送她一件首飾嗎？」

岑建國摁滅煙頭，奔過去一把摟住姜麗娜說：「麗娜，我的小乖乖，我怎麼就沒想到這一層呢？」一面說一面就在她身上亂摸亂吻。

三

再過一天就是週末了。這天下午，岑建國叩開了老城區杏林街9號沈辛薁家的門。

這是一幢明末清初的建築。站在小小的石板天井裡，正面是小小三間廳樓，身後是青灰色水磨磚門樓，門樓上有四個浮雕的篆字門額道：「庭槐覆蔭」。

一位滿頭銀髮清癯整潔的老奶奶倚著長窗問：「先生，你有事嗎？」

岑建國笑容滿面地向老奶奶問好，說：「我找沈小姐有點小事。沈小姐她在家嗎？」

老奶奶打量著岑建國，笑了一下，轉過臉向內喊道：「薁薁，有先生找妳。——她在樓上自己房裡呢。」

岑建國走進廳房，只見當廳的屏門上掛一幅帶聯的老壽星畫；天然几上有一隻半圓形的很陳舊的羅馬字鐘；鐘邊立一個同樣陳舊泛著紅光的竹雕筒插，筒插內插了一個很大的雞毛撢帚。天然几前是一張暗紅的八仙桌，桌子兩邊各有一把同樣暗紅的靠背椅。此時有一束陽光正通過落地長窗落在廳正中的方磚地上，那幾塊方磚便

閃起嫩青的接近半透明的光澤。岑建國覺得這裡的空氣寧靜得有些粘稠，也有些甜味。這使他一下子有些適應不了，同時又有些異樣的親切。

老奶奶說：「先生，你請坐。你是……」

岑建國坐下了立刻又站起，他恭恭敬敬地回答說：「我是沈小姐的朋友。」

老奶奶一邊示意岑建國坐，一邊繼續打量他。岑建國覺得老奶奶打量他的目光多少含有些欣賞的成分，這使得他的心彷彿拌上了蜜糖。

沈辛薆從樓上下來了。沈辛薆一下來，老奶奶便進了東邊的廂房。

岑建國站起來說：「沈小姐，那天不好意思，害妳丟了胸飾。」

沈辛薆說：「沒關係。只是我覺得丟得有些蹊蹺。」

岑建國說：「是啊，我也覺得挺奇怪的。按說不會吧，可它就是丟了。不過丟了也就丟了，事後我向人請教過，說那翡翠並不算十分名貴的。我本來就希望能送沈小姐一件禮物的，只是不好意思開口。這樣一來，就使我有了贈送的理由了。我今天來，就是為了了卻這個心願，希望沈小姐不要推辭。」

沈辛薆笑笑說：「算是賠償嗎？」

岑建國說：「不不不，沈小姐別誤會，我不是這個意思。朋友之間嘛，妳丟了一件首飾，妳又很喜歡的，我就送妳一件也是應該的。」

　　岑建國一邊說，一邊從挺括的西服內袋裡掏出一個墨綠色絲絨面的首飾盒。他打開盒蓋，裡面是一塊由細白金鏈子穿起來的翠綠晶瑩的雞心翡翠胸飾。

　　沈辛羨把翡翠胸飾托在掌上，又舉起來對著日光照照，把它放回盒內，說：「這恐怕是老種清水地翡翠，價格一定相當昂貴吧？」

　　岑建國說：「不算很貴，不算很貴。」

　　沈辛羨把首飾還給岑建國說：「我不能接受。」

　　岑建國有些慌了，他說：「沈小姐，這是我的一片心意。我的心難道妳還看不出來？」

　　沈辛羨笑笑說：「你的心意我當然明白，只是我們恐怕還未到那個份兒上吧？」

　　岑建國有些著急，說：「怎麼會呢？我們交往也有些日子了，難道……」他想說，難道妳還感覺不出我多麼喜歡妳，但這麼說他知道絕對未到那個份兒上，於是他拐個彎兒說：「小沈，妳最終一定會懂得我的心的。」

　　沈辛羨依然笑著說：「也許吧，但不是現在，現在還不行。再說儘管這翡翠比我丟的高檔，但那是我家祖傳舊物。我奶奶還不知道呢，她要知道我把它丟了，不定怎麼埋怨我呢。」

　　聽她這麼說，岑建國不由得在心裡痛罵了一聲姜麗娜：臭婊子！他嘴上卻說：「沈小姐，妳放心，我想我會想法子把妳丟的翡翠給找回來的。我保證，不出三天，我准把它交到妳的手裡。」

　　沈辛羨就說：「是嗎？那我太謝謝你了。」

四

從沈辛荑家出來，岑建國就急不可待去找姜麗娜。走進姜的房間，只見她一個人坐在床沿上發愣。

岑建國說：「妳發什麼神經？快，快把沈辛荑的胸飾給我。妳不知道，妳做了一件多蠢的蠢事！沈辛荑她根本就不願接受我的饋贈。她說得對，我們是還未到那個份兒上。」

姜麗娜彷彿沒有聽見，依然一動不動地坐著。

岑建國不由得提高嗓門，說：「跟妳說話哪！聾了？」

姜麗娜這才抬起頭，望一眼岑建國說：「建國，那件胸飾丟了。」

岑建國一把抓住她的胸脯說：「什麼，丟了？妳把它戴出去了？」

姜麗娜說：「我沒戴，我放在梳粧檯的抽屜裡的。今天早起我是想戴它的，可拉開抽屜一看，沒了。」

岑建國就勢一掀說：「妳再找找，興許混放在別的什麼地方了。」

姜麗娜搖搖頭說：「我記得清清楚楚，就放在梳粧檯靠右邊那個抽屜裡，跟幾支唇膏放在一起的。」

岑建國狠狠地瞪一下姜麗娜，自己到梳粧檯去找。他一邊翻尋一邊咕噥：「好好的怎麼會丟呢？」

翻了一陣，並不見胸飾的蹤影，岑建國把抽屜碰得山響說：「妳這臭娘子，一定是妳揚寶露了眼了。」

姜麗娜挺委屈，她說：「我發誓，我真沒戴出去，一直就放在那個抽屜裡。」

岑建國說：「真沒露過眼？」

姜麗娜說：「真沒。」

岑建國沉沉吟吟地說：「這可怪了。怎麼辦？我已在她面前誇下海口，說不出三天把原物找還她呢！臭婊子，妳這不是存心拆我臺嗎？」

姜麗娜說：「建國，我真心想幫你的。你知道我有多愛你。是哪本書上說的，愛一個人就意味著犧牲自己；愛一個人就要克制自己，為他的幸福著想。建國，我真的想幫妳呢。」

岑建國怨恨地望望姜麗娜，說：「幫幫幫！妳這不是幫倒忙嗎？」

姜麗娜說：「要不，我去跟小薐說清楚？」

岑建國很煩地揮揮手說：「拜託，拜託，請妳不要再給我添亂了。」

五

杏林街 9 號，沈家老宅。

就在岑建國離開之後，又一個男子叩開了沈辛薐家的門。

滿頭銀絲的老奶奶依然倚著長窗問：「先生，你有事嗎？」

來人笑笑，點點頭，算是回答。

老奶奶打量著那男子又問：「找我們家薐薐的？」

來人再次點頭，並且走進了廳房。太陽已經西斜，西斜的陽光灑在一大片方磚地上，使得原本青灰的地面蒙上一層水濕似的橙紅。來人感受不到這裡的靜穆氣氛，他只覺得這裡的空氣很適合他。他覺得此刻他的心情無比的恬淡，熨貼。

老奶奶說：「先生，你請坐。你是……」

來人很隨便地坐到看柱邊的一張紅木椅上，笑笑說：「我送東西來的。」

老奶奶說：「給我們家蘔蘔？」

回答是點一下頭。

老奶奶就笑一下，轉過臉去朝內喊道：「蘔蘔，有先生找你！」說完，她進了東邊的廂房。

不一會兒，沈辛蘔從樓上下來。走出屏門，她有些遲疑地望了一下來人，說：「先生，你找我？」

來人點點頭，站起身，臉色同時鄭重起來。

沈辛蘔說：「對不起，我不認識你。」說完，轉身要走。

來人不慌不忙地說：「沈小姐，這是妳的東西吧？」說著，他從兜裡掏出一件橙紅色的飾物。

沈辛蘔疑疑惑惑地回過臉，看見來人手裡托著的東西，她的兩眼放起光來。她說：「翡翠茄子！」

來人說：「物歸原主。」

沈辛蘔快步過來，從來人手裡接過翡翠胸飾，睜起一雙杏眼，細細地打量起他來。半晌，她哦了一下，說：「你是溫緘默先生？」

溫緘默從未這麼舒心地笑出了聲，他說：「是我。沈小姐的記性真好。」

沈辛蘔有些難為情，她說：「溫先生，不好意思，坐，快請坐。我給你拿飲料去。」

溫緘默重新坐回到椅子上。這時他就有了閒心來欣賞壁上的字畫，其中有一幅字他認為很有意思，那字是：「詩人老去鶯鶯在，公子歸來燕燕忙。」

沈辛荑取來兩罐娃哈哈鳳梨汁，遞一罐給溫緘默，將自己的一罐打開，示範似地喝一口，說：「溫先生，請喝水。」

溫緘默沒一點點拘束，他很大方地打開飲料罐喝一口，又喝一口。

沈辛荑說：「不好意思，請問溫先生，這胸飾是怎麼找到的？」

溫緘默說：「沈小姐，失物既已找到，不問也罷。倒是聽說你家的冰箱出了故障，洗衣機的出水管也壞了。」

沈辛荑不免有些驚訝，她說：「溫先生是怎麼知道的？」

溫緘默笑笑說：「先別問，妳說是也不是？」

沈辛荑說：「這就有些奇怪了。我沒跟任何人說起過呀！」

溫緘默從身後挪過一隻帆布工具包，說：「走，領我瞧瞧去。」

沈辛荑嘴裡還在說：「這怎麼好意思呢？」事實上她已領溫緘默去了東廂房。

忙了將近兩個小時，冰箱洗衣機全都修好，而天色也已經很晚了。沈家祖孫倆再三讓溫緘默留下便飯，溫緘默也就不再堅持要走了。

溫緘默離開沈家之後，老奶奶對孫女兒說：「像這樣又老實又能幹的小夥子現在不多見了。荑荑，妳的眼力真不錯呢。」

六

令我們這些朋友感到意外的是，我們的大款老大岑建國費了九牛二虎之力終於沒有追到本地名媛沈辛荑。半年之後，沈辛荑卻與

粲嘴葫蘆溫緘默締結了良緣。尤其令我們感到意外的是，沈溫的喜事居然由岑老大一手替他們操辦，而沈溫岑三人臉色如常，似乎他們之間並未有過情感上的糾葛。

沈溫婚後日子過得挺平靜。他們買下了一套新的單元房，那是沈辛荑學校的房子，離老城區杏林街的沈家老宅不遠。這樣，溫緘默既能當好新房的丈夫，又能當好老屋的孫女婿，喜得老奶奶逢人便誇，說她得了個孫女婿賽似得了個孫子。

溫緘默因為顧著兩個家，就很少再參加朋友們的聚會了。況且他又不大說話，我們也覺得有他沒他差不了多少。我們也不大上他的家去，畢竟人家成了家了。只有岑建國例外，他還時常去他們單元房玩。因此姜麗娜背地裡就譏笑他：「都說狐狸吃不到的葡萄是酸的，他倒好，吃不到的葡萄反而更甜了！」

看來是有些反常。幾個月後這反常便有了不祥的端倪。最先感覺到這端倪的自然是溫緘默。

有一天，溫緘默發現沈辛荑的胸飾變了。她不再戴那枚祖傳的醬瓜地翡翠茄子，而戴了一枚細白金鏈子穿起來的老種清水地雞心翡翠。溫緘默並沒問沈辛荑。他心裡悶悶的。不過他悶不悶別人是看不出來的。

就這麼，他悶了有幾個月。一天下午，他來到東城區一個名叫龍梢的地方。所謂龍梢，是這裡保留有一段不長的彎彎的舊城牆，城牆腳下依勢有一溜老木板樓房，在木板房和城牆之間是一條同樣彎彎的十分狹小的石板老街。城牆、樓房、狹小的街道，使得這一處名叫龍梢的地方非常陰暗潮濕，城牆上長滿了粗粗壯壯的蕨草和碧青烏黑的

苔蘚。這裡從前算是城外，一直是貧民聚居的地方，現在住的大多是所謂「外來務工者」，他們的生活當然也擺脫不掉一個貧字。

溫緘默熟門熟路地來到其中的一幢樓。這樓的外觀尤其破舊，牆上的石灰差不多剝落殆盡，露出風蝕得像酥糖一樣灰撲撲的磚塊。溫緘默掏出一把自製的鑰匙，不費力氣就把門打開了。進屋後他用背輕輕將門闔上，停了停，眼睛就適應了屋內的黑暗。他小心地繞過屋內堆放的許多破爛什物，爬上一架咯吱作響的木板樓梯來到樓上。樓上就跟換了一個世界似的，裝修得十分考究，一式古樸的紅木傢俱，就連那一排明瓦的樓窗都整修過，破損的蠣殼片全換掉了。溫緘默想，這老岑真有本事，現如今還上哪兒弄打磨成的蠣殼去？

溫緘默就站在塗了立邦漆的樓板上四下搜看。沒費多少工夫，他就找到了他所要獵取的東西，那一枚用紫絳色絨線穿起來的老種醬瓜地翡翠茄子，就靜靜地躺在床頭櫃抽屜內的一隻玻璃圓盒裡。

溫緘默打開盒子看了看胸飾，然後闔上，把它放進口袋，打算馬上離開。這時只聽樓下一陣開門聲，隨後傳來男女說笑的聲音。溫緘默不免一陣心慌，卻還來得及覺得詫異。他想，今天是週二，她明明有許多課的呀。

走是肯定來不及了。溫緘默在房間裡轉了一圈，卻找不到可以藏身的地方。後來他只好鑽進靠牆的一張大床底下。

進房來的一男一女是岑建國和沈辛薆。沈辛薆把嫩紫色的小牛皮坤包一扔，同時將自己扔進了沙發裡。岑建國脫掉外套就過來摟住沈辛薆，他說：「喂，妳猜猜，今天我約妳出來是幹什麼？」

沈辛荑一撇嘴說：「你還會有什麼好事嗎？」

岑建國一陣心癢難撓，他迅速地在她臉頰上啃了一口說：「好事？對，的的確確是好事。荑，妳難道不想我嗎？」

沈辛荑就哧的一聲笑了，同時又舉起拳頭，作勢要打岑建國。

岑建國躲著沈辛荑，一面說：「我的好小荑，別鬧了，我們說正經的吧。」說著，他攜了她的手一同走到明瓦窗前。他推開窗子，陽光便嘩一下湧進來，同時就照亮了那裡的一臺嶄新的灰藍色電腦。

岑建國說：「IBM X61，最新產品，功能齊全。荑，妳不是想擁有一臺電腦嗎？」

沈辛荑顯然很高興，隨即坐到電腦跟前熟練地操作起來。一會兒她抬起臉望著岑建國說：「你真是個鬼精。」

岑建國詭秘地笑笑，轉身打開矮櫃的茶色玻璃門，取出一疊光碟說：「這幾盤資料也許妳會更加喜歡。輸進去看看！」

沈辛荑不信任地望望岑建國，抽出一盤輸入了電腦，螢幕上立刻出現了色情的畫面。沈辛荑紅著臉伏身而笑了。

這時岑建國一把摟起沈辛荑說：「有了好老師，我會讓妳分外滿意的。」

七

溫緘默和沈辛荑終於分手了。不過提出離婚的不是溫緘默，而是沈辛荑。沒過多久，沈又結婚了，順理成章應當是岑建國，然而不是。更令朋友們感到意外的是沈辛荑的第二任丈夫不是別人竟是

我，一個有些窮酸的二流作家。沒想到吧？其實你們應當想到。對於沈辛荑，說句誠實話，我也是覬覦已久了。溫緘默給沈辛荑撿回來祖傳的茄形翡翠胸飾，岑建國則花了上萬元錢送給她一枚上品的老種清水地雞心翡翠胸飾。實際上我也送了，只不過我送的不是物質意義上的翡翠胸飾。不是嗎？

我和沈辛荑是在商貿大廈浣紗廳舉行的婚禮和婚宴，而這一切又都是老大岑建國替我們一手操辦的。那天姜麗娜顯得特別起勁。作為沈辛荑的伴娘，姜麗娜經過精心化妝，分外的俏麗風騷，光彩奪目。朋友們也來了，自然少不了打打鬧鬧，獨有溫緘默沒來，我就在心裡暗暗譏笑他的有失風度。可是當老岑他們鬧鬧嚷嚷將我們夫婦送人洞房時，他的一個眼神改變了我的看法。我就悟到溫緘默不來是對的，這也許正是他為人厚道的地方；反而是老岑，他真讓人不寒而慄。事實上，在以後漫長的日子裡，他對我的妻子一如既往地表現出不衰的濃厚興趣。

我不敢保證我能不能最終完完全全得到沈辛荑。對於她，我們——老岑、溫緘默和我都運用了智慧，或者坦率一點說，運用了計謀。（順帶說一句，在愛情問題上，恐怕很少有男人不使用計謀的。）但結果呢？岑和溫至少在目前未能完全得到她，我想我也不會有太大把握的。我想如果我和沈辛荑的婚姻能維持到「面朝大海，春暖花開」，也許就有希望了。讓我們拭目以待。

四月的丁香

姚黃魏紫

經歷了花季最初的情感波折之後，我的父親朱恫對我說：「憶憶，妳應當去一趟老家了。」就這樣，十五歲的我第一次離開北京，懷著傷心、落寞與惆悵的心情來到我只在夢中見過的故鄉。

在離京的頭天晚上，我與兩千里外的這個江南小鎮通了一次長話。電話的那一頭傳過來一個不像是五十高齡的女人的聲音，相反，那聲音好像滴著青春的露珠，非常之年輕；豈但年輕，而且浩瀚，像一瀉千里的江河。其中有一段話也許可以當作我日後記錄這次江南之行的小小序言。她說：

「十五歲是女人內省自己身體和情感的年齡，敏感、恣肆而飽滿。但這種內省同時缺少表述能力和理性力度，容易陷入迷亂和瘋狂。待到有一天年齡數位倒置，例如十五到了五十一，那麼我告訴妳，憶憶，從五十一歲的臺階穿越三十六年的時光迷霧重新審視時，十五歲的自己就有可能分外明媚鮮妍，大放異彩。」

置身在江南名鎮烏鎮西柵這幢名叫朱家廳的古老宅院不到二十四小時，我已從內到外與故鄉融為一體了；確切地說，是與這幢晚清建築、與堂姑朱憶融為一體了。

　　堂姑朱憶的傾訴欲和敘述能力是驚人的。僅僅一夜的長度，她已大致將她的一生完整地呈現在我的面前，使我對某些誇口說他的故事三天三夜也說不完的人產生了懷疑。也許精彩的敘述一夜即可。可是我實在是太疲憊了，這不免使朱憶的敘述大打折扣。好在以後的日子裡朱憶又不斷地重複了它，這如同生活本身，重複一點不令我們絮煩。

　　朱家廳遠近聞名，其實只剩下一幢花廳。前面幾進廳房早已傾圮、毀壞，現在成了斷垣與綠樹並存，瓦礫共花草俱榮的一個破園子。破園子後面就是這花廳。走進殘缺不全的灰色蝴蝶門，是一個小小的石板天井。天井東邊是一處起閣很高的廊房。廳房三間，方磚，天然几，雕花格的落地長窗，是茅盾小說裡常常見到的；朱家廳的特別之處在於，樓上也鋪設方磚，這為的是能使整幢宅院保持更多一些的寧靜。

　　我從靜夢裡醒來，現實同樣寧靜；北京和愛情已遠離我而去。一抹秋陽胭脂一樣塗抹在床前的方磚地坪上。堂姑朱憶上樓來了。

　　朱憶是一個五十歲的女人，卻滿頭青絲找不見幾根白髮，臉上也沒多少皺褶，可是她宣稱自己歷經兩次婚變，三次與男人同居，陰道已破損得無法修補。她走到床邊，仔細地端詳著我，半晌，她笑笑說：「憶憶，妳和年輕時的姑姑長得一模一樣。——怎麼樣，睡得還好吧？」

　　1966 年早春，朱憶剛滿十五歲，時任北京某機關黨委書記的父親千里迢迢送她到故鄉烏鎮這幢老宅院裡，把她託付給他的弟

弟，也即她的叔父。然後是敘述的省略。然後是她與堂哥朱悃套上了紅衛兵袖章。又是敘述的省略。然後是次年的春天，文革由鬥當權派漸漸向派性鬥爭轉移。這時候男性主角風度翩翩地粉墨登場了。

他叫姚黃，是朱悃的同班同學，這時已是鎮上小有名氣的某派頭頭。一天晚上，一場大雨過後，姚黃對朱悃、朱憶說：「手裡的活兒擱一擱，放鬆放鬆神經，出去搞條狗改善改善伙食怎麼樣？」

朱悃最佩服姚黃，可以說言聽計從。他抓過一根木棍說：「這主意不壞。」

朱憶說：「春天了，還吃狗啊？」

姚黃說：「朱憶，妳別怕。」

他們走進了無邊的夜色。有幽微的星光粉塵一樣落下來。苕溪漲水了，水聲聽起來像有一隊人馬在遠處奔騰呼喊。街道太窄了，屋簷水一不小心就滴到脖項裡，冷冽而又清新。

朱憶和姚黃走在一起；朱悃在前邊尋狗。

姚黃說：「朱憶，妳爸情況怎麼樣？該解放了吧？」

朱憶不知為什麼臉一熱，心怦怦地跳起來，她說：「我不清楚；我們好久不通音訊了。」

姚黃說：「別擔心，我想他會沒事的。」

朱憶直想要哭，但不是為父親；父親遠在北京，而她只被身邊的現實所控制。她說：「姚哥我……」

姚黃拍拍她豐滿尚欠火候的肩頭，再次說：「朱憶，別擔心。沒事的，沒事的。」

朱憶一把抓住姚黃的衣襟，有些發抖地說：「姚哥，我不要說這些。我……」

姚黃摟了摟她有些稚嫩的肩膀說：「別怕。朱憶，妳別怕。」

這時，前邊傳來一陣驚心動魄的狗吠聲。

姚黃提高嗓門說：「朱悃，打到了嗎？」

朱悃洩氣地說：「他娘的，好容易抓住一條，又讓它給跑了。」

然後他們來到觀音橋上。觀音橋是苕溪上的一座環洞石橋，橋體一側的石縫裡長了一株矮矮的油樹，油樹暗綠的樹冠散發出淡淡的樹葉清香；遠遠的轉船灣那邊有一點漁火在遊動。

朱悃說：「要不，弄幾條魚吃吃？」

姚黃說：「算了，也不一定非要搞到什麼。——走，瞧瞧馮志清去。」

順苕溪拐個彎，走進一處由從前的寶閣寺改建的倉庫。剛進門，就有一道強烈的電筒光刺過來，一聲石塊一樣的喝問也同時到達：「誰？」

朱悃說：「阿狗，是我們。」

阿狗過來領他們穿過一個天井，又轉了幾個彎，來到一間小平屋。這裡原是寶閣寺的方丈，幾經拆建成了不足十五平米的一間保管房，現在臨時用作關押室。阿狗吱一聲推開木門，就有一道渾濁的燈光像髒抹布一樣落到腳邊。

朱憶沒來過這裡。她一見屋內的情形差一點沒笑出聲來。

屋的正中，兩張由供桌改造的桌子拼成一個平臺，平臺上安一個很大的木板肥皂箱，一個男人像一隻烏鴉撲開翅膀趴在木箱上寫

著什麼。他的頭頂吊著一盞25瓦昏黃的電燈，滿屋裡因此鋪展開他投下的巨大的黑影。

一行人進門，他停下了筆，卻並不回頭。

姚黃說：「馮志清，你跑有什麼用，還不是給逮回來了？」

馮志清一動不動，一聲不吭。

姚黃又說：「交待寫得怎麼樣了？」

馮志清仍然不動也不吭聲。

阿狗火了，嗓門像打雷：「狗日的，聾了？啞了？問你話呢！」

朱悃說：「馮志清，負隅頑抗，只有死路一條。」

馮志清鼻子裡哼一聲，分辨不清算不算冷笑。

阿狗呼一下躍上平臺，一伸手一抬腿，馮志清就像紙片一樣飄落到地上。落地時當然不像紙，而像一袋米，沉重的一聲，就有紅色的漿液從鼻子裡嘴巴裡掛下來。

阿狗還要撲上去時，叫姚黃攔住了，他說：「不可以隨便打人！」

聲音搶先發自木門邊，那裡站著一個極其年輕的女人。她拎了一個罩著白毛巾的籃子，一條胳臂叫另一名看守拽著。

他們同時回過臉去，都愣住了。這女人好美！由於燈光的朦朧，她的美麗愈加生動，凡能招光的地方，比如牙齒，眉眼，臉頰，都生出撩人的光輝。

只有像阿狗這樣極粗鄙的人才無視美女，他又要衝過去了。姚黃似乎早有準備，已牢牢地拽住了他，卻拽不住他的嘴巴，一個下流的髒字像一口痰噴射了出去：「瘋×！」

×字只說了一半，他的臉上已重重地挨了一巴掌。鼻血和牙血照樣從阿狗的臉上掛了下來。

阿狗懵了，他捂住臉，結結巴巴地對姚黃說：「姚哥，你你你……」

姚黃不予理睬，一甩手走了出去。走過那女人身邊時，他似乎停了一下。但只是似乎了一下。

阿狗攤開兩隻大手對朱悃說：「悃哥，你看，你……」

朱悃笑笑，拍拍阿狗的肩膀，跟了出去。

離開時，姚黃吩咐兩名看守：「一、接長電燈線，換上40 瓦的燈泡；二、嚴加看管，改善看管態度，更不許隨便打人。」

朱憶把我帶進東屋廚房兼餐廳。她笑笑說：「憶憶，妳是吃早飯呢，吃中飯呢？」

我一聳肩說：「隨便。」

朱憶說：「按此地規矩，妳新來的第一個早上該吃白糖桂花細元子，還有熏豆茶。哦，桂花是今年新收的，熏豆也是剛熏得的。」

我說：「那就入鄉隨俗吧。」

朱憶笑笑說：「三十六年前，我剛來此地，也這麼認為的。」

我吃得很投入。元子很甜、很糯、很細膩，桂花很香；熏豆用青筍尖泡製的，很鮮，韌兮兮的很耐咀嚼，令人回味到青春時的稚嫩和豐盈。

吃完，朱憶說：「我領妳去附近走走，熟悉熟悉環境怎麼樣？」

我點點頭。

我們走進朱憶故事的背景裡，不是在那個愛意飄飛的黑夜，而是在秋光無限的下午。

走出老宅，向西望是一條狹窄的石板小街。小街兩邊是一幢緊挨一幢的兩層樓房，一式灰撲撲的木門木窗，所不同的有的是排門的，有的則是矮踏門的，而高高的屋簷一律俯出很多，以致天空成了窄窄的一條天河。向東望亦然，只不過向東伸展的街景更加綿長，有些像牛角一樣的彎曲，因而更加的幽深，就像一段歷史。

我們一邊走，朱憶一邊向我介紹。不久，樓房出現了斷裂，天地為之一亮：觀音橋到了。

古老的環洞石橋依然故我，橋體一側那株矮矮的油樹枝繁葉茂。我們上橋，朱憶平伸起一個手臂對著細細一條苕溪指指點點。我們下橋，朱憶對一條奔跑過來的白腳黑狗蹲下了身子。黑狗不住地搖著尾巴，用鼻子蹭她的衣裾。朱憶一下一下輕輕撫摸它油亮的皮毛，之後，她將它推開，站起身繼續往前走。那狗似乎猶豫了一下，又鬆鬆爽爽地跟了上來。

沿苕溪拐一個彎是一處住宅小區。朱憶站定身子一副猶猶豫豫的樣子，而那條狗又挨了上來。

朱憶說：「寶閣寺。」

我說：「寶閣寺？」

朱憶忽然有些慌亂，她說：「哦，不不，倉庫。」

我說：「倉庫？就是妳說的倉庫？」

朱憶再次慌亂地說：「哦，不不，現在是寶閣小區。」

我像是明白了什麼，朱憶也不再猶豫慌亂。她輕輕地對我說：「我領妳去見兩個人。」

寶閣小區是一處現代化的花園式住宅小區。小區內花圃草坪，小橋流水，十分的整潔清靜。朱憶領著我繞過一株被修成球狀的巨大的老虎腳背樹，停在了被標為 12 幢的一幢六層樓前。面對黑色防盜樓門，朱憶伸出一根手指。可是就在手指即將觸到電子按鈕板的一瞬間，她改變了主意。

她歎口氣說：「算了，不打擾了。」

那塊藍色按鈕板上標著兩排八個紅色按鈕。我不知道她想撳的是哪一個。

第二天晚上，姚黃決定親自審訊馮志清。

電燈線已經接長，不用再搭平臺了；燈泡也換成了 40 瓦的。馮志清恢復了人樣，見姚黃他們進去，他放下筆轉過身來。

他大約四十來歲，卻已兩鬢飛霜，因而臉更加的醬黑；一套洗得發白的藍卡其布中山裝整潔得差不多一塵不染。

姚黃問：「馮志清，交待寫得怎麼樣了？」

馮志清指了指桌上的一疊紙，沒說話。

朱�拿過那疊紙，一目十行地翻了翻，說：「沒有新鮮東西嘛。」

馮志清說：「我實事求是。」

朱恬說：「實事求是？那我問你，你是怎麼跟魏紫結的婚？」

馮志清顯得慌亂起來，他有點口吃地說：「這……這……這不是政治問題吧？」

姚黃說:「這是品質問題。品質問題也是政治問題。」

馮志清心虛地說：「我們是合法夫妻。」

姚黃說：「不錯，你們是合法夫妻。可在成為合法夫妻之前呢？你能說魏紫是心甘情願跟你結婚的嗎？」

馮志清說：「可以抽煙嗎？」

姚黃說：「隨便。」

但馮志清半天也未能點燃煙捲，因為他的手顫抖的厲害。

他終於將煙點燃，深深地吸一口，又吸一口。藍色的煙靄就困擾在他的腦際，使他的臉有些模糊，有些扭曲。

朱惘掇來一條長凳、一個骨牌凳讓大家坐下。他擺出一副聽書的架勢說：「馮志清，你應該詳詳細細地交待啊。」

馮志清狠狠地抽著煙，很快一支煙抽完，他又接上一支。他說：「我和魏紫年齡相差整整二十歲，我們——」

「老馮！」

門口出現了一個女人。女人關閉了馮志清敘述的閘門。她說：「這是個人隱私，而且其中涉及到我，你無權公開。」她鎮靜地踏著細步進屋，把昨晚見到過的那個罩著白毛巾的飯籃放到桌子上。

姚黃和朱惘似乎都讓她給鎮住了。

她說：「老馮，該吃晚飯了。」

馮志清望望姚黃他們說：「這，這……」

姚黃臉色鐵青，他站起身，慢慢向女人走去。

頓時，屋內的氣氛緊張起來。馮志清也站起身，他下意識用手護住女人，同時瞪大一雙恐懼的眼睛對姚黃說：「別難為她，請你別難為她。我交待，我⋯⋯交待。」

姚黃站到女人身後，高高地揚起一個巴掌，與此同時，他的身子逐漸前傾。當他的鼻子幾乎觸到她的頭髮時，女人撥掉馮志清的手，迅速地轉過身來。

兩人面對面地僵持了差不多有兩三分鐘，姚黃舉著的那隻手慢慢垂了下來，與此同時，他的腦袋也沉重地垂下了。

女人忽然捧住臉哭起來，並且很快地跑出屋去。

姚黃似乎有些擔心，他迅即抬起頭對朱憶說：「憶，妳去跟她一下。」

雨中的烏鎮撲朔迷離，好像一隻方舟。我和朱憶坐在廳上揀選後園新收的花生。

朱憶說：「憶憶，我見妳這幾天心情好多了。——擺脫他了？」

說實話，我沒有完全擺脫，但由於地域的距離和別人的故事，我已經輕鬆了許多。我於是說：「差不多吧。」

朱憶笑笑說：「我知道，擺脫並不容易，甚至你以為擺脫了，結果還是沒有；那也許要到很老的年紀甚至垂暮才能確知呢。」

我望她一眼說：「也許吧，妳是過來人。」

朱憶用手點一下我的額頭說：「鬼丫頭。」說著歎一口氣。

我說：「姑，女孩子總是柔情似水。」

沉默一下，朱憶說：「可不可以對我說說你們的事？」

　　我兩肩一聳，手一攤，說：「無所謂。其實我們挺簡單。我們是在網上認識的。他人很聰明，志向也很大，他說他要當中國的比爾・蓋茲。不久，我墮入情網。有一次我倆去香山，在一處農家小院，他說他想偷嘗禁果。我猶疑片刻就同意了。」

　　朱憶有些吃驚，說：「這麼簡單？」

　　我淒然一笑說：「是啊，就這麼簡單。」但是我哭了。

　　朱憶搖搖頭說：「荒唐！簡直天方夜譚。」

　　朱憶攙上了女人。她們走進一株據說唐代種植的銀杏樹下的一幢破房子裡。這是女人的臨時住所。房子雖然非常破敗，卻被收拾得乾乾淨淨。

　　女人給朱憶倒了一杯水，說：「同志，我沒事的。」

　　朱憶有些不放心，說：「魏紫，妳要放開些。現在不存在什麼隱私權了。」

　　魏紫望一下朱憶說：「妳說得對。」停了停又說：「其實沒有什麼，公開也沒有什麼。」

　　朱憶的心抖動一下，有一種感同身受的委屈由內向外奔湧，她一把抓住魏紫的手說：「魏紫姐，您真是心甘情願嫁與他的嗎？」

　　魏紫哽咽了一下，就有晶瑩的淚珠從眼角掛下來。她用手抹了抹，苦笑了一下。

　　魏紫說：「這其實挺簡單的。我們家成分不好，地主兼工商，馮志清是南下幹部，是縣上的領導。——妳明白了吧？」

朱憶說：「這麼說，他依仗權勢……」

「不不，」魏紫說，「那倒沒有。」魏紫說：「他當時剛從鄰縣調來，正好新喪了妻子，就有本地的一位婦女主任熱心地為他保媒。但介紹了幾個，他都不甚滿意。一次，他和教育局長視察當時我正在就讀的梅涇中學。梅涇中學是一所民辦學校，他們正在考慮將它轉為公辦。那天他們已經離開辦公室，向停在校門外的一輛吉普車走去。校長忽然想起忘了交給他們一份材料，而我正好有事去辦公室，校長就順手將材料交給我，讓我給送送過去。我當然不會拒絕。我隔著車窗把材料遞上時，馮志清望著我眼也直了，竟忘了來接材料。當時我覺得有些滑稽，就噗地一笑，把材料扔到他懷裡就跑了。」

魏紫說：「我根本不把這事放在心上，不久也就淡忘了。這年的冬天，我中學畢業了，學校也由民辦變為公辦，成為縣立第二中學，並且由春季招生改為秋季招生。我中學畢業後一直在家待著。當時要找一份合適的工作是很不容易的，何況我家的成份又這麼高。」

魏紫說：「春節過後，我的一些同學陸續參加了工作。一天，校長領了一位中年女同志上我家。校長介紹說，那女同志是教育局的人事科長。人事科長見到我的第一句話是——哦，姑娘，妳果然光彩照人。我被她說得莫名其妙。校長笑笑，告訴我和我父親，說學校轉為公辦以後，要招幾名教職員，教育局建議名單裡有魏紫。我和我父親既感到意外又感到高興。我一拍手說，那真是太好了！父親卻不無懷疑地看了他們一眼。人事科長說，當然，你們家的成份

是高了點。不過黨有政策，出身不由己，道路可以選擇的嘛。我們聽了就很鼓舞。」

魏紫說：「過了大約半個來月吧，學校都已開學了，招聘的事卻杳無動靜，我們以為這事肯定黃了。我父親成天唉聲歎氣，怨自己拖累了兒女。就在這時，教育局的那位人事科長又上我家了。這回她沒讓校長陪來，而是帶了一個跟我差不多年紀的女孩子。她們沒找我，而只找我父親。他們在書房裡唧唧噥噥談了半天，然後科長帶了那女孩就告辭了。事後，父親告訴我說，去學校工作的事因為家庭成分問題擱淺了，不過教育局還在爭取。人事科長替出了個主意，她說只要我改變一下現有處境，比如說找個革命幹部結婚，那麼，工作問題還是有希望解決的。就是那次，這位人事科長提到了馮志清。」

魏紫說：「我父親無奈地認為，這是女孩子走上順境的一個通例，歷來如此，但他不好作主，他讓我自己考慮。我母親不用說竭力反對。她說，我一個如花似玉的女孩子不能叫他山東粗漢糟蹋了，何況年齡相差又這麼懸殊。」

魏紫說：「人是抗不過社會，抗不過命的。我和馮志清見過幾次面之後，就把戀愛關係確定了下來。不久，我被學校招聘為教導員。又不久，我的父親被列為統戰對象，從此他就從一般地主分子中分離出來，成了民主人士。就在 1964 年的國慶日，我們結婚了。」

事實上，魏紫故意回避了一個細節。這個細節在馮志清那兒得到了補充。據馮志清交待，就在他們口頭確定戀愛關係到登記結婚

的漫長時段裡，某一天下午，在魏家的書房裡，膽大妄為的馮志清把魏紫給姦污了。馮志清解釋說，因為他隱隱約約察覺出魏紫有了中止戀愛關係的苗頭。

天空漸漸收住了雨腳，花生也揀選完畢。有一抹斜陽破開雲層落到天井裡，迷迷離離地好似潑了一地的檸檬汁。

我們走進破花園裡，享用著雨後清爽的空氣。

我說：「姑，妳還沒開始妳的故事呢。妳跟姚黃……」

朱憶說：「其實我的故事早已開始了。只不過我的故事依附在別人的故事裡，或者說我的故事隱藏在敘述的空隙裡。」

我說：「那姚黃對妳的態度呢？」

朱憶說：「他沒有態度。因為他並不知道我的態度。」

我有些納悶，說：「怎麼會呢？」

朱憶笑笑說：「真的，他不知道。也許直到今天，他還蒙在鼓裡。」

我有些吃驚了，說：「是嗎？真讓人不可思議！」

朱憶說：「我們不像你們這代這麼簡潔。妳一定認為很傻吧？」

我說：「是傻。」

朱憶感慨地說：「這是我們那一代人常犯的錯誤。」

轉眼到了這年的深秋，姚黃已捲入到無法擺脫的派性鬥爭。10月24日晚，鎮上的另一派搬來了縣裡的飛虎隊。他們籐帽鐵棍，揚言抓不到姚黃就要血洗烏鎮。

姚黃得到消息已晚，他對形勢作出分析判斷以後，立刻部署緊急疏散。姚黃、朱悒帶上朱憶準備轉移到鎮西柵外的東瑤里。那裡毗鄰吳興和江蘇，便於再度轉移。

朱憶畢竟太年輕，她雖然也有些緊張，但更多的是興奮，覺得這樣非常刺激，有些好玩。

傍晚，他們沿苕溪匆匆西行，穿行在幽深的西柵長街上。三里一條西街，幾乎碰不見一個人。老百姓得到風聲都早早關門睡覺了，當然睡覺只剩下形式。狗好像比平時多了不少，走不上半條街，已遇見好幾條了，卻是一律不叫。

他們終於來到市梢的通濟橋了。走過通濟橋就是無邊無垠的鄉村田野。通濟橋是座橫跨在苕溪支流上的很高很大的千年單孔石橋，它與近邊苕溪上那一座一模一樣的人濟橋相互依存、相互包含，構成聞名遐邇的橋中橋，是此地的一大特色景觀。他們此刻當然無心賞景。

站在通濟橋高高的橋頂時，深藍的天空明顯地一暗，就有四顆五顆黃色的星子從頭頂上跳了出來。朱悒兄妹已經下橋了，姚黃突然把他們叫住，說：「糟了，把馮志清給忘了。」

朱悒說：「誰還顧得上他呀！」

姚黃很堅決地說：「不行，得把他轉移出來。」

朱憶不無譏刺地說：「還有魏紫吧？」

姚黃說：「對，還有魏紫。」

提到魏紫，姚黃更加焦躁起來。他說：「該死！怎麼剛才沒有想到？」說著就要返回鎮上。

　　朱惘一把拉住他說：「姚哥，不行，太危險了。你這不是自投羅網嗎？」

　　姚黃說：「顧不了許多了，我得回去。」

　　朱惘眼裡閃著光，他盯住姚黃說：「姚哥，這值嗎？」

　　朱憶明白朱惘所說的值指的什麼。她忽然有些擔心。

　　姚黃堅決地說：「值。」

　　朱惘說：「那好，我替姚哥跑這一趟。」

　　姚黃說：「怎麼可以？還是我自己去吧。」

　　兩個男人就在橋上爭執起來。

　　朱憶眼裡噙滿了淚花。她拉住姚黃，有些悲壯地說：「別爭了。姚哥，你去確實危險，因為他們要抓的不就是你嗎？惘哥，你也不合適。我想，還是我去吧，我一個女孩子不顯眼的。」

　　朱惘想了想說：「也好。憶妹，妳要多加小心。」

　　姚黃一把抓住朱憶的手說：「憶，妳千萬要小心。我們就在此地等你們，不見不散！」

　　朱憶跑下橋去，又跑上橋來。

　　朱惘說：「憶妹，還有什麼事？」

　　朱憶對姚黃說：「姚哥，你要明白，我這是為你去的。」

　　姚黃有些奇怪，但他點點頭說：「不錯，是為我去的。」

　　朱憶說：「你懂我的意思嗎？」

　　姚黃想了想說：「我懂。」

　　朱憶說：「不，你不懂。」

　　姚黃對朱惘說：「阿惘，你看……」

朱悃說：「憶妹，都什麼時候了！快去吧。」

朱憶說：「姚哥，不管你懂還是不懂，我要你記住：我是為你才冒這個風險的。」說完，她消失在橋下長街的黑暗裡。

其實她一點風險也沒冒。當她把馮志清和魏紫從寶閣寺領出來直奔西柵通濟橋時，飛虎隊才剛剛像潮水一樣從鎮的東柵浸漫過來。

他們大約走了一個小時，在一處蕭瑟的河灣處敲開了一家農戶的門。開門的是個六十來歲的老頭。剛一照面，那老頭就有些激動，他說：「馮部長，怎麼是你啊。」

馮志清很高興，他說：「老人家，你認識我？」

老頭說：「怎麼不認識！您不是來我們村蹲過點嗎？好人，是個好人哪。那年，要不是您派人送來那一袋小米，我一家三口眼看就活活餓死了。」

馮志清顯然不記得了。他說：「老人家，今夜要在你這兒借宿一晚上了。」

老頭說：「沒說的，馮部長你們快進屋吧。」

老頭立刻叫來他的老伴安排住宿。朱憶和魏紫住正屋，三個男人就擠在東廂房裡。

半夜的時候，村裡的狗突然吠起來，看樣子有了情況。姚黃過來輕輕叩響正屋的房門。朱憶和魏紫其實根本沒睡，她們一骨碌爬了起來。姚黃決定分散撤到野地裡去，以防不測。朱悃與馮志清向西，姚黃帶魏紫和朱憶向北，約定無事後再在那戶農家會合。

姚黃帶了魏紫、朱憶躲進村北邊一個竹園。他們進園時，驚起了園中的幾隻宿鳥。穿過竹園是一個小小的池塘，離池塘不遠，有一個

廢棄的茅草窩棚，破破爛爛地塌了半邊。但在十月的深夜，這窩棚勝似金屋，散發出誘人的暖意。他們擠在了這暖意融融的窩棚裡。

窩棚三角形的門洞上移過來一輪寒月，圓圓的，亮亮的，彷彿伸手可及。池塘裡不時傳來潑剌剌魚兒躍出水面的聲音；四周一片寂靜。

姚黃笑笑說：「看來是我神經過敏了。」說著望一眼魏紫，彎著腰出了窩棚。

月夜裡他的身影很黑，同時他的眼睛很亮。他走幾步回一下頭，走幾步又回一下頭，這樣，他的目光就被月光點燃，彷彿要燒掉這個破破爛爛的茅草窩棚似的。

姚黃坐在臨水的一根樹椿上。他忽然朝這邊說：「魏紫，妳來一下。」

魏紫似乎有些害怕，身子往背後那捆爛稻草靠了靠。

姚黃又說：「魏紫，請妳過來一下，我有事要跟妳說。」

朱憶的心裡製造出油鹽醬醋。

姚黃還說：「魏紫，妳聽見沒有？我讓妳過來一下。」

魏紫望了一下朱憶，她慢慢地站起身，走出窩棚，朝池邊走去。

朱憶頓時覺得整個身軀被抽乾了血液。

魏紫在姚黃身後的一塊石頭上坐下。

姚黃轉過身子面對魏紫，又朝窩棚這邊望一下。他大約認為距離夠遠了吧，就說：「魏紫，跟妳換一下位置。這石頭太涼。」

從窩棚到池邊距離確實不近，但那是在靜謐的曠野，朱憶的耳朵又尖著，所以他們的一言一語她聽得十分真切。

交換位置後，姚黃直視魏紫，他說：「魏紫，妳認為妳生活得幸福嗎？」

魏紫偏開臉，半晌說：「我生活得滿意。」

姚黃說：「我是問幸福不幸福？」

魏紫說：「也許滿意即是幸福吧。」

姚黃說：「胡說！」停了停又說：「魏紫，我真替妳惋惜。三年前，三年前我們不是說得好好的嗎？妳知道，妳突然與馮志清結婚，對於我意味著什麼！魏紫魏紫，妳真忍得下心嗎？」

朱憶不由大吃一驚；魏紫卻低下頭啜泣起來。

姚黃說：「魏紫，妳看，今夜的月色多好，四周多靜。那是愛情之夜啊！魏紫魏紫，難道妳真就這樣跟馮志清過一輩子嗎？」

窩棚裡的朱憶看呆了，也聽呆了。當她醒過神來時，發現姚黃和魏紫已緊緊地擁抱在一起。

就在這時，可怕的情形發生了。許許多多頭戴籐帽手持鐵棍的人像是從天上掉下來，從地下冒出來一樣，突然出現在池塘四周。他們以迅雷不及掩耳的動作將姚黃和魏紫團團圍住，並且熟練地將他倆捆綁了起來。

朱憶早已嚇呆了。只聽姚黃說：「你們要抓的是我，與魏紫無關。你們把她放了。」

飛虎隊裡一個為首的用鐵棍點點姚黃的胸脯，冷笑一聲說：「姚黃，你革命加偷情，活得挺滋潤啊。」

姚黃說：「畜生，把魏紫放了！把她給我放了！」

雨後放晴，是任何一個季節最為美麗動人的時候，尤其是秋季。我和朱憶在屋後的田埂上散步。田地都休閒了，一片黑色的靜穆。夕陽的餘輝就像巴赫的英國組曲，薄薄地覆蓋在這一片靜穆之上。

我說：「姑，妳是什麼時候離開此地的？」

朱憶說：「第二天。哦，也就是那年的 10 月 25 日。」

我說：「回北京？」

朱憶搖搖頭說：「不，去濟南。」

我說：「去濟南？」

朱憶說：「是的，去濟南。在此之前，妳祖父通過關係讓我去濟南軍區參軍，我因為單戀著姚黃，一直拖著。那天夜裡回鎮上後，我覺得我應當離開此地了。」

我說：「那當時妳是怎樣一種心態呢？」

朱憶笑笑說：「怎樣一種心態？我說不清。很複雜吧。」

第二天是深秋天氣中較為寒冷的一天，太陽竟然凍得深紅。朱憶穿上厚厚的毛衣，提了個簡簡單單的行囊離開老屋。朱恫一夜未歸，她等不及他，留了一紙告別的便箋。

幽長一條西街顯示著無窮的依戀，街的兩邊聳立的木樓作出隨時擁抱的姿態。一黃一白兩條狗輪番跟蹤她，不時趕上來嗅嗅她的腳跟和膝蓋。

快到觀音橋時空氣變得有些異樣，街的兩旁突然間擠滿了人群。人們的臉一律朝著觀音橋方向；有幾個小孩飛奔過來說：「來了！來了！」

朱憶心裡一沉，她知道發生什麼事了。她想馬上離開，可是路已叫不斷增加的人群堵死了。

慘不忍睹的場面終於由遠而近。姚黃被五花大綁，頭髮被一隻大手粗暴地揪住，臉就朝天仰起，鼻子流著鮮血，嘴唇也破碎了，腫得向外翻裂。要不是脖子上掛的牌子，你根本認不出他。牌子是雜木的，鐵絲繩子把他頸椎上的皮勒破了。牌子上寫著：「流氓姚黃」。

姚黃的身後是魏紫。魏紫好好的沒綁也沒傷，只是臉色出奇的慘白。她脖子上也掛牌了，是硬紙做的，上寫：「破鞋魏紫」。

朱憶想扭開臉不去看，可是兩個眼不聽使喚。多少年後，她記起這些，仍然覺得有陣陣荒涼之風從心尖上掠過。但在當時，她只是祈求難挨的時刻快快流過，可這一幕偏偏無休無止，彷彿要搬演到地老天荒。

就在這時，出人意料的事情發生了。

當姚黃他們被遊上觀音橋時，突然從橋頂奔下來一個人，他伸開雙臂企圖擋住遊鬥隊伍。他說：「同志們，同志們，你們不能這麼搞。你們誤會了，你們誤會了啊。」

遊鬥指揮者推了那人一把，說：「馮志清，你怎麼回事？你還嫌綠帽子尺碼不夠大嗎？」

說得圍觀群眾一片哄笑。

馮志清仍然說：「同志們，你們搞錯了。他們只是在一起，沒有⋯⋯我可以作證，我們一起跑出去的，當時我就在近邊。」

遊鬥指揮者怒不可遏，說：「馮志清，想不到你非但是一隻烏龜，而且是一隻拎不清的萬劫不復的臭烏龜！」

　　馮志清還要勸阻，就有一個滿臉橫肉的壯漢跑過來。那壯漢一把揪住馮志清的胸脯只一搡，馮志清就像一隻皮球骨碌碌地滾動起來。

　　那壯漢指著滾到橋塊的馮志清說：「再搗亂，小心把你的卵袋給剁了！」

　　追隨歷史，我們來到了觀音橋上。橋下，苕溪水清波蕩漾，倒影使得上下兩個橋洞合成一個圓滿的結局。歷史已去向不明，橋體只承載下風雨侵蝕後的累累傷痕。

　　我們在橋欄上坐下，不約而同地抬起頭望望天。天上是那個永遠年輕的太陽。我說：「姑，妳離開此地後，與姚黃他們有沒有過聯絡？」

　　朱憶說：「沒有聯絡。我以為我已經將他們徹底遺忘了。」

　　我望著遠處方塘似的轉船灣說：「妳在濟南生活得怎麼樣？」

　　朱憶說：「還不是部隊那一套，沒勁。」

　　我說：「那後來呢？」

　　朱憶望我一眼說：「後來？」她笑笑說：「後來就結婚啊。結了兩次，沒勁。」

　　我說：「再後來呢？」

　　朱憶說：「再後來回到北京。」

　　我說：「回北京？對，回北京重新開始。」

　　朱憶笑笑說：「開什麼始呀。我又先後與三個男人同居，還是沒勁。去年部裡搞體制改革，按條件我辦了內退，就回家鄉來了。」

我說：「這一年多碰見姚黃了嗎？」

朱憶說：「可以說沒有吧。他瘋癱了。」

我一怔，說：「瘋癱了？」

朱憶說：「瘋癱了。據說與那次遊鬥有關。」

我說：「那誰照顧他呢？」話一出口，我自己也覺得好笑，就自己回答說：「不用說，自然是他的妻子了。」

朱憶有些黯然，說：「他沒有妻子。」

我說：「他沒有結婚？始終沒有？」

朱憶說：「據說他始終沒有結婚。不過，他倒有婚姻生活。」

我不免有些奇怪，說：「沒結婚怎麼會有婚姻生活呢？哦，對了，與人同居。」

朱憶說：「不，從嚴格意義上講不能算同居。因為，因為他已喪失了性的功能。」

我說：「那，那個女的是誰？」

朱憶說：「魏紫。」

我說：「魏紫？」

朱憶點點頭說：「是的，魏紫。」

我們這麼說著時，遠遠的苕溪拐彎處推出來一輛輪椅。輪椅上漠然地坐著一個約有六十歲的男人，他的頭髮差不多全白了。推輪椅的女人也該有五十多歲了吧，卻是一頭的青絲。她一邊緩緩地推動輪椅，一邊在男人耳邊娓娓地訴說著什麼，還不時地露齒一笑。一條白腳黑狗圍隨他們跳來蹦去地撒歡。

朱憶輕輕地對我說：「咱們下橋吧。」

　　當我們剛剛下到橋塊，女人推著輪椅慢慢來到跟前。那女人非常美麗，是那種老梅般的美，那種不靠青春只憑線條氣質的美。見到我們，那男人點一下頭，女人則莞爾一笑，友好地和我們打招呼說：「你們好。」

　　朱憶的眼裡就佈滿了霧一樣的憂傷。那條白腳黑狗暫時脫離它的主人，圍著朱憶打起轉來。

　　這一年冬天來臨的時候，我回到了北京。

　　我的父親朱悃久久地凝視著我，說：「怎麼樣，憶憶，不虛此行吧？」

　　我默默地點點頭，認真地回答說：「我輕鬆多了。」

　　我的父親朱悃卻莫名其妙地激動起來。他一把將我摟住，喃喃地說：「姚黃魏紫，姚黃魏紫……」

　　我推開他說：「姚黃魏紫？哦對，姚黃魏紫。爸，我見到這兩個人了。」

　　我的父親朱悃搖搖頭說：「哪是人，那是花！」

　　我被他說懵了，說：「不是人，是花？」

　　我的父親說：「哦，是人，但也是花。」

|　姚黃、魏紫是牡丹花的兩個品名。

四月的丁香

四月是最殘忍的月份，哺育著

丁香，在死去的土地裡，混合著

記憶和慾望，撥動著

沉悶的根芽，在一陣陣春雨裡。

　　臨上火車，我突然記起了艾略特《荒原》開頭的這四行詩句。我不知道是不是與我此行的時間——水淋淋的四月有關？也與我此行的目的有關？

　　我從我工作、生活了將近三十年的西部城市西寧，動身去千里之外的某個江南小鎮，是要為一位並非是我親人的老人送葬。是的，他和我們姐妹沒有親屬關係，更沒有血緣關係，但他的確是我們姐妹至關重要的一位長輩。我和姐姐從小到大，可以說都是他一手呵護拉扯的。上世紀七十年代末，我在萬般無奈的景況下離開家鄉隻身獨闖西北，後來幾經周折考入西北師大，也都是靠了他不間斷的經濟支撐。但是你切莫以為這又是什麼愛心救助方面的故事。不是的。它其實連結著一個近乎荒唐的愛情故事。是的，愛情故事。故事的主角之一是他，之二是我母親。但是你切不可以為這是又一個

婚外的偷情故事。不是的。事實上一直到我母親去世，他們之間什麼事也沒有發生。所以，對於他，我們一直滿懷著尊敬和感激。我和姐姐曾經發誓要好好報答他，但是直到他臨終也沒能報答成；現在是永遠失去報答的機會了。一想到這些，我就覺得非常內疚，非常懊喪，非常痛心和遺憾！

現在唯一能紀念他的，就是在瀟瀟春雨裡依偎在這東去列車的臥鋪上回憶他；回憶他和我母親交往的點點滴滴。

我們都叫他品伯。品伯是天津人，出生在天津老城恒德里一家伐閱人家。他是這家排行最小的公子。他十九歲從南開大學化工系畢業後，就不願繼續深造了，儘管他有繼續深造包括出國留洋的機會和才情；但是他不願意了。他脫不了一般紈絝子弟遊手好閒的惡習，也不願出去做事，儘管他的父親結交甚廣，機關啊、公司啊、銀行啊，他都可以去。再說，要是別人的公司不願去，自家開的商行也行啊。他家現開了兩家商行：一家皮貨行，一家珠寶行。但他一處都不願去，藉口是學非所用。後來他父親通過關係，在市教育局給他謀了個化學研究員的職位，這下他沒法推託了，但他提出一個條件：上班前，他得去一趟江南散散心；主要是去蘇杭一帶；上有天堂，下有蘇杭嘛。這不算什麼條件，他父親很爽快地答應了。這樣，就在那一年的四月，品伯帶了一個僕人上路了。第一站自然是蘇州。許多年之後他才明白，他上了天堂，其實等於下了地獄啊。

他漫無目的地在蘇州閒逛，虎丘，半塘，留園，西園，玄妙觀，拙政園，甚至還去了寒山寺。一般的山水亭榭，花草樹木，到一到

也就是了，並無留下多少新奇的印象。倒是蘇州的菜肴很合他的口胃；尤其是盤門一家小餐館的炒五絲，讓他特別著迷。炒五絲，哪五絲呢？其實也很平常，肚絲、香乾絲、蕪菁絲、香菇絲、青椒絲。那才叫絲呢，真是細如髮絲，且絲絲齊整，約一寸半長短；重糖輕醋，甜中帶辣，半嫩不老，脆生生的，非常激口，簡直百吃不厭。因此，無論跑得多遠，每天的晚餐他必定要上這家餐館就餐，而且每餐必定要點炒五絲。後來連餐館的老闆也知道了，不用吩咐，他一落座，第一盆端上來的就是炒五絲。

有一天晚上，他吃完飯從包間出來，剛拉開門，就見一道光亮從眼前劃過。那道光落到地上變成了一顆星星，嘶嘶地放著綠光。品伯檢起一看，原來是一粒車成七面體的翡翠，認得是戒子上的嵌寶。這時一個女子的背影正走向隔壁一間包間。品伯就過去說：「小姐，您丟東西了。」

那女子一隻腳已進了包間，聽品伯這麼說，下意識地摸了下口袋；見品伯手上托著一顆翡翠，抬手一瞧，這才發現無名指上戴著的嵌寶戒沒有了寶石。正詫異菊爪包的戒子何以會鬆動，她的隨身丫頭已走了過來。那丫頭張開一隻手，對品伯說：「謝謝先生。」

品伯沒有聽見丫頭的話。他確實沒聽見；他已望著那女子呆掉了。

丫頭見了吃地一笑，提高些嗓門說：「先生！——不好意思。」一邊說，一邊輕輕碰了一下品伯的臂肘。

品伯方才愣過神來，把翡翠交還給了丫頭。

那女子望一眼品伯，即順下眼微微一笑說：「多謝了。」

　　那一眼，應該就是驚鴻一瞥吧，但不知為什麼，品伯竟讀出了淒清和無助。他的心一下被那目光攝了去，再也無法分離出來了。他一廂情願地肯定：這是個一生都特別需要男人呵護的女人，而那個男人大體就應該像自己這樣的。從形相上看，品伯再一次望著那女子呆掉了。

　　那女子約有二十歲，穿一件紫絳底黑藤花駝絨旗袍，盤香口，半高領；身材好，皮膚好，臉龐更好，明眸皓齒，更有一種難以描畫的嫵媚哀婉在眉宇間流動。品伯長到十九歲，還未見過這樣美貌可愛的女子。他忘了答話，就這麼托著一隻被取走了寶石的空手站在那裡，直到那女子消失在包廂門口。

　　此後品伯也無心遊玩了，天天一早就上那家餐館，希冀能再度遇見那位美女。可是一連七天，杳無所得。品伯非常失望，又非常後悔。他想他為什麼不抓住那一次機會和美女有更多一些的接觸呢？哪怕說上一句話也好啊。為排遣這種失落和後悔，品伯立刻離開蘇州，提前去了杭州。

　　杭州的山水沖淡了品伯對那女子的單方面眷戀，他解嘲地對自己說：有你這麼自作多情的麼？

　　上有天堂下有蘇杭；比起杭州來，品伯認為蘇州未免遜色許多，但是因了那驚鴻一瞥的蘇州女子，蘇州與杭州也就並起並坐了。

　　在杭州流連了大約一個星期，該到的地方，裡外西湖，靈隱，岳墳，六和塔，甚至偏遠的九溪十八澗，吳山北高峰都去了，也算盡了遊興了。那天從北高峰回來累了，品伯早早吃過晚飯，打

算泡個澡歇下，這時茶房進房來了。茶房是來送預訂的回程車票的。

茶房是我們慣常見到的那種很有商業熱情的人。他放下車票不馬上走，他還要與房客閒聊幾句，以便盡可能預約下日後的生意。談話內容自然不外杭州的景致和客棧的服務。談了一會，見客人有了倦意，茶房就打算退出去。這時他又多了一句嘴，說：「先生有沒有去清河坊啊？」

品伯說：「清河坊？」

茶房說：「清河坊呀！那可是個有名的街坊。」

品伯記起來了，他讀過俞平伯寫的一篇散文，篇名就叫〈清河坊〉。這清河坊就在杭州啊。俞平伯說，白居易捨不得杭州，卻說什麼「一半勾留為此湖」，可見西湖在古人心中至多也只沾了半面光。那另一半呢？顯見就是杭州的街衢了，於是想到要寫清河坊。品伯想，自己這半個月來勾留西湖的湖光山色，怎麼就沒注意到這江南特色的杭州街衢呢？他當即作出決定：推遲歸期，去杭州街區走一走，特別是那一處不該忽略的清河坊。

清河坊是一條南北走向的窄窄的石板長街。雖有俞平伯的名文，這清河坊也不見得怎樣的有名；但是品伯認為，的確是好。時間離俞平伯的描寫又過去了二十年，清河坊顯然沒從前熱鬧了；不過因此反倒成就了這條江南商業小街古拙清逸的姿容。品伯也是從羊壩頭進入清河坊的；一路往南，果然「逼窄得好」，「圪磴圪磴地石板怪響」也好。街道兩旁雜七雜八的店鋪，不招徠不冷拒，人可以隨便進出，購貨或者不購貨，那一股空氣，就是俞平伯所謂「悠悠然的閒適」吧。

品伯帶了僕人在清河坊裡閒走，還特意去嚐了朱自清詩裡稱道過的小孩子愛吃的油酥餃，果然冷冰冰的不見得特別好吃。天色向晚時，僕人手裡已提了兩個杭州竹籃，籃裡裝滿了西湖藕粉、梅家塢龍井、昌化山核桃一類土特產，以及竹鳥、泥俑、檀香扇等小玩藝兒。品伯打算索性按俞平伯的指示，雇車再去旗下營，從這個角度去閒看湖濱的暮靄與斜陽，仔細領略一番「微陽已是無多愁，更苦遙青著意遮」的意境。

很容易雇到一輛人力車；品伯一個腳已踏上了踏板，這時，他不經意地往對街一瞥。這一瞥，他怔住了：只見從一家綢緞店裡走出來 個年輕女了。品伯不相信自己的眼睛，用手擦了一下，真的就驚呆了。他迅即作出反應，收回踏板上那隻腳，對僕人說：「不去旗下營了。」說完顧自向對街疾步走去，引得那個車夫說：「這黃瓜兒是個壽頭！」

品伯走到對街時，那女子正下階沿石級。還沒交上口呢，那女子忽然「哎喲」一聲，身子一歪就要倒地的樣子。品伯急忙搶步上前去攙扶，女子身後緊跟著的丫頭早已扔掉手裡的物品，一把將她扶住了。

那丫頭驚魂未定地說：「小姐，小姐，妳怎麼啦？有沒有蹩傷腳啊？」

腳倒是沒蹩著，她穿著的花呢春鞋的一隻鞋跟斷掉了。也不知是斷了跟蹩了腳，還是蹩了腳才斷了跟。不管怎麼說，所幸腳沒扭傷，這就什麼都有了。

品伯幫忙攙扶那女子重新回進綢緞店，在靠門的一張椅子裡坐下。品伯說：「這麼漂亮的鞋可惜了。」

那女子望著手中的鞋，歎口氣說：「扔了它吧。」

丫頭說：「這鞋花色式樣都是小姐頂喜歡的，扔了豈不是可惜？」

那女子說：「斷了跟沒法子穿了。」

丫頭說：「我們上修鞋鋪修去啊。」

那女子說：「妳不見斷得這麼厲害！肯定修不好了，扔了算了。」

丫頭說：「小姐，這是老爺特地從法國給小姐買回來的。難不成再讓老爺去趟法國？再說，就是法國，也不一定照式照樣的還有啊！」

這下小姐倒猶豫起來了，拿著那鞋顛過來倒過去地看。

品伯覺得搭話的機會來了，就信口說：「小姐，我能修好這鞋的。」

品伯說話的聲音很輕很柔和，卻把身後跟著的僕人嚇了一大跳。僕人說：「少爺您……」

品伯拿眼制止了僕人，再次對那小姐說：「請小姐相信我，我保證把它給修好。」

小姐將信將疑地望一眼品伯，說：「你是……修鞋的？」

品伯點點頭說：「是啊，是啊。」

丫頭拍手笑了，說：「這下好了，這下好了，打瞌睡送過來熱枕頭。——請問師傅，你的鋪子在哪裡？」

品伯說：「還是請大姐告訴我尊府的地址，我修好之後送到府上吧。」

丫頭一噘嘴說：「不成不成。要是你吃沒了我們的鞋，我們上哪兒找你去！」

品伯被她天真的樣子慪笑了，說：「一雙鞋，至於嗎？」

那小姐說：「阿香，怎麼說話哪。」又對品伯說：「先生，算了。我們根本就不是本地人，你即便修好了也不好送。」

品伯說：「小姐蘇州人吧？是不是蘇州盤門？告訴我盤門什麼街，幾號，我修好後一準送到。」

聽品伯這麼說，主僕二人驚詫得你看看我我看看你，說不出話來。半天，丫頭說：「小姐，莫非我們遇見仙人了？」

品伯對丫頭說：「大姐，去買一雙鞋來，好把這鞋換下交給我去修啊。」

一語提醒她們，那丫頭很快買來一雙新鞋，將舊鞋換下。丫頭把舊鞋裝到空出來的鞋盒裡，交到品伯手上說：「你也不用送到蘇州了。這個月的十四日，我們小姐就出閣了。要不，你直接送到離此地百十來里地一個名叫梅涇的小鎮吧。」

品伯聽到這女子就要出嫁，不知為什麼心裡疼了一下，人就像失了依傍一樣搖了兩搖。但他很快鎮定下來，說：「梅涇鎮？——我記住了。那，到了梅涇鎮我又該往哪兒送呢？」

丫頭被問住了，對小姐說：「是啊，姑爺家住哪條街？幾號門牌？」

小姐的臉紅了一下說：「我也說不上。就知道他家姓阮。阮姓是這鎮上的大姓，一問，想來都知道的吧。」說著站起身走出店去。

品伯跟出去說：「小姐請放心，我修好鞋，一準給您送到。——小姐再見！小姐走好！」

回到旅館，品伯告訴茶房，他們還要留下來繼續玩幾天，大體上在本月十一、二日才離開。茶房掐指一算，還有一個禮拜的工夫，以為是自己的煽動見了成效，心裡非常高興，此後提茶端水的，服

務格外周到。但讓他不解的是，這客人說是留下來繼續遊玩，卻再也不見他出門；只在第二天抱回來一堆修鞋用的工具和材料：一個生鐵鞋砧，三把銼刀，四五個大大小小的木槌，鞋錐，蠟線，各種質料的鞋底鞋墊，厚薄不等的膠皮，以及幾罐五顏六色的化學膠水。之後，他就整天把自己關在房間裡，連一日三餐都由僕人送進去。

五天以後，也就是四月十二日，這天傍晚，品伯終於把那女子的鞋修好了。非但修好，可以說是整修一新。在修鞋過程中，他的化學專業幫了他不少的忙。他想他真得感謝自己。品伯親自到紙品店買來一個漂亮的鞋盒，裝了這鞋，就此結算了房錢，離開杭州，由拱宸橋坐船，抱著說不出的新奇去那個陌生的小鎮梅涇。

整整坐了一夜的船，第二天早晨太陽升起的時候到了梅涇鎮。船停靠在鎮西的棲鳳橋。上岸是一條彎彎的沿河青石小街，街的一邊是一溜兩層的木板房，木板房前是跨街的廊棚。廊棚是這一帶的特色建築；因為江南多雨雪，有了這廊棚，人們上街或去河埠洗衣淘米就不用打傘了。品伯第一次見到廊棚，非常新奇，而且又在清晨，一道一道通紅的朝陽刺透晨霧，斜斜地塗抹在凹凸不平的街面上，纏繞在廊棚的木柱上，就覺得有一種幸福感傳佈了全身。

初到小鎮，品伯他們不辨東西南北。首先得找一家吃食鋪子解決肚子問題，其次得選一家乾淨客店安頓好住處，然後方可打聽阮府的所在地址。待到住進客店，品伯忽然覺得累了──昨晚在船中他幾乎一夜未曾合眼，就在旅店睡了一覺。醒來時已是下午兩點多鐘，喊來客飯草草吃了，就向掌櫃的打聽阮府。這阮府在小鎮上果然有名，沒幾句話就全部打聽清楚了。

　　阮府在鎮東杏林街，高牆石庫門，門前有三級石階。兩扇大門只開了一扇；進門是一個小小的穿堂，穿堂有四扇屏門，也只開一半。大門、屏門都貼了大紅的喜字。內院不時傳來砰砰嘭嘭的聲音，顯然府中正在佈置婚慶。品伯他們只在門前停留一會兒，見有僕人抱了大包小包進去，便離開了。之後，他們在附近尋找合適的空房，打算作短期逗留之所。後來在後河一座觀宇前談妥了一間平屋，請來匠人稍事裝修，就從客店搬來住下了。

　　原來這觀宇名叫翔雲觀，十分的恢弘，據說與蘇州玄妙觀齊名，因此香火很旺。觀門前這條街，也叫觀前街。觀前街與杏林街後街隔岸相望；品伯租賃的平屋是下岸的水閣房子，他的後窗斜對阮府的後牆門，窗臺又低低的，只要一抬頭，阮府後門的人事都能看得清清楚楚。

　　阮府娶親那天，品伯的修鞋鋪也開張了。品伯的修鞋鋪不修皮鞋、布鞋，專修雨鞋、球鞋、膠底鞋。品伯開修鞋鋪原是隨機生出來的一個立腳的由頭，不想開張第一天，生意竟非常之好。那時鎮上還很少有人穿皮鞋、球鞋，雨鞋卻是雨天出門必得要穿的，所以那天來修的幾乎全是雨鞋。修雨鞋一般都不立等，因此品伯幹活很是從容；他的注意力就有一大半放在了後河斜對岸的阮府後牆門。

　　阮府的後牆門和杏林街的前門一樣，高出街面約有二尺，那裡也就有了小小的三級石階。後門是一扇鐵皮包的單扇小門，白天都是開著的，不時有僕人到河埠洗刷東西。

　　快近晌午時阮府上空響起了炮竹聲、鞭炮聲、咪哩嗎啦的吹打聲，以及隱隱約約的人聲歡笑聲。這一刻後門顯得特別的冷清。

　　三朝過後，是一個十分清明的日子。這天，品伯提了那雙修補好的鞋上阮府。阮府所在的那一段杏林街，一徑很清冷的；阮府是大戶，卻也未到有看門人的深嚴，於是品伯很容易地直接走了進去。穿過穿堂是一個小小的天井，天井對面是一座很寬敞的廳樓。廳而兼樓，是江南民居的一個特色。廳有十二扇雕花的朱漆落地長窗，只開了中間四扇。當廳拍面是天然几，几前是八仙桌，八仙桌兩邊安兩張很大的太師椅；靠前的兩邊看柱下，分別安放著茶几和靠背椅。所有的傢俱都是一色的紫檀。四看柱掛著兩副抱柱對聯，一副是黑漆泥金陽文，一副是木版本色石綠陰文。字是大篆和石鼓，品伯竟然一字不識。廳上掛著紅紗宮燈和彩帶，新婚的喜氣依然十分的濃烈。

　　品伯站在廳前剛要打問，就見一個女孩端了一盆海棠花從屏門出來。品伯一眼就認出，她就是那女子的貼身丫頭阿香，心中不由一喜。阿香見了品伯先是一怔，也立刻認了出來，說：「你是那個修鞋師傅吧？」

　　品伯連說：「不錯不錯，是我是我。」

　　阿香說：「鞋修好了？」

　　品伯又連連說：「修好了修好了，我給小姐送來了。」

　　阿香放下手裡的海棠花，接過鞋盒說：「師傅，你真講信用！」

　　品伯笑而不答。阿香一邊讓品伯快坐，一邊就打開紙盒看鞋。她取出鞋子，哇的一聲叫了起來，說：「要不是我知道這是補的那雙鞋，差一點以為又從法國買來新鞋了呢！師傅，你真是好手藝呀！」

　　正這麼說著，只聽遠遠的身後傳來一個軟噥的女聲：「阿香，跟誰說話啊。」這回是純正的蘇白。品伯一回頭，見屏門跟首站定一

個女子。那女子一身簇新的玫瑰紅黑花駝絨夾旗袍；頭髮稍稍燙了一下，綿綿的黑黑的，越顯出皎淨的臉盤。不用猜，就是那女子了。品伯一下從椅子上站起，他又一次呆掉了。

阿香說：「小姐，師傅送鞋來了。——瞧，修得跟新的一樣呢！」

那女子走過來，拿起鞋左看右看，說：「先生，您的手段真高，敝屨翻成新舄；為一雙鞋又路遠迢迢特地送來，真讓人過意不去啊。」說著一笑，對丫頭阿香說：「問問先生修理費用，一定不可簡慢了。」

阿香剛要開口，叫品伯攔住了，他說：「千萬不可言錢。只要小姐滿意，就是對我最好的獎賞了。」

阿香說：「這怎麼可以？我家小姐最怕欠人情分了。——師傅，你說個價，我好照付啊。」

品伯說：「大姐，真的不要錢。真的不要！」

阿香說：「你也是將本求利，我們怎麼好意思白賺你的便宜呢？」

品伯有點生氣了，口氣就有些冷冷的，說：「我不將本也不求利。我——告辭了！」說著真個提起腳來要走。

阿香急了，提高嗓門說：「哎哎，師傅！師傅！師……」

那女子說話了，她說：「阿香，不要叫師傅，要叫先生。」

就是這句話，留住了品伯；他停了下來。那女子走到品伯跟前很誠懇地說：「先生，對不起，是我們唐突先生了。對不起！」

一股幸福感再次從品伯心間流過，竟至於他的兩眼濕潤，說話有了顫音。他說：「謝謝小姐，謝謝小姐！」說完頭也不回，一徑出門去了。

這裡丫頭阿香給鬧糊塗了，她眼睛忽閃忽閃地說：「這師傅是呆大，還是癡子？辛辛苦苦給人修好鞋，還上百里路地送來，竟連一分錢也不收！」

小姐笑笑說：「你自然不懂。」

阿香說：「這麼說，小姐懂了？」

小姐又一笑說：「我也不懂。——好了，別深究了。把鞋收拾起吧。」

品伯把鞋送走，理應一樁心事完了，可是他反而背上了一樁心事。什麼心事呢？品伯自己也理不出個頭緒。論理，他和這位小姐的關係到此為止；人家既已出嫁，看樣子也生活得很好，他已經沒有理由再與她保持聯繫，除非她再要修鞋？笑話！但是，品伯還是留下來了。留在了這個無親無故的江南小鎮，而且認認真真當起了修鞋匠。他不是學化學的嗎，後來經過試驗，他配製了幾種粘合劑，對不同質地的膠鞋用不同的粘合劑，效果都非常之好；他的生意越來越好了，後來竟成了這小鎮上最最有名的修鞋匠。但他與那女子再沒有見面的緣分了。他想他的修鞋手藝在小鎮如此出名，阮府不可能不知道。難道他們府上就不需要修鞋嗎？主子不修，丫鬟僕人也不修嗎？可就是不見有阮府的人來修鞋，這就奇怪了。奇怪是奇怪，但並不妨礙品伯在小鎮生活的興致，因為他的感覺告訴他，他和她生活在同一個地方，而且又相距得這麼近，僅僅一河之隔啊。

阮府的後門一徑非常清淨；後河水照得見白的牆，黑的後門，赭的石砌河埠，河埠上停的麻雀。當然，後門裡一天總有好幾次人員進出，尤其早晚兩頭女僕進出的更加頻繁一些，她們多般是下河埠洗刷東西。

一年以後，僕人離開他回天津了；他就一個人待在這小鎮上，並且真正融入了小鎮的生活。他每天上午下午修鞋，晚上像小鎮上的居民一樣上同福園書場去聽書。他在家鄉時很少去聽大鼓，在這裡卻愛上了聽書！這一帶聽書就是聽蘇州評彈。評彈分評話和彈詞。評話又稱大書，只說不唱；彈詞又叫小書，是又說又唱，說說唱唱。鎮上的人一般都愛聽小書，小書優雅。起初品伯聽不大懂評彈，他是衝著它是蘇州方言去的；後來慢慢聽懂了，竟癡迷起來。逢到響檔也就是名家，比如朱雪琴啊，蔣月泉、嚴雪亭啊，他幾乎場場必到，一場不落。

後來有一次是劉天韻、謝毓菁雙檔說《落金扇》，他居然看到那女子了！那女子是跟她丈夫一起來的，還帶了丫頭阿香。他的丈夫可以說一表人物，高挑的身材，白淨的皮膚，左手無名指戴一枚綠玉戒子，風度翩翩。他們的出現，引動了書場裡的每一雙眼睛。品伯覺得那真是郎才女貌啊。這對夫妻來聽書，場董彷彿覺得很有面子；這個小老頭特別的巴結，親自為他們送茶，為他們遞熱毛巾把子。他們一般在狀元臺第三排就坐──場董特地為他們留著的。

他們一坐下，就有幾個相識的過來打招呼，點頭哈腰的：「阮少爺，和少奶奶來聽書啊。」或者：「阮少爺，阮少奶奶，今兒來得早啊。」

阮少爺也很謙和，他總是點點頭回答說：「是啊是啊，×伯（×叔）您也來聽啊。」或者說：「×伯（×叔）您也早，您也早。」

後來品伯摸出了阮府這對夫妻聽書的規律：他們基本只聽小書；大書很難得來，除非特別有名的響檔，比如像金聲伯，但也只

聽幾回。聽小書他們愛聽的關目是：《三笑》、《落金扇》、《描金鳳》、《楊乃武》，還有《文武香球》和《林子文》。每逢這些書目，特別是響檔，那是一回不落，場場必到的。

品伯聽書總是窩在書臺邊的壁角裡，耳朵支著，一雙眼睛躲在前一排人的背後偷覷狀元臺邊那人。其實沒人會去注意他，因為別人也在看她啊。但品伯的目光有點偷偷摸摸，自己覺得好像犯罪一樣。

由於出眾的美貌和高貴的氣質，阮府少奶奶不久就贏得了小鎮人的敬慕和稱羨。每每開書前，總有人有事無事前來搭訕；當然，表面上是跟她的丈夫說話，其實大家心裡明白，主要是要親近她。因此，若得了她一句半句的回話，或是故意說笑引得她吃地一笑，甚至只給一個友好的眼神，那來攀談的人就會得到極大的滿足，甚至感到榮幸。事實上阮少奶奶對小鎮上的人，不管是老是少是男是女，都是很謙和的，但這謙和中有操守的距離，使人不敢進一步去接近。

品伯因這女子而在小鎮上住下來，但他幾乎從沒機會能近距離地接近她。有時候他也萌生過回天津的念頭，但是阮府好像一塊巨大的磁鐵將他吸住，終於又將回家的念頭打消了。可是不久之後，機會竟送上門來了，不過這與修鞋絕對的無關。

那是有一年盛夏來臨的時候，一天，大約午後三點多鐘，阮府後門口拉拉扯扯走出來兩個女子。她們穿著淡粉色的緊身短衣短褲，腳上踢踏著木屐，嬉笑著一步一步走下河埠石級。那是那女子和她的丫頭阿香下河來游泳了。當時女人下河游泳是很少見的，這讓品伯大大的有些吃驚。只見那兩個女子一進入水中就自如起來，一會兒側泳，

一會兒仰泳，一會兒潛泳，一會兒蝶泳。這讓品伯對那女子的認識又多了一個活潑潑的層面。那時的河水沒有污染，是很清澈的，在太陽光下，呈現黃綠色的純明。遠遠望去，那兩個女子就像兩條歡快的銀條魚兒沐浴在檸檬水裡。兩個女子來來回回地游著，靜靜的沒有一點張揚，可是不久之後，後河北岸便聚集起不少觀浴的閒人。

太陽稍稍西斜時，西北天際忽然扯上來一大片烏雲。烏雲迅速將太陽遮去，天空頓時顯出奇譎可怕的景觀。一時間，天地幽暝下來，變得如同黃昏一般，獨有一脈血一樣的陽光從黑雲的一道裂口裡射下來，照澈後河這一段水域，這一段河水就成了一缸胭脂。那兩個游泳的女子慌亂起來；北岸觀浴的閒人也擔心地喊道：「要下雨了！快上岸吧！」

那兩個女子其實已經一前一後向南岸游去了。游到石埠邊，先游到的女子兩手攀住石級，一縱身剛要上岸，似乎聽見她哎呀了一聲，又重新落入水中。後游到的女子好像在問怎麼了？先游到的女子用手比劃一下，又在後遊到的女子的耳邊嘀咕幾句，後游到的低頭瞧了瞧自己，也在水裡猶豫起來。

北岸的閒人弄不懂這兩個女子為什麼磨蹭著不上岸，著急地喊道：「快上岸啊！看雨都下來了，再不上岸，是要招涼的啊！」他們忘了自己也在雨中了。

丫頭阿香就恨恨地提高嗓門對閒人說：「請你們也快點離開吧！」

岸上的閒人說：「我們不要緊；我們不怕淋。倒是小姐妳們，妳們快上岸。快啊！」

品伯猜出她們為何滯留河中遲遲不上岸的原因了。他丟下手裡的活計，從裡間衣櫃裡找出兩條簇新的浴巾，飛快地出門，飛快地上橋下橋，飛快地跑到阮府後門河埠邊。他拋下浴巾，說：「大姐，接住！」

丫頭阿香接住浴巾好像接住一道救命符，她先替小姐披上，然後自己也披上；她們很快上了岸。這時北岸的人才明白是怎麼一回事，都說這個鞋匠倒像《三笑》裡的唐伯虎，乖巧玲瓏懂得女人心的。之後，才一哄的散了。

這時雨越下得大了，品伯卻還不走，他看著那兩個女子上岸。因為下雨，天氣驟涼，又猛一下離水，兩個女子便有點哆嗦。品伯絮著兩個手不知怎麼辦才好。那女子進後門路過他身邊時說：「先生，謝謝您。您也請快回吧！」

緊跟後面的阿香也說：「謝謝先生。要不是先生，我們真不知該怎麼辦了。」

品伯說：「大姐，回屋一定得熬一碗濃濃的薑湯喝。」

阿香說：「知道，知道。——謝謝先生！」

品伯就這麼無怨無悔，在小鎮一住三年。三年時間，變化不小，天津老家也曾來信來電來人催他回去了好幾次，他只是一味搪塞；後來他的父親惱了，撂下話：再不回去就別回去了，就當沒這個兒子。他猶疑了一下，結果還是沒回去。等到父母相繼過世後，幾個哥哥勸了幾回勸不轉，也就放棄了。之後是弟兄分家，他當然沒回，他大哥就把他那一份折成款子替他存在了銀行裡。他的幾個嫂子時常說起來都認為，這個小弟走了偏鋒，這一輩子算是毀了。再一年，

小鎮解放；傳來的消息，說天津老家的幾房哥哥都受到不同程度的衝擊；品伯還是很平靜地生活在小鎮上。不久，阮府出了一件讓人意想不到的事，這事意外地打破了品伯死水一樣的生活：一天深夜，阮府少爺阮家垣叫公安局逮走了。

品伯得知這消息還來不及震驚，首先到來的是擔心：她會怎麼樣？她已怎麼樣？她家會是怎麼一副景象？他想去看她，去安慰她，去為她做一些她需要別人替她做的事；但他沒有去的理由。他既不是他們家的親戚朋友，又不是他們家的鄰居，他什麼也不是；他僅僅是一個為她修過一次鞋的鞋匠，他連上門的資格也沒有。好幾次，他在阮府門前梭巡徘徊，趑趄不前，沒有勇氣邁進那一道門檻。

阮府似乎跟以前沒什麼兩樣，靜悄悄的；也不見有人進出。一連三天，都沒有動靜。品伯想，難道他們連菜也不買嗎？一個星期後有人出來了。出來的不是僕人，不是丫頭阿香，而是她！

當下兩個人都怔住了。

那女子早已不穿旗袍了；她穿了一件雪青碎花薄呢夾襖，下身是鐵灰布長褲，腳上就是那雙經他修補過的巴黎圓口墨綠飛煙船形春鞋。那女子見品伯一眼不錯看著自己的腳，就淒然一笑說：「看，先生您修補的鞋有多結實。」

這話好叫人傷感啊！品伯收回目光，說：「妳過得還好吧？」他不說您，而說妳。

那女子的淚水突然湧到眶邊，說：「不好。」

品伯心裡一痛，說：「那妳指著什麼過日子呢？」

女子說：「還能指靠什麼？只有變賣物件吧。」

品伯說：「這怎麼行呢？——坐吃山也要空啊！」

女子說：「只能吃一截剁一截了。暫時還不會有問題的。」

在這方面品伯縱有心裡話，也不好深入。於是他說：「阿香呢？怎麼不見阿香？」

女子說：「我讓她回蘇州嫁人了。所有的僕人全打發了。一是政府不允許，二是也養不起了。」

品伯點點頭說：「妳不想帶累別人。」

那女子像是突然想起地說：「要不，先生進去坐一會兒？」

口上邀請，但她的表情在拒絕，或者說她是在借邀請來拒絕。

品伯指指她手裡提著的竹籃說：「上街買菜吧？——哦，那小姐您請便。」他又用您來稱呼她了。

女子就笑笑，車身走了；走了沒幾步又叫品伯喊住了。

等女子回過身，品伯說：「哦對了，小姐，您自己一定要多保重。從今往後有什麼……要幫忙的地方，您言一聲。」

女子沒答話，她輕輕地點了點頭。

品伯又想起什麼說：「小姐以後別叫我先生了。我叫品藻；三口品，辭藻的藻。」

女子說：「好的，就叫先生品藻。先生還有事嗎？」

品伯認真地糾正說：「叫我品藻。」

女子笑了，說：「品藻，你沒事了？」

品伯說：「我還不知道怎麼稱呼小姐呢。」

女子想了想說：「我叫文蕙。文靜的文，草字底下一個車心惠，蕙草的蕙。」

　　至此，他們算是正式訂交。但是此後一段時間他們見面仍然很少。文蕙似乎很忙；她已沒有少奶奶時代的閒福，當然更沒有少女時代出門遊玩的逸興和條件。一兩年間，公婆去世了，丈夫逮走了，僕人遣散了，偌大一座院子，只剩下她和她的兩個孩子。寫到這兒，我該告訴大家了，我是文蕙的小女兒，我叫小蕙；我姐比我只大一歲，她叫小文。我們的名字是父親起的。

　　後來我家的生活漸趨拮据，日常開支已不容易，遠在內蒙服刑的父親還不時來信，要衣要物。不得已母親只好出去工作。出去工作也不容易，因為我們家這樣的成分，許多單位都不敢用。後來鎮上一家私立中學的校長聘她去代課，鎮上的人這才知道母親是東吳大學中文系肄業的。她讀到大三，因為我父親堅持要她嫁過來，為了愛情，她只好犧牲她的學業。母親在中學代語文，據說教得很好；學生都喜歡她的課。但代課嘛，也就是幾個星期吧。不久之後，有一天早上，我記得那是正月裡的一個大雨天，我和姐姐背了書包正要去上學，忽然來了兩個公安。那兩個公安穿了那種挺笨的黃色膠皮雨衣，到了大廳也不脫，也不坐，不一會兒方磚地上就汪了一攤的水。他們態度非常和氣，笑吟吟的，卻告訴了我們一個塌了天一樣的壞消息：父親出事了——他死了！

　　母親聽到噩耗，當時就暈倒在了地上。我和姐姐就撲過去「媽媽媽媽」地哭喊。一會兒母親蘇醒過來，哭著說：「怎麼可能？這怎麼可能啊！」

　　公安解釋說，阮家垣是心臟病突發猝死的；估計是在半夜，因為那天早上他沒起床，發現時已經死亡。公安說：「人已死了，妳們也不必過於悲傷。監獄已將遺體妥然處理了。」

母親眼淚不斷，哽咽著說：「怎麼……這……樣呢？連最後……一面也……沒……見著。」

公安說：「見不見的呢，也沒什麼意義了。妳還是冷靜下來考慮考慮自己和兩個孩子吧。」公安說完就離開了。

母親望著方磚地上那一攤雨水，摟住我們姐妹又哭起來。我們自然也哇哇大哭。一家三口正哭得不可開交，又有人進來了。我抬起淚眼見到來人，就像見到救星，哽咽著對母親說：「媽媽，品……伯來了。」品伯來過我家幾次，我和姐姐已經跟他很熟了。

不知品伯怎麼那麼快就得到了消息。他把母親扶到椅子上坐下，說：「文蕙，事已至此，你只好想開一點。」

母親抹著眼淚說：「家垣他……這兩孩子……」

品伯說：「文蕙妳放心，有我品藻一口吃，妳和孩子就餓不著肚子。」

母親聽品伯這麼說，用一種疑惑略帶警覺的目光望著品伯，說：「你的意思……」

品伯說：「文蕙妳別多心，我沒別的意思；我就想幫幫妳。真的，我只是想要幫幫妳。」

母親說：「那，你這是為的什麼？」

品伯說：「妳既然這麼問，我就實話實說：我喜歡妳。」

母親冷笑一聲說：「那用不著。先生請回吧。」

品伯說：「文蕙，妳別急，妳讓我把話說完。的確，我在蘇州一見到妳，就被妳迷住了；杭州的再度重逢，我已經放不下妳。但是請妳相信，我決沒有要怎樣怎樣的意思。我知道你們夫妻情深，但

是妳不可以遏止一個人對美的嚮往，只要這種嚮往不越出疆界，不造成對美本身的損害。文蕙，面對妳，我彷彿是面對觀世音，面對聖母瑪利亞。文蕙，難道妳看不出我這一顆無邪之心嗎？一個男人對一個女人難道不可以有純潔的友情嗎？」品伯這麼說著的時候，他的眼淚汨汨地流了下來。我現在體會，那是一個男人真誠的淚水，也是傷心的淚水。

母親被感動了，淚水也刷的一下滾落腮邊，說：「對不起，品藻，對不起……」

自此，品伯來我家的次數明顯增多增密了，但絕對只限於白天。他來我家，很少空著手，不是米就是柴，再不就是衣物，學習用品，甚至還給我們姐妹倆買過一輛漂亮的童車呢。鎮上的人都以為我媽肯定是要嫁給這個鞋匠了；在我和我姐的眼裡，他也差不多成了我們的繼父。可是事實上並沒有，直到我媽臨終都沒有。

我媽得的是肺結核。奇怪的是，她幾乎不咳嗽，也不十分的消瘦；待到不好就醫時，醫生說已經不行了。那一段日子，我家的一切開支就全靠品伯了；自然包括給媽治病。為打消我媽的不安，到這時品伯才告訴了她他的身世，告訴她他有一大筆繼承的遺產，告訴她他是南開化工系的本科畢業生。我媽聽了十分震驚；她兩眼直瞪瞪地望著品伯，好久，目光開始暗淡，眼淚便止不住嘩嘩地流下來，她說：「品藻，是我耽誤了你一輩子。我對不起你，對不起你啊，品藻！」

品伯也流著淚說：「文蕙快別這麼說，那是我自己情願的。這就是緣吧？這就是緣。我和妳的緣分只能到這份上。不過，今生我能遇見妳，在我已經很滿足了。我怎麼敢有什麼非份的想頭呢？」

話雖這麼說，但無論口氣還是表情，到底掩飾不住流露出了一絲絲怨恨。

我媽說：「品藻，你真以為我那麼絕情嗎？其實我……」

聽我媽這麼說，品伯似乎非常吃驚，他顫著嗓門說：「妳說什麼？文蕙妳說，其實什麼？」

我媽歎口氣說：「不說也罷。沒有意義了。」

品伯說：「不。文蕙妳說，我要妳說！」

我媽把頭折了過去，不再理會。

品伯有些失望，他說：「好吧，過去的不說就不說。可現在我想……」

我媽有些緊張，她扭回頭說：「你，你你想什麼？」

見我媽這樣，品伯終於也放棄了，他說：「算了，過去的不說，現在的也別說了。」

過了好一會，我媽平靜了，她說：「其實也沒什麼。品藻，你要說你就說好了。」

品伯望著我媽說：「既然妳讓我說，那我就說了？」

我媽說：「你說吧。」

品伯：「那我說了！說出來妳要不同意，就當我沒說。」

我媽笑笑，用差不多鼓勵的口氣說：「說吧，沒事的。」

雖說我媽讓他說了，真要說時，品伯還是顯得有些慌張，臉一下脹得通紅。好一會，他才囁嚅地說：「文蕙，我想……我想親一親妳。這是我此生唯一的慾念吧；此生只要能一親妳的芳澤，我大概就沒什麼遺憾了。」

　　我媽再次流淚了，說：「品藻，你太看重我了。我這麼一個平平常常的女子，怎麼禁得起你這麼對待啊？親一親算得了什麼！只是……只是我曾經在家垣面前起過誓的：只要我有一口氣，決不會讓除了他以外的男人碰我的。我……」

　　品伯聽了，一張臉頓時灰白到發青，人也彷彿一下子老了十歲。

　　我媽拾起紗絹擦眼淚，一邊說：「品藻，我也告訴你吧。從你第一次給我送鞋來，到那年游泳遇雨你給我送浴巾，家垣便把你的身份看透了。他大約問過阿香，於是就起了疑心；不過他沒跟我點穿這事。事實上那時我對你根本沒有什麼。你知道，我和家垣是東大的同學，只是他比我高兩級。我們是一見傾心，自由戀愛，自己訂婚的。結婚以後我們也是夫妻情深，相親相愛，相敬如賓，從未為什麼小事紅過臉。為釋他的疑心，我就起了那誓。——不過，現在他人已經不在了，我……」

　　品伯的臉色已經恢復了人樣，他說：「文蕙，算了。我不能壞了你的誓言。」

　　我媽說：「品藻，說心裡話，我不是個木頭人，我對你不是沒一點感覺。實際上在杭州我就一眼看透，你根本就不是什麼修鞋匠；你又那麼年輕瀟灑，對我又那麼一往情深，我怎麼可能不動一點點心呢？我只是一直在心裡告誡我自己：我愛的只有家垣。事實上如果家垣不出意外，也許我們就這麼相守著走完一輩子，就像這世上大部分的家庭一樣。現在家垣走了，因此而讓我真切地看透了我自己。品藻你說，親一親又算得了什麼！」

　　我媽說到這兒又止不住地流下淚來。

品伯說：「文蕙，總是我該死；我怎麼可以說出這樣的話來呢！文蕙妳放心，我也起個誓：只要妳有一口氣在，我決不親妳。這總可以了吧？」

我媽長長地歎了口氣，說：「品藻，我自知將不久於人世。等到了那一天，我咽了氣，這具軀殼就相煩你給擦洗入殮。你能答應我嗎？」

品伯懂我媽的意思，他不由得張惶起來，說：「我……我……我我……」

我媽說：「品藻，你一定得答應我。一定！」媽媽說到這兒突然氣急起來，一邊劇烈地咳嗽，一張臉由紫漲變到青灰。

品伯一邊給她捶背，一邊流著淚說：「文蕙，我答應妳。我答應……妳！」

那是殘忍的四月的一個深夜，冷雨敲窗；窗外是丁香樹搖曳的枝影。品伯大約有了預感，那天晚上破天荒沒離開我家。

他是眼睜睜看著我媽咽的氣。我媽臨終流著淚對品伯念了南唐中主的兩句詞：「青鳥不傳雲外信，丁香空結雨中愁。」她的眼角淚痕尚溫，靈魂卻已不知了去向。

品伯把我和姐姐叫醒，說：「小文、小蕙，妳們的媽媽已經永遠離開妳們了！」說著，他控制不住自己，失聲痛哭著奔到了屋外。

我從未見到過品伯哭泣。那一夜品伯的哭聲很低沉很低沉，就像推磨的聲音，又像天邊滾動的悶雷，具有撕人心肺的力度。於是我和我姐就圍住媽媽的遺體嚎啕大哭起來。

　　天蒙蒙亮的時候，我和姐姐都哭乏了，品伯也回進屋來。他把我們姐妹抱回自己的屋子，就去廚房燒水。燒好水，他用一個大木桶裝了，提了水回到我媽的屋子，開始履行他的諾言。

　　我們回自己屋子後，並沒有繼續睡覺。怎麼睡得著呢？我們又偷偷跑出屋來。這時雨早已停了，透過丁香樹濃郁的枝葉，可以看到一顆兩顆冰冷的星星。我們沒有進母親的屋子，而是悄悄地爬上窗臺，透過黑烏烏的玻璃窗看品伯給我們的媽媽擦洗身子。

　　品伯說：「文蕙，我先給妳擦臉。妳不嫌燙吧？燙一點好，燙一點舒服。雖說三春天氣了，早晨還是挺涼的。文蕙，妳的眉是未曾做過的，天然的細細彎彎。妳的眼梢開始有皺紋了，但還是那麼年輕。妳的鼻子小巧挺拔。妳的嘴角微微上翹，這是妳滿意我給妳擦洗呀！」

　　品伯說：「文蕙，我要為妳擦洗身子了。我替妳解衣，妳不介意吧？我知道妳不介意。文蕙，妳的頸項還是這麼凝滑，那兩道淺淺的頸紋勾勒出妳全部女性的細膩、嫵媚和動人。」

　　品伯說：「文蕙，妳的兩個肩頭依然渾圓。妳的胸乳還是這麼豐滿、堅挺，有彈性。妳的腰肢絕細，古人說腰可盈握，大概就是這個樣子吧。文蕙，文蕙，我得為妳擦洗下身了。」

　　品伯說：「文蕙，妳的下體是奧克菲筆下的《花》，稀稀疏疏的幾筆陰毛掩住隆起的一線淺溝，白麵似的實在可愛啊。」

　　品伯說：「文蕙，妳的手臂，妳的大腿小腿，妳的手掌手指，腳掌腳趾，是多麼的修長勻稱；妳整個的身體是造物的傑作啊。——上天上天，祢既精心製作了這麼一件稀世珍品，怎麼就忍心給毀於一旦呢？」

　　品伯說：「文蕙，我替妳穿上妳平時愛穿的衣服了，可這雙鞋我得留下；我得留個念想啊，文蕙！」

　　品伯一邊工作，一邊嘮嘮叨叨地說個沒完，好像我們的母親只是睡熟了。可是他明白，我們的母親靈魂已經飛走，他面對的只不過是一具軀殼。事實上正因為只是一具軀殼了，品伯才會這麼從容去面對的吧？

　　……

　　對品伯的追憶伴隨我一路回鄉。車到上海剛好下午三點；這時雨停了，烏雲鑲著白雲漸漸散去，就有紅光光的太陽光照在濕漉漉的馬路上，閃閃發亮。我在上海換乘汽車，一小時後回到了闊別四十餘年的故鄉小鎮梅涇。我在上海換車時已給了我姐一個電話，所以，當我一踏進杏林街老屋熟識的牆門，就見姐姐已經在客廳前的石階上迎候我了。

　　姐紅腫著兩個眼泡說：「小蕙，妳回來了。」說著抑止不住就哭了。

　　我也哭著說：「姐，我……回來了。」我丟下行李一下抱住了姐姐。

　　姐拍著我的背心，輕輕地安慰幾句，把我讓到廳上。

　　我說：「姐，品伯他……」

　　姐說：「品伯還在他房裡。定好後天發送。」

　　自從母親去世後，品伯就搬來我家，一直就住在母親住過的屋子裡。

　　品伯安詳地躺在床上。西視窗，一脈斜陽透過稀疏的丁香枝葉斜斜地照進屋內，落在品伯的床頭。床頭端端正正放著一雙女鞋。這鞋顯然再次經過整修，但已掩飾不了歲月留下的印跡：飛煙漫成

濃霧，墨綠淺成淡灰。但是此刻由於夕陽的塗抹，這雙娟小的船形巴黎女鞋像安徒生童話裡那雙幸運的套鞋一樣，熠熠地放出光輝。

我抹著眼淚說：「姐，品伯他臨終留下什麼遺言了嗎？」

姐看一眼躺著的品伯，把我領到了屋外。她像怕被品伯聽見似的壓低嗓門說：「正是要告訴妳，品伯給我們姐妹留下難題了呢。」

我說：「是不是他要和媽媽合葬一處啊？其實這要求不算過分的。這麼多年來，他實際已是我們姐妹倆真正意義上的父親了。」

姐說：「這倒沒有。他沒要求與媽媽葬在一起；他只希望他的墓穴離媽媽的不要太遠。」

聽姐姐這麼說，我反而感到有些意外。但是我立刻釋然了，因為我想起了谷崎潤一郎的《春琴抄》。溫井佐之助是春琴的門徒，但他們兩相愛悅，過著實際上的夫妻生活。明治十九年十月十四日，春琴病逝後，佐助埋葬了她，並立碑去祭奠她。二十一年後，也就是明治四十年的十月十四日，佐助以八十三歲高齡去世，臨終囑咐他的門徒，不要將他和春琴合葬一處。所以在大阪市內下寺町的淨土宗某寺，春琴的墓和佐助的墓是分開的。佐助墓在春琴墓的左側，而且墓的規格比春琴的小到將近一半。這是因為他們雖然如同夫婦一般生活過，但是佐助對春琴一直恪守弟子之禮，死後也不肯壞了規矩。品伯與佐助不同，他與母親生前未有肌膚之親，但他深愛母親，所以更不願壞了母親的規矩吧？想到這些，我於是說：「合葬的問題既不存在，還有什麼難辦的事情呢？」

姐說：「品伯他不願意讓土工為他擦洗身子。他說他的身子只合為媽媽敞開。」

　　我的腦際忽地劃亮一朵火花。我說：「那品伯的意思是……讓我們姐妹替他擦洗了？」

　　姐說：「小蕙妳說，這不是讓人為難嗎？」

　　我說：「姐，我明白品伯的心思了。品伯當年答應為媽媽擦洗身子，那是媽媽被動地向他敞開自己；現在品伯選擇我們姐妹為他擦洗身子，是他企圖通過這麼一個途徑主動向媽媽敞開自己啊。」

　　姐聽我這麼一說，茅塞頓開，說：「對啊，因為我們姐妹是媽媽生命的延續啊。」

　　於是在四月這個最殘忍的月份的某一天深夜，我們姐妹開始奉行品伯的遺囑。我們知道，我們即將要幹的是一件天底下最最荒唐的事情。是的，荒唐透頂！

　　但是，我們開始工作了。

　　在微弱的燈光下，我們工作得極其虔誠，極其莊重，也極其仔細認真，一絲不苟。

四月的丁香

櫻桃卵

天將黃昏的時候，壞分子櫻桃卵走出了他那三間東倒西歪快要趴下的磚瓦房。他似乎忘了自己壞分子的身份，也不知道自己現在要去幹的是一椿違法亂紀的事情；或者他不認為這是椿違法亂紀的事情。他現下的心情倒像是去趕集，去吃酒赴宴席；或者乾脆說是去與情人幽會一樣。

為這次的行動，他已經準備了三年，等待了三年，煎熬了三年。他選擇在今晚行動是因為天賜的機緣：公社召開多年沒有召開的三級幹部大會，部署春耕生產，大隊、小隊的芝麻綠豆官通通去了；村子裡成了真空。凡想幹點壞事的，都會鑽空子，櫻桃卵就鑽了這空子。剛才他燒了一大鑊子滾水，掇出一隻多年不用的腰圓形浴盆，剝光衣服，在西窗漏進來的一脈斜陽裡像煺毛豬似的洗了個透澡，然後換上洗得發白的有樟腦丸清香的紫荊布衣褲，就出了門。

早春的薄暮還非常寒冷，但櫻桃卵這會兒卻躁熱得渾身冒汗。他將衣領也扒開了，讓絲絲寒風就這麼在頸窩裡繞來繞去；他就體會到彷彿有一隻女人的手在那裡揉來抹去，淹然生媚。

薛婆橋村離開縣城五十里，離所屬的公社小鎮也有二十里，是一個被稱作「深鄉下」的小村子。凡深鄉下，晚冬、早春農閒，人

們都歇息得比較早。薛婆橋村也這樣，太陽尚未下山呢，家家戶戶就早早吃過夜飯關門睡覺了。

櫻桃卵穿過一方箱子田，爬過一個瓦礫崗，轉過一片烏桕林，就走在了不寬不窄蜿蜿蜒蜒的薛婆河邊。這薛婆河靜靜的，像鏡子一樣不起漣漪；偶爾有一隻紅嘴白頰的水鳥飛過，嘴尖擦一下水皮，也只劃破一絲皺紋，不要一分鐘，河面又復歸平靜了。河的兩岸除了幾棵斜撲在水上的榆樹、櫟樹，是一叢又一叢綠葉紫尖的蘡薁，顯得有點蕭瑟荒涼。不過在此時的櫻桃卵看來，卻有《牡丹亭》中遊園的意境。望著水中自己的倒影，他忽然唱出兩句久已生疏了的詞曲：

> 幽僻處可有行人？
> 踏蒼苔路滑冷冷。

也許有人不信，就他一個壞分子，還有這樣的心氣才情？事實上櫻桃卵就有這樣的心氣才情。櫻桃卵其實有好名好姓；他當然姓薛。薛婆橋村清一色全姓薛，因為是深鄉下，沒有外來移民。櫻桃卵名叫薛文起，那是官名。因這薛婆橋村村風，無論老老少少差不多都有穢褻氣的小名，比如菜蚌、牛雞、扁頭、爪手。薛文起的褻名就叫櫻桃卵。薛婆橋人代代都有起褻名的大師，即便是再無特徵或再完美的人，他都有辦法給你起上，而且必定畢肖，毫不牽強。薛文起小時候長得如金童玉女，無可挑剔，大師就把目光對準他的生殖器。據說，薛文起的生殖器紅紅白白，狀如和尚敲木魚的槌頭，又如含苞欲放的花蕾，尖尖翹翹，十分漂亮。都說長這樣漂亮雞雞

的，長大一定會得美婦，於是櫻桃卵這個褻名就把薛文起這個官名吞吃了。櫻桃卵高中畢業時，他爹媽相繼去世，這時北方一個部隊來招兵，櫻桃卵就去應徵。打這時起，村裡人就像公議過一樣，不約而同恢復了他的官名薛文起。後來薛文起在黑河一仗立了個二等功，成了英雄。有一年秋天他休假回了一趟薛婆橋，訂了一門親事。女方名叫薛玉蓮，是他中學時的同學。訂親後薛文起回到部隊，沒多久他就轉業了。轉業回來，他被分配到本公社當了人武部副部長。當時人武部的部長已接近退休，而副部長除了薛文起還有一名姓黨的，也是個轉業軍人，比薛文起早一年來的。這樣，部長的位子誰上誰不上就有競爭了。從老部長的口風裡，似乎更看好薛文起，因為他「字業」高，文才好。薛文起也認為自己有把握爭得這位子；而且縣上也來考察過了，意向較為明朗。因此，姓黨的副部長就很失落、抑鬱和不滿。

就在薛文起基本被內定為部長人選的那年夏天，有一天，他得意洋洋地回到薛婆橋村。當晚，很自然就去找薛玉蓮。薛玉蓮是薛婆橋村的一枝花，煙視媚行，很是動人。她爹當時是大隊黨支部書記，她也就是薛婆橋村的幹部子女，很嬌氣，也很正派的。

這天晚上，薛文起與薛玉蓮在薛玉蓮家相會。薛文起忽然性起，他擁抱了薛玉蓮，又是親嘴又是摸胸。這些，薛玉蓮推推阻阻也就讓他如願了。落後薛文起又得寸進尺，要扯薛玉蓮的褲子，薛玉蓮就翻臉了，說，想不到你這麼流氓！薛文起說，我倆不是訂婚了嗎，早晚要有這一齣的。薛玉蓮說，不行！不到新婚之夜，我不願意開苞的。薛文起說，誰又等得到猴年馬月，都是提早進港的。薛玉蓮

說，放屁！你要進港，去進別人的港吧，我堅決不幹。說著一賭氣，把他推出了房門。薛文起是個男人，他原本倒也不一定非要怎樣怎樣，但薛玉蓮的態度使他臉上有些掛不住，覺得傷了自尊，但也沒有辦法，就負氣連夜離開薛婆橋村，二十里路回公社所在的小鎮。

回到鎮上，進了公社院子，他不免有些後悔，但也只好如此了。

這公社院子原是一家地主的大院，一共有三進一個走馬樓，很大。樓下是各部門的辦公室；樓上，基本就做了幹部們的宿舍。因為那天是週末，幾乎所有的幹部都回老家了，所以整座大院很空靜。薛文起來到第三進，踏上了樓梯卻又改了主意；他心裡很憋悶，不想進自己那個單調的房間，就穿過天井進了東廂房。

這東廂房是薛文起的辦公室，佈置得很是詩情畫意。東牆上掛了一字一畫。那畫畫的是絲瓜雛雞；絲瓜瘦長碧綠，兩三隻雛雞毛茸茸嫩黃黃，在爭食一條蟲子；題名三個字：農家樂。那字寫的是：公社不在巴黎，社員幸福中華。字和畫都是薛文起自己的作品。一次一位縣上的書畫家來公社，看了薛文起這兩幅字畫，有些吃驚；他斷定薛部長對陳老蓮和金農金冬心下過一番功夫。西窗是寬邊雕花的玻璃窗，薛文起將之擦拭得露出荸薺紅的顏色，又掛了青竹布窗簾。東南的牆角立一個黃楊木的舊花架，上面放一盆矮幹百日紅即剝皮紫荊，紫紅的花朵明亮亮的就像一束一束的火焰。辦公桌上除了文件和政治學習資料，很起眼的還有兩本書：一本是《紅樓夢》，一本是《唐詩三百首》。那是剛剛開禁的，卻是很舊很舊的精裝書。

薛文起來到辦公室，先給自己倒一杯水，然後拉開抽屜取出一包利群牌香煙，抽出一支點燃。可是剛吸了一口，忽然煙頭哧的一

聲滅了。仔細看看，煙是叫水滴滴滅的，這就奇了！薛文起不由抬起頭朝上望望，只見黑烏烏的朱漆樓板上滲出來水珠，不一會又是一滴。這回滴在辦公桌的玻璃臺板上，嗒的一聲，臺板上開了一朵水花，把臺板下壓著的薛玉蓮的笑臉抹成模模糊糊的一張哭臉。薛文起就想：怎麼回事呢？上面廂樓是部裡的儲藏室，天又沒下雨，怎麼會有屋漏水呢？

薛文起扔了煙捲，出辦公室上樓。到了廂樓邊，這才聽見裡面有人，——有人在洗澡，不時傳出來嘩啦嘩啦的潑水聲。他轉身要下樓，又想，這會是誰呢？算算不會有人啊。狐狸精？剛來這兒時就聽說這院裡陰氣重，先前有過狐狸精。薛文起當然不信。這不信唉使他將腦袋湊上去，想找條門縫瞅一瞅，卻是門板的質量太過完好，竟找不到一絲縫隙。他連想也不想就伸手去推門。這是一個下意識的動作，用力很輕，原是推不動也就算了的，不料門竟呀的一聲打開了。門一開，嚇了薛文起一大跳，只見當房放了一隻桃紅色大浴盆，一個女人精赤條條地站著洗澡呢。因為面朝裡背朝外，又洗得很專注，那女的居然沒聽見開門聲。倒是薛文起見到那白晃晃的身子，尤其是那一個十分豐滿的屁股，就禁不住發出一聲短促的驚叫：啊！

這一聲驚叫使得洗澡女子一下回過身來。這一回身，她彷彿受到感染似的也發出一聲驚叫：啊！並且立刻用兩個手去兩腿之間掩住私處，還撲通一聲跌坐到水盆裡，水盆裡就好像跳入一條鯉魚，水潑剌剌地濺了一樓板。

來人！快來人！有賊！有賊啊！

　　女人在受到意外的人身傷害時往往會喊有賊。薛文起也是昏了頭了，他非但不趕緊跑掉，相反一步躥了進去。他的本意是想去掩她的嘴巴，結果卻把那女孩子連水帶湯緊緊地摟在了懷裡。

　　原來那女孩是黨副部長的小姨子。小姨子才十八歲，在上海念高中。她是放暑假來姐姐家作客的。因為黨家房擠，沒專門的浴室，她姐夫就讓她借這儲藏室洗浴，不想叫薛文起給撞上了。薛文起與姓黨的正爭部長的位子呢，這下好了，耍流氓！位子也不用爭了，還上報到公安局。最後的處理意見是：開除公職，戴上壞分子帽子，押送回原籍監督勞動。臨走，那位曾經看好他的老部長送他到門口，搖著頭說：「你呀！你呀！」他還想辯解幾句，老部長揮揮手說：「走吧走吧，說什麼都沒用了。」

　　當然，順理成章，薛文起和薛玉蓮的婚姻也就不復存在：他們解除了婚約。從此，在薛婆橋村，薛文起的官名不再有人叫了，櫻桃卵三字重新成為他這個人的符號。每次公社、大隊或小隊開批鬥會，主鬥或者陪鬥，大會主持就會大聲叫道：將櫻桃卵押上臺來！或者在櫻桃卵前面加上個定語「壞分子」，叫道：「將壞分子櫻桃卵押上臺來！」

　　薛婆橋村一向較窮，所以薛婆橋大隊地富反壞不多，總共才十三名。其中十一名是五十歲以上的老傢伙；一名右派是縣裡指派下來的，也快四十歲了。薛文起算是最年輕的一個，才三十一歲。時常四類分子集會聽訓，那些老地富們會半感慨半譏笑地對他說：「櫻桃卵，我們呢是叫舊社會害的，當四類分子身不由己。你可是生在新社會，長在紅旗下，又有這麼好的前程，多可惜呀！你知道這叫

什麼嗎？這叫好卵上長瘡，新褲上補襠。」開始，他還臉皮薄，只低頭不語，後來在這一群裡待慣了，也就破罐破摔，涎著臉說：「這卵不好好的嗎？它還是櫻桃卵呀。我只是冤枉，你他媽長一個蛤蟆卵還有蛤蟆洞鑽，我一個櫻桃美卵怎麼就無有個櫻桃仙洞鑽鑽呢？」那些四類分子聽了倒同情起他來，說：「的確是空長了這麼一個好卵。長怎麼個櫻桃卵煎熬著，是有點難為你了。」

就在薛文起回鄉的那年國慶日，薛玉蓮與大隊團支部書記薛文白結婚了。薛團支書為了挫挫櫻桃卵沾過的晦氣，婚禮舉辦得特別隆重，單是娶親船就湊夠了五條，其中不得已用了一條外來的蒲鞋船。娶親船披紅掛彩，一路鞭炮炮竹，又是鑼鼓又是絲弦，將薛婆橋村大大小小的河濱全鬧騰遍了；沿河還撒掉了幾十斤喜糖。但晦氣好像並沒有挫掉，據風言風語傳出來的資訊，薛玉蓮婚後並不滿意，主要是薛文白在性事上有些障礙；也不是完全不行，而是俗話說的只能生子，不能取樂。用不著佛洛伊德特別論證，一般人都明白性生活的快樂原則；結了婚而毫無性生活的快樂，這是一樁很惱人很悲哀也很無奈的事情。這事情恰巧讓薛文白薛玉蓮夫妻碰上了。薛文白是團支書，在隊上村裡盡可以指手畫腳，可一進家門一面對薛玉蓮，他這顆腦袋就會不由自主耷拉下來。聽那些婦女背地裡說，他薛文白人高馬大也算一表人物，晚上幹事大多數只能望門流淚；有時候進去了，沒動兩下就熄了火。那些沒羞恥的婦女還打比方譏笑薛文白，說他上床時張狂得好似張飛霸戰，一爬上去就蔫頭蔫腦如同烏龜過嶺。櫻桃卵開始不信，後來見薛玉蓮煩悶苦惱的樣子，也就將信將疑地信了。

一次春蠶時採桑葉，他很偶然地與薛玉蓮單獨在地角上碰上了，就問：「玉蓮，妳過得還好嗎？」

薛玉蓮沒回答，卻望他一眼哭了。

櫻桃卵說：「玉蓮，我真的沒把那個女孩怎麼樣。我昏了頭，只摟了她一下。真的，我連她的奶子都沒碰一下。」

薛玉蓮哭著說：「都是我不好。那天我不該拒絕你的。我要不拒絕你，你就不會回公社，也就不會碰上那女孩了。文起，是我害了你。」

櫻桃卵說：「不不，玉蓮，不能這麼說。說到底還是我自己犯了混。我是自作自受。玉蓮，妳當真過的不舒心嗎？」

薛玉蓮就嗚嗚噎噎地說：「我苦……」

剛吐了兩個字，有人來了，他們就趕緊分開了。

經過這次以後，櫻桃卵確信，那些傳聞是真的了。櫻桃卵就很後悔，也很自責，同時覺得他可以也應當去幹一樁事情了。這次公社召開三級幹部會，他認為幹那樁事情的時機成熟了。

這會兒他走在薛婆河邊，心裡有說不出的舒展。在唱過《牡丹亭》那兩句詞曲之後，他走過了一座小小的環洞石橋，也就是薛婆橋。走在薛婆橋上時，他還饒有興致地反背著手，欣賞了一會渾紅的落日，欣賞了一會腳下清清的流水。然後，暮色驟然落下，四野裡頓時變得迷濛起來。

薛文起走過薛婆橋，走進了一條長有許多高大的椿樹、麻櫟樹的小路。小路盡頭薛婆河兜了個彎，形成一個河灣。河灣裡散散落落的幾戶村舍；薛文白家三間新屋就孤吊吊地起在近水的高地上。

　　薛文白家顯然沒人，靜悄悄的。稻場上幾隻雞在刨食；屋後傳來湖羊一聲兩聲好似迎候一樣的叫聲。櫻桃卵好像回到自己家一樣進了堂屋。他先在一把木椅子上坐了，架起二郎腿抽了一根煙，又找來一個玻璃杯，泡了一杯茶。喝過茶，又坐了一會，他忽然止不住心跳起來，就起身去了房間。

　　房間裡有些凌亂。三屜桌上一面鴨蛋鏡歪著，一把牛角梳子斜擱在鏡架上。梳子邊是吃剩的半碗赤豆米飯，一隻破了一個洞的尼龍襪忸怩著。靠牆堆放著十幾個藥瓶，藥已吃了，是空瓶子。櫻桃卵一隻一隻拿起來看，全是壯陽的。櫻桃卵就笑了。他打開後窗，把空藥瓶撲通一個，撲通一個，都扔到薛婆河裡了。之後，他一歪身坐到了床上。床上也很亂。兩床墨綠線綈面的被子半新不舊，沒有疊起，仍是剛剛起床的樣子。一對繡著鴛鴦戲水的大紅枕頭留著兩個深深的後腦窩兒。床腳角落裡一條米色綿綢內褲，皺巴巴的像剛脫下的蛇蛻。櫻桃卵拾起內褲翻過來倒過去地研究，判定是薛玉蓮的；拿到鼻子底下嗅嗅，果然是的。

　　櫻桃卵嗅著褲子，連同房裡的光線也嗅沒了。天漸漸地越來越黑，外邊堂屋裡就有了聲響。到這一刻，櫻桃卵才顯得有些緊張，一顆心咚咚地好像要從胸壁裡跳出來。他停止了鼻翼的抽動，將兩個耳朵伸得很長很長。

　　進屋的是薛文白的妻子薛玉蓮。薛玉蓮從娘家回來，沒精打采的樣子；兩個眼紅紅的，顯然剛剛哭過。晚飯在娘家吃過了，不用再忙。她把雞轟進窩，又轉到屋後羊欄裡餵了羊，然後進灶間燒了一大桶滾水。她覺得身上很污糟，她要洗個澡。她拎了熱水進房，

順手拉亮了燈，又從門後掇出一個大紅浴盆，把桶裡的熱水傾入盆裡，就坐到床上脫衣服。早春天氣，夜晚是很涼的，薛玉蓮脫衣服就有些抖抖索索。她呲牙咧嘴地自嘲了一句：「偏要在這麼冷的天洗澡，發神經啊。」說是這麼說，但還是慢慢把衣服給脫了。她瑟瑟索索抱著身子走到浴盆邊，提起一隻腳，用腳尖試試水溫，然後就一腳跨進浴盆，洗浴了起來。

櫻桃卵這會子趴在床底下。薛文白這張床是張老式床，三面靠，不很寬，床腳矮矮的，適合藏人，但憋氣。現在櫻桃卵憋著氣趴在床下，一個手按住小兔崽子一樣活蹦亂跳的心臟，一雙眼瞪得核桃一般大，觀摩薛玉蓮洗澡。看著薛玉蓮一下一下洗浴，櫻桃卵忽然聯想起三年前那個夏天在公社廂樓裡看黨小姨子洗澡的事。心想，要是三年前見到洗澡的是薛玉蓮，說不定他早就跟眼前這個精赤條條的女子結了婚了，興許還當上正部長了呢。那就完全是另一部個人史了。這麼想的時候他激動起來，喉嚨變粗，成了一隻風箱。

薛玉蓮聽得背後有呼哧呼哧的聲音，就停止洗浴，狐疑地回過頭朝床底下張望，一邊自言自語嘀咕說：「貓呢？老鼠呢？」

櫻桃卵趕緊張大嘴巴調整自己的氣息。

薛玉蓮洗完澡就上床睡了。大約洗了熱水澡，渾身舒服了，她頭一挨枕頭就睡著了，細細的鼻息水波一樣在房間裡蕩漾開來。四周就顯得格外的安靜。

稍稍等了一會，櫻桃卵從床底下爬了出來。他猶豫了一下，就挨坐到床上。又猶豫了一下，就把衣服脫了，鑽進了被窩。一鑽進被窩，他就一把將薛玉蓮摟在了懷裡，一張嘴就天南地北地胡啃起來。

薛玉蓮也真是好睡，經這麼激烈的揉搓依然沉睡不醒，於是櫻桃卵就膽大起來。

我們很難判斷薛玉蓮是否還睡著，但她的行動是清楚的。她的兩個手臂突然反扣住櫻桃卵，嘴裡還哼哼唧唧地呻吟。到後來，哼唧也變成了呼喊。

薛玉蓮雙目緊閉，淚水漣漣地說：「文白，文白，你行了。你終於行了！你真的行了！文白，摟緊些，再緊些！文白文白，我要死！」

櫻桃卵早忍不住了，卻不敢說破，他喊叫道：「玉蓮，我要來了。妳來了嗎？」

薛玉蓮說：「文白，快。我來了，我早已經來了，你來吧！」

櫻桃卵說：「好，玉蓮，我，我來了。我……來了！」

櫻桃卵一完事，薛玉蓮就把他掀翻，跳了起來。

薛玉蓮說：「你，你，你你你是誰？」

櫻桃卵說：「我是文起。」

薛玉蓮就哭了。她一下跳到床下，抱起衣服拼命往房門口跑去，邊跑邊哭喊道：「有賊！有賊！」

女人都一個師傅教出來的。她就會喊「有賊」！這一哭喊，嚇得櫻桃卵魂飛魄散，他像一發炮彈從床上射過去。他一把拽住薛玉蓮的一條胳膊，又騰出一隻手去捂她的嘴。

櫻桃卵說：「玉蓮玉蓮，妳不能喊人。妳聽我說，玉蓮，妳聽我說。妳……」

薛玉蓮掙扎著仍然聲嘶力竭地喊叫：「有賊！有賊呀！」

櫻桃卵愈加慌亂了，他說：「玉蓮玉蓮，妳冷靜些。妳冷靜些好不好？玉蓮，妳難道不覺得爽利嗎？」

這最後一句近乎無恥的話，是櫻桃卵說出的一句急話，也是一句大實話。想不到薛玉蓮倒被這句話鎮住，她停止了掙扎，也不再喊叫，櫻桃卵就把她抱回到了床上。

是的，薛玉蓮確實覺到了爽利。她想不到性交會如此妙不可言，也就是爽利。她想一個女人結了婚，理當獲得這種爽利的。這是婚姻生活中女人的權利吧？可薛文白從沒賦予過她這種權利。三年了，從沒有過。

但是薛玉蓮對櫻桃卵說：「你不是我男人，還是個壞分子啊。」

櫻桃卵指指自己的下身說：「我本來應當是妳男人的。壞分子又怎樣？壞分子是因為長著一個好卵嗎？」

薛玉蓮就摔到櫻桃卵懷裡嗚嗚地哭起來，說：「文起，是我害了你，也害了我自己。要是那天晚上我答應了你，就早爽爽利利沒事了。我真傻啊！」

櫻桃卵被她說得骨頭癢癢的，就說：「玉蓮，怎麼樣，索性我們再爽利他一次？」

於是兩個人重整旗鼓又爽利了一次；過後還不滿足，又爽利了一次，又爽利了一次。後來累了，竟連被子也不蓋，兩人就這麼赤條條相摟著睡熟了。

不知過了多久，他倆醒過來了。不是自己醒的，是被人喊醒的。喊醒他們的是薛文白，薛玉蓮的男人。薛文白沒有金剛一樣的憤怒，

他只是上前來推醒他們，說：「醒醒，醒醒。你們這一對狗男女，好醒醒了！」

這對狗男女一醒就驚駭得呆掉了，張大的嘴巴半天也合不攏。

薛文白背過身說：「都把衣服給我穿上！」

經提醒，這對狗男女才匆匆忙忙下地穿衣。穿好衣服，房外走進來一個老頭，那是薛玉蓮的父親，大隊黨支部書記薛子坤。薛子坤鐵青著臉，手裡攥了一根拇指粗細的光彈繩，二話不說，上來就把櫻桃卵捆了；捆得結結實實，像一隻等待下鍋的火肉粽子。捆畢，對他說：「走，去大隊部。」

這時薛玉蓮不合時宜地哭著上來求情，說：「爹，您就饒了文起吧。爹，我們這是第一次，以後再也不敢了。爹，爹您就──」

薛子坤伸出滿是老繭的大手一巴掌掃過去，只聽啪的一聲，薛玉蓮柔白的臉上立刻有了紅紅的五個手指印，鮮血就從她的嘴角掛了下來。薛玉蓮是薛子坤的獨生女兒，打小到大從沒著過她一個指頭，這一掌可以見出他有多麼憤恨。但他沒有罵她，只對櫻桃卵說：「走，快走！」說完，狠命一腳，踹在櫻桃卵的屁股上，櫻桃卵就一個狗吃屎撲倒在了青磚地上。因為手被反剪著，腦袋著地，咚的一聲，額角上立刻起了一個皰塊，鼻子也碰破了，滴滴嗒嗒地流血，卻怎麼也爬不起來。薛文白走過去抓住繩頭把他提起來，又用力一搡，櫻桃卵就跌跌撞撞地出了房門。

走到房外的櫻桃卵回過頭來對薛玉蓮說：「玉蓮，都是我的不對，妳千萬別想不開！」

　　一語提醒了薛子坤，他對女婿說：「先把這賤人安頓到我家，回頭再收拾這壞分子。」

　　薛子坤、薛文白翁婿這天不是在公社參加三級幹部會嗎？怎麼回家了呢？這大約就叫合該有事吧。他們是在開會的，會議原定第二天上午結束。這天晚飯後，薛子坤對女婿說：「明天也就剩下表彰了，我想連夜回去。你丈母娘這幾天胃病又犯了，我不放心。」

　　薛文白說：「那好。——對了，爹，我娘她藥還夠吧？」

　　一提起藥，薛子坤打了一下腿說：「正是藥丸子吃完了呢，原說好趁開會帶兩瓶回去的，卻給混忘了。怎麼辦，現在藥店都關門了。」

　　薛文白說：「沒關係，人民藥店的團支書我很熟，我這就找他去。反正表彰也沒我們大隊什麼事，玉蓮一個人在家我也不放心，不如我們一同回了吧。」

　　就這樣翁婿二人提前回了薛婆橋村。

　　薛文白平時在家不大聲響的，到家遇見這事居然能不驚不咋，他想了想便去叫來丈人薛子坤。

　　薛子坤是經過土改鬥爭的，苦大仇深，有對付地富反壞的鬥爭經驗。當晚他們先將薛玉蓮送到娘家，由正犯病的玉蓮她娘看管，然後押了櫻桃卵上大隊部。

　　大隊部設在村北的晏公廟裡。那裡離村子很遠，很偏僻很野淡的，晚上也沒人值夜，連個鬼都沒有。薛子坤翁婿將櫻桃卵押到隊部，把他帶進禮堂，叫他跪下，對著毛主席像低頭認罪，徹底坦白，櫻桃卵就不藏不掖原原本本都說了。

櫻桃卵說完，薛子坤起手給了他一個嘴巴子，說：「櫻桃卵，你這畜生，你已經是壞分子了，還敢犯這毛病，而且敢犯到我和文白的頭上。你他娘真是膽大包了天了！」

櫻桃卵用肩膀擦了擦牙血說：「玉蓮她都結婚三年了，房事上不能滿足。她有苦難言，她⋯⋯」

話沒說完，薛文白一個嘴巴就送了過去，說：「你胡說！你是說我不能來事嗎？」

櫻桃卵說：「我沒說你不能來事；我是說你不能給她爽利。得不到爽利，她能不怨⋯⋯」

薛文白又趕緊給他一個嘴巴說：「胡說！她怎麼不爽利了？我們是有愛情的。愛情勝過肉慾。」

薛文白說得很冠冕堂皇，但一點也不理直氣壯，因為他記起了薛玉蓮房事時那張臉上無奈的表情，痛苦的表情，甚至氣憤的表情。

櫻桃卵牛心左性，他不服地嘟囔著說：「夫妻光有愛情就夠了？她不爽利，她能有愛情了？」

薛文白還要說什麼，叫薛子坤攔住了，他說：「別跟這壞分子多費唾沫了。」又對櫻桃卵說：「文起，你看這醜事怎麼個了結？」

櫻桃卵聽薛支書叫他官名，心裡滾過一陣慚愧，他說：「您老人家看著辦吧。要不，再戴一頂帽子？」

薛子坤冷笑一聲說：「你倒是不笨。戴十頂帽子不就是個壞分子嗎？」

櫻桃卵說：「那您把我送去勞改算了。」

薛子坤說：「是該送你去勞改。可是我是誰？文白又是誰？我是黨支書，文白是團支書。黨支書的女兒，團支書的老婆，被你這個四類分子強姦，我們的臉往哪兒擱？」

櫻桃卵低聲辯解說：「這不能算強姦。玉蓮她後來……」

薛文白就嚷了一句：「就是強姦的！」

櫻桃卵就不敢再申辯了，說：「要不，我挨一頓打吧。」

薛子坤一拊掌從椅子上站起來，說：「這可是你自己說的。打一頓。好，看來也只能這麼教訓你了。但還有個附帶條件，你挨了打，出去不許說是我倆打的。否則……其中的道理你應當明白。」

櫻桃卵點點頭說：「我明白，我明白。」

但是櫻桃卵想得太簡單了。打一頓，程度可輕可重；櫻桃卵把程度二字給忽略了。結果是，薛子坤翁婿將他蜘蛛吊吊在了禮堂的橫樑上，用檀木棍子輪番拷打，最後把他的一條左腿給打折了。打完之後，翁婿二人用一張破籐椅將他抬回他家中。臨走，薛子坤指著櫻桃卵的鼻子說：「櫻桃卵你聽著，從此以後不准你再去招惹玉蓮。要不，你預備好你的右腿。記住了？」

櫻桃卵咬著牙忍住痛說：「薛支書，我，我他娘記住了。」

事實上櫻桃卵並沒記住。半年之後，他的腿傷慢慢痊癒了。傷好以後的櫻桃卵成了一個瘸子。他信守諾言，對人只說是自己不小心摔斷的。但不久村裡人也漸漸知道了真相，都在背地裡說這翁婿支書未免太殘忍了些。這就加速毀壞了櫻桃卵的記性，在薛玉蓮獨守空房的某個夜晚，他像一隻渡船再次搖進了薛玉蓮的房間。

　　事情再度被薛文白撞見之後，薛子坤沒有選擇打斷櫻桃卵的右腿，而是從劁豬灣請來兩位閹割高手。一天下午，他把一位劁豬的，一位閹雞的帶到一處廢棄的機埠。

　　那二位覺得奇怪，說：「薛支書，那待劁的畜生呢？」

　　薛子坤一臉冰霜，將掉了一塊木板的機房門一推，說：「畜生在裡面。」

　　兩位師傅疑疑惑惑地走進機房，沒見到豬，也沒見到雞，見到的是一個被捆綁在椅子上的人。那是壞分子櫻桃卵。櫻桃卵的褲子已被剝去，那一捧毛嘟嚕累垂偉長的傢伙耷拉在座板上。

　　兩位師傅見了嚇一大跳，連忙逃離機房，說：「薛支書，您這不是開玩笑吧？我倆劁豬閹雞是一把好手，劁人可從沒幹過。」

　　薛子坤說：「不就劁個卵子嗎？」

　　劁豬的說：「劁卵子是劁卵子，可卵子長在人身上跟長在豬身上是完完全全兩碼事。那是要出人命的！」

　　薛子坤說：「那你們說，讓我上哪找劁人的去？」

　　閹雞的說：「只聽說前清宮裡頭有專門劁人的刀子匠，手段高，收費也高，每位手術費六兩銀子。也有皇家許可的專門地方，聽說在紫金城西華門外一間名叫廠子的破屋子裡。要不，您上那兒瞧瞧去？」

　　薛子坤瞪了閹雞的一眼，說：「你說夢話啊你！」

　　劁豬的笑笑說：「好了好了，別瞎扯了。薛支書，正經您還是帶他上婦產醫院吧，那裡聽說劁人呢。」

　　關於這一點，薛子坤比劁豬的明白，他說：「那不是劁人，是做絕育手術。絕了育，他娘的照樣會操！」

結果自然沒有結果。薛子坤曾經想自己動手一刀剁了這狗日的那傢伙，但他知道這絕對是要出人命的。出了人命一旦追究起來，自己恐怕也得坐牢，儘管剁的是一個屢教不改的壞蛋的下流種子。

唯一行得通的，只有看緊一點。但到後來，看管顯然不頂用了，因為薛玉蓮竟漸漸搖上門去了。

真正管用要到十年之後。十年後，四類分子一風吹了；櫻桃卵的流氓問題得到了甄別：他只是犯了一般猥褻性質的錯誤。這十年裡，薛玉蓮已生有一子。那孩子都四五歲了，據說眉眼酷肖櫻桃卵。但也不一定，因為薛文白不是完全的性無能，他只是性無趣。況且文起文白是堂兄弟，自有相近的遺傳因數。誰知道呢？誰又願意去管這等閒事呢？那孩子可是認定文白是他親爹，爸爸爸爸叫得非常親熱。文白也不願意深究，兒子長兒子短很是疼愛。一家三口就這麼過著幸福的生活。

櫻桃卵得到甄別後落實了政策，他回到公社，又端起了公家的飯碗。不過沒有官復原職，只當了人武部的一名幹事。幹事就幹事吧，至少頭上沒了壞分子的帽子；他理了髮洗了澡，一頭一身的輕鬆。

那是一個秋天的上午，櫻桃卵穿上他轉業時的一套草綠色軍裝，挎了個也是草綠色的軍用挎包，意氣風發地到公社報到，連腿也不怎麼跛了。一進辦公室，接待他的是一位面目姣好的女文書。他遞上介紹信時，女文書一抬頭，兩人都愣住了。那女文書竟是當年他犯猥褻性錯誤的當事人，黨副部長的小姨子。

畢竟事情都過去十年了，他們各自都有了複雜的人生經歷；而且黨小姨子事先已經知道了櫻桃卵這十年的磨難，心裡也微微

有些歉意。這會兒她微笑著站起身，伸出手來說：「歡迎你，薛文起同志！」

「薛文起同志？」櫻桃卵呆了一下，趕緊回答說：「對對，薛文起，我是薛文起。──您是⋯⋯」

黨小姨子說：「我姓申，申請的申，一條小路的小路，申小路。」

薛文起想，真是一條崎嶇的小路。他笑笑，握住申小路柔軟的小手說：「哦，是申小路同志。我⋯⋯」

他想說，當年他糊裡糊塗見到了她的胴體，為此付出了十年的坎坷，十年的艱辛，可他連她姓什麼叫什麼都不知道。然而申小路同志非常熱情，她放下手裡的工作，領他去他的辦公室。

你說奇怪不奇怪，他的辦公室在後進走馬樓下的東廂房，就是十年前他待過的那一間。

進了辦公室，申小路同志為他沏一杯茶。薛文起同志坐在椅子裡點了一根煙，剛吸一口，就下意識抬起頭朝樓板上望望。

申小路同志見他朝上望，領會錯了意思，說：「樓上是儲藏室，很少有人走動，不會吵擾您辦公的。」

薛文起同志哦了一聲說：「我不怕吵。我是⋯⋯」

他想說他怕上面滴下水來。但想了想，不說了。

申小路同志見他不願說，也就不勉強他，說：「那薛同志您隨便。」

申小路同志出去了。薛文起同志望著她豐滿的背影，有些癡迷地搖搖頭說：「這娘們⋯⋯真有意思！」

薛文起又在公社當起了幹部。誰也料不到的是，當公社改稱鄉上的時候，薛文起居然和申小路締結了良緣。

　　原來幾年前申小路的丈夫另有新歡，卻指責她隱瞞了從前被櫻桃卵猥褻的事實，跟她拜拜了。一氣之下，申小路偏就要求組織上將她調到這裡。

　　經過一年的接觸，申小路覺得薛文起就是她理想的擇偶對象，她便主動請婦女主任幫忙說合。起初薛文起感覺總有些彆扭，架不住申小路批評他小雞肚腸，教育他要團結一致向前看，薛文起也就馬上想通了。

　　薛文起不好意思地對申小路說：「不怕妳惱，其實十一年前我就中意妳了。」

　　申小路撒嬌地一笑，說：「誰信你的鬼話！」

　　薛文起就賭咒發誓表白他的心跡，申小路也就信了。

　　就在這年的國慶日，他們結婚了。新房做在走馬樓的後樓，原來申小路姐姐姐夫住的房間。申小路的姐姐來參加婚禮了，姐夫則因工作忙脫不開身沒有來。

　　喜宴散了之後，他們進入洞房，申小路就喜滋滋哼著歌去鋪展被褥。薛文起制止了她，說：「小路，我們去一趟廂樓吧。」

　　申小路覺得奇怪，說：「要找東西？你不見夜已深了嗎？」說著臉上一紅。

　　薛文起說：「不，不找東西，但最好去一趟。」

　　申小路見他說得很鄭重的樣子，只得狐狐疑疑地跟了他去廂樓。

　　儲藏室照例是不上鎖的，裡面無非堆一些過期的文件、資料，破舊的油印機、打氣筒等等的雜物。他們一進廂樓，薛文起對申小路說：「親愛的，妳能為我把衣服脫了嗎？」

申小路臉騰地一紅，瞪起一雙驚奇的眼睛說：「衣服橫是要脫的。怎麼不在新房裡脫，巴巴跑到這兒來脫？」

薛文起兩個眼深情地望著申小路說：「小路，妳很聰明，妳應當明白我為什麼把妳帶到這兒來。」

申小路搖搖頭，但她很快明白過來了。她哭了，說：「文起，你說老天爺為什麼這麼作弄我們，讓我們倆磕磕絆絆繞這麼大一個圈子？」

薛文起說：「這大概就是所謂的好事多磨吧。」

申小路聽了就破涕為笑，並且很快把衣服脫光了。

申小路是上海青浦人，說普通話帶點申腔；說上海話很道地，很糯。儘管加了十歲年紀，她的裸體仍然十分白淨、細膩，有瓷一般的光澤。

薛文起仔仔細細鑒賞了申小路的裸體，說：「小路，妳很美。」

好像是完成了一個儀式。之後，他們回到了自己的新巢，過起了甜蜜的婚姻生活。就是這一夜，從未懷上孩子的申小路懷上了孩子。俗話說這叫「花裡有」，這當然是後話了。

過不多久，有一天薛文起要回一趟薛婆橋村老家了。申小路要陪他一同回去，薛文起沒讓。

薛文起說：「小路，這次我要單獨回去了卻一樁心事，妳就別去了；妳要去，以後什麼時候都可以。」

申小路問是什麼心事，薛文起就把跟薛玉蓮的事說了，申小路不免醋意淋漓。但她很快想通了，就大度地說：「好吧，那你就一個人回去。可得好好跟人了斷啊！」

薛文起說：「小路妳放心，絕對錯不了。」

這樣，薛文起吻了申小路，一個人回薛婆橋村了。

回到村裡，找到薛玉蓮，薛文起說：「玉蓮，我們的事從此了斷了吧；我結婚了。」

薛玉蓮哭著說：「你倒櫓鳥配了櫓帽了。我呢？我怎麼辦呢？」

薛文起手一攤說：「有什麼辦法？我現在不又是幹部了嗎？我總不能繼續沿著錯誤的道路走下去啊。——不如你們抓緊看醫生？」

薛玉蓮說：「再休提醫生二字了。難道看的醫生還少嗎？沒用的。」

薛文起說：「或者……考慮離婚再嫁？」

薛玉蓮說：「嫁別的男人不摸底。我又不願意小海吃苦。」

小海是她的兒子。

薛文起說：「那妳想怎麼樣？」

薛玉蓮不免埋怨薛文起，說：「怎麼說結婚就結婚呢？連招呼都不打一個。要不然我離了嫁你，原船原櫓多好！現在你讓我怎麼辦？」說著又哭。

薛文起說：「我有什麼辦法？玉蓮，妳要想開點才好。」

薛玉蓮嗚嗚地哭著說：「我……想不……開……」

薛文起見她這樣，一時就忘了妻子申小路的信任，說：「要不，我給妳最後一次？」

薛玉蓮抹著眼淚說：「算了，你都結婚了，我不能破壞你的家庭。我自己熬著就是了。」

薛文起說：「那玉蓮我就對不住妳了。」

　　就這樣，薛文起了斷了一樁心事回到鄉上。申小路知道了比薛文起還高興。從此，他們過起了美滿的夫妻生活。截止筆者採訪他們時，他們已平靜地過了將近二十年的夫妻生活。筆者問起已到老年的薛文起，夫妻生活怎麼樣，薛文起毫不隱晦地說：「我們的性生活一向很頻繁，很好，很爽利的。」問起薛玉蓮，薛文起搖了搖頭說：「可憐哪！薛文白在性事上早就徹底垮臺了。十多年前他們就分床分屋睡了。」

　　說到這裡，他老伴申小路正好送茶來。申小路說：「玉蓮真的挺可憐的，所以我有時候就讓老薛回去幫幫他。」

　　聽中小路這麼說，我不免有些納悶，問：「這怎麼個幫法啊？」

　　薛文起不好意思地笑了，說：「我又犯錯誤了。」

　　我猜到什麼了，但還是禁不住要問：「什麼錯誤？」

　　申小路撇撇嘴說：「還能有什麼錯誤？——同志，不怕您笑話，他有時候回去，就跟薛玉蓮敲一榾子。」

　　我驚奇了，說：「那大嬸您不介意？」

　　申小路笑笑說：「每次我讓他幹，他才幹的。」

　　我越發驚奇了，說：「是嗎！」

　　申小路歎口氣說：「女人得不到性的愛撫，那是很痛苦的一樁事情。老薛愛過她，她又這麼痛苦，滿鍋裡分一瓢給她，沒啥。」

　　申小路如此超乎常情的大度把我嚇了一大跳。我喃喃自語說：「天底下竟有這樣的奇事！」

　　薛文起指指他的老伴對我說：「主要是她相信我，愛我。」

　　我不知道對於薛文起、薛玉蓮、申小路三人之間的愛情該用哪條標準去衡量。申小路卻指著薛文起佯嗔著說：「櫻桃卵，你個壞種，你可仔細了。」

　　於是櫻桃卵一肚子壞水全氾濫到臉上。他望著他的老伴申小路，嘿嘿嘿嘿地笑起來。

阿爸爹

　　這世上大約的確生存過一個名叫印文通的男人。但是長期以來，這個男人在活人眼裡、耳裡、口裡、記憶裡，已經暗淡、模糊乃至消失，彷彿這個世界從來不曾有過一個名叫印文通的男人。這也是百分之九十五以上已死未死已生將生的人的一般存在方式吧？但是，忽然有一天，我在蘇州城外木瀆小鎮香溪邊的西街遇見了一個人，一個已進入老年的婦人，就是這個老婦人，像一道閃電劃亮了我記憶的暗空，印文通這條漢子就突然在我記憶的洪荒裡重生了。其時，我們一幫人正說說笑笑從西津橋上下去，而這個賣花的老婦則從橋下上來。當我和她照面的那一刻，我們不約而同同時愣了一下，於是印文通就這麼輕而易舉地在我的腦海裡復活了。這個老婦人竟會賦予我上帝創世紀一樣的能力，不能不說是一件讓人感到十分驚異的事情。但是，我們芸芸眾生不就是靠了這樣的偶然性，才在別人的記憶裡復活的嗎？

　　如今差不多每年都要評選什麼年度人物，比如十大魅力中國的新聞人物之類。五十年前可沒有；要有，印文通絕對會是 1952 年魅力中國的新聞人物。因為那一年印文通不僅是一個了不起的志願軍戰鬥英雄，同時還是一個遭人唾棄的傷風敗俗的亂倫者。這兩種形象反差實在太大，而又為印文通這麼一條血性漢子所包容，給予少

年的我極其深刻的印象。可惜年齡阻止了我，使我不能從人性的深度上考量這個人，這件事，而被當時的輿論牽著鼻子，擋在了理解的門外。

但是五十多年後不同了。由於時代、年齡、學養諸般因素的契合，我獲得了重新認識，重新審視，重新體察和評價的能力，於是印文通似乎比五十年前更加鮮活無比地活在了我的記憶裡，以致我會認為，如果我不把印文通這個人再現出來，不把那件事重新敘寫出來，我會覺得對不起印文通，也對不起這個世界似的，儘管沒有誰逼我一定要這麼做，我也沒有受過印文通及其家屬特別的囑託。

在重提印文通之前，我得先將他的幾種身份作一簡單的交代。他的身份依次為：流浪漢，寺廟香火，國軍士兵，解放戰士，志願軍英雄，搬運工人，最後當然是——亂倫者。

還須作一點說明的是：印文通在進入寺廟時，因為體貌魁偉，嗓音洪亮，這寺的住持原本想培養出個一流的和尚的，一個證明是「文通」這個名字，其實是師父給他起的法號。但是印文通實在不是當和尚的材料，入廟時年齡也偏大了，幸虧師父留了個心眼，沒有急於讓他剃度，半年後他就成了寺裡專幹粗活的香火。

成了香火的印文通很開心；三年一晃而過，他就開開心心地娶了老婆。因為窮，他娶不了黃花閨女，也娶不了年輕的寡婦；他娶了個比自己年長十八歲而且病病歪歪的鄉下女人。娶這樣的女人，生子不行，取樂勉勉強強，但看印文通的態度似乎不大在意。婚後第三年，他們領養了一個女孩。這女孩是從蘇北逃荒要飯來的，父母一路上相繼病死餓死了。一個寒冷的早晨，印文通去挑水，他打

開山門，就見那女孩凍僵在門檻上。印文通主要是出於佛門的慈悲收留了這個女孩；當女孩叫他爹的時候，他並未有當爹的喜悅，而是感到他的憐憫得到了很好的回報。妻子可不同了，她非常得意，逢人便說：「真是想不到，肚皮不痛，白撿了一個女兒。女兒好，女兒跟娘『貼肉』，而且一來就替上了力。」就像當年印文通進寺廟年齡偏大，這女孩年齡也偏大，都十二歲了。但因為是孤兒，十二歲的女孩跟養父養母真的很是「貼肉」。

印文通是 1952 年 11 月 14 日穿著志願軍軍裝，胸前掛滿叮叮噹噹閃閃發光的勳章回到我們鎮上的。回到鎮上的印文通已然是英雄，他當然不回寺廟了。按說對待這麼一位英雄，政府理應安排一個體面的工作，但出乎人們意料，他成了鎮上新成立的搬運站的工人。一次他來我們學校做報告，報告前在辦公室閒聊，一位女老師問起他的工作，他說：「搬運工人，很好很好。」那一刻我正好去交作業，親耳聽得他說：「搬運工人，很好很好。」一副滿足甚至驕傲的神氣。

那時候鎮上許多單位都請他去作報告，他很樂意，尤其去幾所中學小學，勁頭十足。有些單位他不止去一次，像我們學校，他就來了一次兩次三次四次五次，好像一共五次。到後來，他主動提出去做報告；再後來，有些單位就煩他了，他還要去做，懇求似的。

他為什麼一而再再而三不厭其煩地要去做報告呢？據說這跟他回來後的晚間生活有關。

印文通回來那天的晚飯是地方政府招待的，應該算作宴請吧。印文通喝酒了，喝得滿面通紅，兩個牛卵眼水汪汪的。回到家裡，

老婆伺候他洗了腳,之後,就嚷嚷累壞了,上了床。一上床他就不累了,借著酒蓋臉就要剝老婆的褲子。老婆瘌著嘴壓低嗓門說:「別猴急。」她指指薄薄的板壁,示意睡在隔房的女兒尚未睡熟。

印文通周身熱血沸騰;他顧不了許多,一口吹滅了燈,堅持把老婆的衣褲剝了個精光。這時他就聞到了一股肉香,類似紅燒肉的肉香。印文通忽略了比他大十八歲的老婆長的一身瘦肉,該大的不大,該小的不小,他就聞到一股紅燒肉的肉香。可是剛一用力,老婆就「哇」一聲尖叫。與此同時,印文通的臉上像被蛇咬了一口,火辣辣地疼,還沒等他反應過來,他已被乾瘦的老婆掀翻到了地上。這讓他吃驚不小。這時,他一摸臉,覺得濕糊糊的,伸到鼻子底下聞聞,有股子血腥味,就知道臉被抓破了。他不由大怒,剛要發作,只聽床上的女人冷冷地命令說:「把燈點亮!」他猶豫一下,摸摸索索地去點燈。燈一亮,他就看見老婆扳著兩條細腿,有腥紅的血滴滴答答地流出來,身下的床單已染紅了巴掌大的一片。

這下印文通傻眼了。他不無自責地說:「我……太性急了。」

第二天,印文通來我們清河小學做報告。那時候學校還沒有像樣的禮堂,報告會場就設在操場上。印文通的報告實際上是一個一個的戰鬥故事;因為是親身經歷,故事浸透了他的感情,因此非常生動,非常有吸引力。但印文通自己並沒意識到他是在講故事,看他那雙眼睛你可以知道,他只是回到了戰鬥裡。他的眼睛不看聽眾,而是始終望著天邊,彷彿他講的故事正在天邊演繹。他常常講得熱淚盈眶,甚至哽哽咽咽講不下去,於是聽眾便報以一陣熱烈的掌聲。掌聲緩解了印文通的情緒,他就能繼續報告下去:

　　……敵人增援的美騎一師一個營，在四十多輛坦克的掩護下，把注邑里三面包圍了。我們在注邑里。團長命令必須炸掉敵人的坦克；團長分析，只要炸毀第一輛坦克，後面的坦克准亂套。但是，兩側的部隊被阻在了 300 米的開闊地以外，這個任務只能由我們排去完成。排長把任務交給了我們班，班長又把任務交給了我們三個人，我們就夾著炸藥包衝了上去。剛衝出去不遠，敵坦發現了，它便停止前進，向我們拼命地發射火炮。我們無法靠近，只好退了回來。這時，我們發現前面不遠的一片深坑裡有三個人頭在浮動，也不知是哪個連隊的；但我敢肯定不是我們連的。這時他們正匍匐著向敵先頭坦克奔去。周圍爆炸的煙塵一會兒把他們淹沒了，一會兒又出現了。我們暗暗為他們鼓勁；我的手心裡都攥出了汗水。

　　三條人影慢慢逼近那輛噴著火舌的坦克。離坦克大約還有十來米時，從彈坑裡躍出一個戰士。這時我看清楚，這是個個子很高的戰士。但沒等他跑過三五米，他就倒下不動了。緊接著第二個戰士又跳出彈坑。這回他剛彈起身，連一步都來不及跑，就一頭栽回到坑裡。兩位戰友的犧牲，看得我們撕心裂肺，又焦急得兩個眼珠子都快迸出來了，一個個摩拳擦掌都想衝過去接替他們把那輛兇惡的坦克炸掉。可是敵坦始終沒放鬆對我們陣地的火力控制。這時我們看見第三個戰士借著一團濃煙飛出了彈坑。這次那戰士沒直接奔向坦克，而是從側旁長滿荒草的稻田低姿躍進。他跑幾步，臥倒，向前爬一會，又躍起跑幾步，終於接近了第一輛坦克。眼看用

手雷就可以夠得到了，忽然他的身邊掀起一團黑煙，緊跟著捲起了猩紅的火光。那個戰士立刻成了一團熊熊的烈火。我們又悲痛又惋惜又焦急又憤恨，可是又沒有辦法，紛紛請求班長讓我們上去。正這時，班長手一指，說：「你們看──」

只見那團火滾動起來，靠近了那輛坦克。那坦克迅速轉動炮塔，想對付那團火，可是來不及了，那團火已鑽到它的肚子底下。只見一團白光閃起，緊接著轟隆一聲，坦克像醉漢一樣晃了幾晃就撞癱在一棵大樹上，熊熊的烈火連那棵大樹也一起燃燒起來。果然，後面的坦克像一群屎克螂撞翻在了一起。不久戰鬥順利地結束了。

在離第一輛被炸毀的坦克僅幾米遠的地方，我們見到了那位了不起的戰友。他的衣服已燒成黑灰，皮膚灼烤得辨不清面目，但他的一支胳膊還向前伸著，保持投彈的姿勢。（說到這裡，印文通哽咽著停頓了好久。）我們仔細搜尋幾位烈士身邊的一切，想查清他們的姓名和所屬的分隊，但是烈士身上所有的衣物均已無法辨認了。

同學們，烈士們把自己的一切，包括生命和生命以外的榮譽統統交給了朝鮮和朝鮮人民，交給了世界和平，我們活著的人還有什麼可計較的？還有什麼不可以放棄的呢？（印文通說到這兒，早已是淚流滿面了。）

那天晚上，印文通睡下時沒有去碰老婆。老婆以為他為前一天晚上的事惱了，就推推他說：「生氣了？」

老婆這麼一個舉動勾上來了印文通的火氣，他洶洶地說：「別碰我！」

老婆嚶嚶地哭了，說：「文通，不是我不肯給你；我實在是對那事沒了興致。我，我……上岸了。」

印文通一怔，說：「上岸了？」

老婆嗡著鼻子說：「我早上岸了。去年春頭就上岸了。」

印文通歎口氣說：「那……我不難為妳。」

白天印文通繼續他的報告，繼續他的戰鬥故事。他一回到戰鬥生活，就覺得自己在夜裡卑鄙可恥簡直不是個人。

　　……攻佔中馬山的戰鬥非常殘酷。天上吊著半個月亮，敵人從山頂往下打炮彈，火光映襯得月光更加的慘澹。當敵人發覺我們沖上半山腰時，炮彈打得更勤更密了；重機槍也嘎嘎嘎地掃過來，曳光彈像一條條火龍在張牙舞爪，一片一片的戰士倒下了。

　　我們班五六個人被困在一塊大石頭後面，其中已有兩人負傷了。山頂上敵人的幾挺機槍壓得我們喘不過氣來；子彈打在石頭上，冒起一簇簇的火星，好像放花筒一樣。這時從後面爬上來一個人，我一看，是衛生員寶山。寶山一來就掏出繃帶替負傷的兩個戰友包紮。剛包紮完，在前面進行爆破的鄭仁又掛彩了，而且看樣子傷得挺重。寶山不顧大家的勸阻，冒著敵人的炮火衝上去。他背起鄭仁往回趕時，一梭子曳光彈從山頂瀉下來，他們兩人便倒下了。我和班

長不顧一切衝上去把他倆救了下來，一看，鄭仁已經犧牲，寶山的右腿被子彈穿了個窟窿，鮮血順褲管往下流淌。班長讓他下去，他不肯。正在爭執，衝鋒開始了。班長帶領我們往山上衝，寶山也艱難地撐起身子，拖了受傷的腿一瘸一拐地跟在我後面往上挪。這時，不防一發炮彈在我們右邊不遠處炸響，我只覺我的右腿彷彿被石塊撞了一下，頓時人就失去了知覺。

當我醒來時，聽見有人在喊我，聲音極其微弱，很遙遠的樣子；同時，看見一個黑影在匍匐著向我靠攏。——是衛生員寶山！寶山靠近了，只聽見他呼吃呼吃喘著粗氣。我說：「寶山，你又負傷了吧？」

寶山沒有正面回答我。他說：「你傷哪兒了？讓我給你包紮。」

我靠到石頭上，吃力地用手把右腿支起來讓他包紮。我感覺寶山替我包紮的手抖得厲害，半天也纏不好一圈繃帶。在淡淡的月光下，我看見寶山側著身子艱難地給我包紮著。我一把握住他的手說：「寶山，你負了重傷了。你一定負了重傷了。告訴我寶山，你，你傷哪兒了？」

寶山吃力地說：「腸子被打出來了。我……不敢動；一動，痛得厲害。」（講到這兒，印文通開始流淚了。）

我聽他這麼說，心裡一陣絞痛。我說：「寶山，你躺著，我來替你包紮。」

寶山說：「你別動，讓我替你包紮完。——我的傷不礙事，我已經把它揉進去了。」

　　我想，我只是腿根受了傷，尚且疼得鑽心難受，寶山連腸子也打出來了，還堅持替自己包紮。不行，不能再讓他勞累了。我不容分說，掰開寶山的手，自己把傷腿包紮好。正想看看寶山的傷口，寶山從脖子上摘下水壺遞過來，喘息著說：「文通，這是……急救水，不……多了，你喝……了吧。喝了可以……止痛。」（印文通哽咽得講不下去了。過了好一會他才繼續講下去。）

　　我的心裡好像燃起一堆大火。我一把摟住寶山，說：「寶山，好兄弟，這急救水我不能喝。你，你快把它喝了。」

　　可是，寶山已經不需要了。寶山靜靜地躺在異國的山坡上，本來洗得發白的軍衣染成了黑紅色，那個裝了只剩幾口急救水的軍用水壺和十字衛生包凌亂地放在他的身旁。我顧不得這是在冷酷的戰場，一下撲在寶山的身上哇哇地痛哭起來。

　　面對這樣的戰友，我們還有什麼個人利益不能拋棄？還有什麼個人的慾望不能克制呢？

　這樣的報告真是累人。什麼報告，簡直是靈魂的搏鬥啊！

　這天晚上回到家裡，印文通感到特別的疲憊。他一下倒在床上，再懶得動彈了。老婆端來腳盆替他洗腳。不知怎麼一來，他的無明火突然上來，一腳踩翻腳盆，又一腳，竟把老婆蹬到了房外。老婆的腰擱在門檻上，便「哎喲」一聲哭起來。這時女兒剛好進門。

　女兒這年剛滿十七歲。因為家裡生活困難，她讀到初小就輟學了，現在鎮上的縫紉組裡釘鎖扣。爸爸回來，開頭她很高興，後來

感覺父母之間有了問題。什麼問題，她隱隱約約有所知覺，但終究不很清楚。爸爸一向待她很好；她對爸爸也很「貼肉」，甚至比對媽媽還要「貼肉」些。現在爸爸成了英雄，她就對他更親暱了。這些日子來，她在縫紉組裡很是光彩。一次，鎮上的婦女主任來他們縫紉組，見到她就拉著她的手對組長說，英雄的女兒你們可得格外看顧啊。雖然此後看顧也沒有實質性內容，一樣的釘鎖扣，一樣的按件記工，但組長比起從前來明顯熱情、友善得多了。對她而言，這已經很感滿足了。因此她對爸爸除了親熱、「貼肉」，更注入了崇敬。

現在見媽媽被爸爸掀翻在地，她趕緊過來扶起媽媽，將她攙扶到自己房裡，又走到父母房裡，把地上的水漬擦乾，重新打一盆熱水，放到爸爸腳邊，說：「爸，發那麼大火幹啥嘛。」說著，試探著捉住爸爸的腳。爸爸沒動，她就幫他脫了襪子，又把腳放入腳盆裡。印文通的腳縮了一下，女兒說：「爸，水燙了點吧？我再給屬點冷水。」說著，起身去舀冷水。

印文通坐起身，一把拉住女兒說：「不燙不燙，正合適。」

女兒就用毛巾一下一下輕輕地給他洗腳。手指觸碰到腳背腳心腳趾腳踝，柔柔的，滑滑的，很是舒服。女兒說：「爸，你腿肚子上那塊疤，是叫敵人打的吧？」

印文通望著女兒烏黑油亮的髮頂說：「那是卡賓槍打的。」他又捋起衣袖說：「瞧，這兒還有一塊，是輕機槍打的。」

女兒抬起臉，仔細地看他胳臂上的傷疤。看完，望著爸爸的眼睛說：「太危險了。爸，你怕不怕？」

　　女兒的臉可以說流光溢彩，表情是少女特有的天真，但印文通更多地看出了女性的成熟；他的心咚咚地打起鼓來。他說：「上了戰場怕什麼危險。我身上還有一處傷，那部位才危險呢，只要再偏一點，也許就沒命了。」

　　女兒吃驚地說：「是嗎。在哪兒？我瞧瞧。」

　　印文通解開褲帶，褪下薄棉軍褲，露出灰青布內褲。他把內褲口撩起，腹股溝處就露出楓葉形狀的一塊傷疤，而疤的顏色也正像一片暗紅的楓葉。女兒往那兒瞧了一下，又趕緊把目光掉開，臉就刷一下紅了。

　　印文通的內褲褲口太大，而他又撩得太高。當印文通意識到這一點時，他迅速地拉下了褲口，不無尷尬地掩飾說：「那……那是吃到敵人的炮彈片。」

　　印文通這麼掩飾自己時，他的褲襠卻不聽話地膨脹起來，一播一播的，將內褲頂成一個青灰色的小帳篷。女兒慌慌張張替他擦乾腳丫，通紅著臉，端起腳盆飛快地出房去了。

　　女兒離去之後，房間內殘留著一團類似水蜜桃的濃香。印文通明白，這是年輕女人成熟的肉香。這香味彷彿在什麼地方聞到過，可是印文通怎麼也想不起來了。

　　白天，印文通繼續他的報告，繼續他的戰鬥故事。現在報告和戰鬥故事已經成了他對抗自身慾望的一件武器。有一天，他終於講到了發生在戰鬥中一個偏離殘缺和血腥的故事，一個趨近日常生活的故事。

　　……我們在橫龍公路上追擊敵人。那是我們在奪回 780 高地之後，對一部分殘敵的追殺。那時候天已擦黑，敵人在前面跑，我們在後面追。大約追出三四公里時，忽然連部通信員氣喘吁吁地跑來傳達連長的命令，讓我們排停止追擊，回去執行一項新的任務。原來連長他們聽見北面山坡上有好多人在用朝鮮語說話和喊叫，估計那裡有另一部分潰逃下來的敵人，連長要我們排的幾個班留下來伏擊。

　　大部隊走了以後，我們在各個伏擊點埋伏下來。不久，山腳的一片樹林子沙沙作響，敵人越來越近，果然有不少敵人呢！他們有的已到了公路邊，有的還在山坡上喊叫。先到公路上的在等山上下來的。大約 15 分鐘左右，一大半敵人已經來到公路上，亂七八糟，說話、抽煙、罵娘，站著、坐著、甚至仰面八叉躺著的都有，估計不下三百多人。

　　排長看看時機成熟，就命令說：「打！」

　　一聲槍響，我們迅速向敵人衝過去，一下就打死打傷五十多名，其餘的拼命四下逃竄。我們一邊追一邊喊：「喲保！重巴其面！喲保！重巴其面！」這是朝鮮話，譯成漢語就是：喂！繳槍！可是敵人只當不聽見，還是一股勁沒命地狂奔。

　　大約追了兩三公里，追到一個村莊。敵人用噴火器放火燒老百姓的房子，企圖用火來阻擋我們，但恰恰是火光照亮了敵人。這時一個小戰士眼尖，他喊起來說：「有兩個敵人背著牛蹄膀！」

經他一喊，我們都瞧見了，果然有兩個敵人各背著一條牛大腿，顛顛地奔跑。

班長說：「抓住他，把牛腿給我奪下來！」

我們入朝作戰都三個月了，結養不足，常常連吃飯都很困難；一把炒麵一口雪，那的確是日常生活的真實狀況，更不要說肉了，連個肉屁也聞不到。現在見了這麼兩大腿子牛肉，怎麼肯輕易放棄呢？

我們一邊追一邊喊：「把牛腿放下！把牛腿放下！」

那兩個韓國兵依然吭吭吭吭背著牛腿奔跑。後來我們醒悟到，我們的中國話韓國兵根本就聽不懂。可我們又不知道「把牛腿放下」，朝鮮話怎麼說，於是只好改喊：「喲保，重巴其面！」可是那兩個韓國兵聽了跑得更快了。但憑他倆跑得再快，我們始終緊追不放。這兩個傢伙也真有能耐，背了估計不下二三十斤重的牛腿，居然跑了五公里。當然，最終我們還是把這兩條牛腿截了下來。

兩條牛腿真讓我們美美地打了一頓牙祭。那個香啊，才讓我明白，人不死就得好吃呀！（說到這兒，印文通開心地笑了。）

就是吃牛肉那天，來了一位朝鮮婦女。現在想起來，就像是牛肉香味引來那個年輕女人似的。

那天中午，我們在離團指揮所不遠的小山坡上支鍋做飯。山坡上，金達萊花已星星點點開滿了坡地。這時，從山溝裡爬上來團長、政委和我們連長、排長，他們簇擁著一位

年輕女子，朝我們這邊走來。那女子一看就是朝鮮人。她細高挑的身材，穿著白衣白裙；臉色白淨紅潤，眼睛水汪汪的；眼皮是朝鮮婦女裡少見的雙眼皮。（印文通眼裡躲躲藏藏地有些神往的樣子。）那女子有說有笑的，吸引了所有人的目光。說句老實話，我們入朝以來，好久沒看到女同志了；這麼一個美麗的朝鮮女人，帶給我們的喜悅是不能用言語來表達的。

女人在進指揮所時誇張地吸吸鼻子，用中國話說：「真香啊！」這個朝鮮娘們竟會說中國話！（印文通掩飾不住地一笑，有些陶醉。）

過了一會兒，班長跑來對我說：「印文通，給團長和客人送一盆牛肉去。」

當時我不明白，我們班那麼多人，為什麼偏偏讓我去送牛肉。我端著熱氣騰騰的牛肉進指揮所時，首長們正和那個朝鮮婦女談得熱烈。看樣子，好像是在研究一項作戰的行動計畫。我放下牛肉轉身要走，團長把我叫住了。團長說：「你是印文通？」

我說：「報告團長，我是一連二排三班戰士印文通。」

團長笑笑說：「印文通，來，來坐下。」

原來團裡要我們排抽一名戰士，和這位朝鮮婦女一起去完成一項偵察任務。由於當時偵察部隊正在執行另一項任務，團首長決定臨時在我們排抽調人員。經與排長班長商

量，認為我去比較合適。團長給我們相互作了介紹，我才知道，這位朝鮮婦女名叫朴金鳳，是個游擊隊長。

這天傍黑，我和朴金鳳同志假扮成夫妻出發了。我們很順利地越過了敵人的封鎖線，到鐵原以南的敵佔區隱蔽了三天。然後，朴金鳳裝扮成偽軍機要員，混入敵人內部，去摸清敵人炮兵陣地、坦克位置、兵力部署和敵人的部分指揮所。我則繼續留在原地，約定三天後仍在此地匯合，然後一起返回。

可是到了預定匯合的時間，卻遲遲不見朴金鳳回來。我好像熱鍋上的螞蟻，急得在屋子裡團團亂轉，擔心她會不會出了問題；可又不敢隨便行動，也無法出去打聽情況，只好待在破屋裡乾著急，沒辦法。

好容易熬到第四天下午，才見朴金鳳匆匆趕來。她一到就說：「等急了吧？是叫敵人炮兵陣地的準確位置給耽擱了。」又說：「現在情況已全部掌握，我們這就走吧，得抓緊時間儘快把情況報告團首長。」她考慮了一下又說：「看來徒步回去來不及了。乾脆搞一輛汽車，大搖大擺從敵人鼻子底下闖過去。」她真不愧是個游擊隊長，鬥爭經驗豐富，有膽有識。

我們很快來到公路邊。真巧，這時迎面開來了一輛卡車，車上只一名司機。朴金鳳上前一擋，卡車停了下來。她用朝鮮話對司機說：「我丈夫病了，要去看大夫，求長官捎我們一程。」

　　那司機正在猶豫，朴金鳳朝我使了個眼色，我就一個箭步衝過去，拉開車門，一把就將那司機拉了下來。沒等司機愣過神來，我們已拿出準備好的繩子把他結結實實地捆了起來。我們把司機架到車廂裡，由我負責看管；朴金鳳一頭鑽進駕駛室，一踩油門，卡車就在公路上飛馳起來。

　　卡車駛了約有一百公里，到了一個哨卡。那司機也不知他什麼時候頂掉了嘴裡的布團，突然哇啦哇啦叫了起來。哨卡上的敵人聽到叫聲，立刻大聲呼喊，一夥敵人馬上嘩啦啦圍上來堵截。子彈呼呼地在耳邊亂竄。朴金鳳沒有理睬，她加大油門衝過了哨卡。但是敵人出動了汽車和坦克，很快追趕上來了。

　　眼看甩不掉敵人了，這時我們來到一個山嘴，公路就有了一個差不多九十度的大拐彎。拐彎後，左前方出現了一大片山林。只聽朴金鳳大聲對我說：「準備跳車！快！」

　　容不得我多想，我越過車廂護欄，一縱身跳了下去。就是這一跳，好像把太陽給踩到了山下，天頓時就黑了下來。

　　不一會兒，車門一開，朴金鳳也跳下來了。與此同時，那輛卡車卻一頭翻下山溝；只聽「轟」的一聲巨響，溝底騰起一團火焰。

　　我們倆拼命往樹林深處鑽。這時天完全黑了下來，而且開始淅淅瀝瀝地下起雨來。不一會，我倆渾身上下都濕透了。

　　好容易找到一個山洞，我們便鑽了進去。朴金鳳打開隨身帶的一個小包袱，取出一塊毛巾，說：「志願軍同志，您擦乾身子吧，小心著涼。」

天雖然黑了，但不是那種伸手不見五指的漆黑，而是微微有些光亮。在一個年輕的女同志面前赤身露體，我有點不好意思。我說：「朴金鳳同志您擦吧。」

朴金鳳說：「您擦吧，我擦我還有。」

我就接過毛巾脫了衣服擦起來。擦了一陣，回身時，瞥見朴金鳳也已脫了衣服在擦身子。（印文通後來說，他在黑暗裡只見一個白晃晃的女體在遠處抖動，就有水蜜桃一樣的果香一陣一陣地襲來，心想這肯定就是女人的熟香了，就有一股衝勁一拱一拱地從丹田下升起，他的褲襠驟然火辣辣地膨脹了。看來女人也像牛腿一樣具有不可遏止的吸引力。但是很快，印文通將它制服了。）擦乾身子後，朴金鳳從小包袱裡取出兩套衣服。我們換好衣服，雨差不多也停了。我們不敢久留，便摸黑回到了部隊駐地。

這一天的戰鬥故事非但成不了對抗自己的武器，反而縱容了自己。晚上，印文通翻來覆去地睡不著；到了深夜，他怎麼也打熬不住了，就再次扯破了老婆的褲子。老婆不願意，兩個人就撕打起來。他們從床上滾打到床下，又從房內滾打到房外。儘管誰也不說話，也不喊叫，但這麼大的動作自然驚動了睡在隔房的女兒。

女兒不知以為發生了什麼事，趕緊跑來勸解。一出房門，只見煤油燈影裡，父母倆都精赤條條；娘吊著兩個絲瓜一樣的乳房，渾身上下青一塊紫一塊，簡直沒一處好肉；當爸的則流著牙血，臂膀上兩個深深的牙印血糊糊地撕開了一塊皮。

　　女兒顧不得害羞哭著說：「你們這是幹啥呀這是？」

　　老婆渾身亂顫，喘吁吁地指著印文通咬牙切齒地說：「不要……臉的……畜生。畜生！」

　　印文通又羞又愧又惱，他一腳踢開老婆，轉身回房，用腳「砰」一聲關上房門，上床睡了。

　　第二天印文通沒起床。女兒來敲門了，說：「爸，你開門。」

　　印文通不理，女兒又說：「爸，你起來。——媽她不見了。」

　　印文通只好起床，掛落著一張臉來開門，說：「妳媽她上街買菜了吧？」

　　女兒說：「不是的。衣櫥裡她的衣服都不見了；一個藍布包袱也不見了。」

　　印文通這才感到問題有些嚴重了，但他說：「不中看不中吃的賤貨，讓她去！——她一定是回她袁花娘家了。」

　　就在老婆離開數天之後，該發生的事終於發生：一天半夜裡，打熬不住的印文通摸進了女兒的房間。

　　三個月後老婆從娘家回來，女兒也一口一口嘔吐起來。又過了半年，也就是 1953 年的 9 月底邊，女兒產下一個七斤重的男嬰。這時的印文通早已是一個普普通通的搬運工人，一家四口竟然過起了平靜的生活。

　　大約又過了半年光景，也就是 1954 年的 3 月底邊，一天，天剛蒙蒙亮，印文通家門前的河埠邊停了兩隻披紅掛綠的蒲鞋船。不一會兒，船上下來一老一少兩個男人。少的團頭團腦，穿著簇新的藍

咔嘰布中山裝，胸口還別了一朵紅絨花。他們把穿著紅衣裳的女兒接到船裡，開走了。

事後據喜娘哭鬼彩寶說，新郎是蘇州地方一個叫木篤（其實是木瀆，彩寶以為是僧尼念經化緣時用的響器木魚，也叫木篤。）小鎮的人，好像是個木匠。哭鬼彩寶還說，小姑娘走的時候哭哭啼啼的，她爹娘連門口也不送出來。

記得那天接親船開出七八個門面後才劈劈啪啪燃放起了鞭炮。等到我們這些街坊孩子聞聲跑去時，只見到那兩隻蒲鞋船像兩隻大灰鵝顛著屁股悠悠地遠去。

後來，我們鎮上的人就見那孩子由印文通的老婆領著，「囡囡囡囡」十分寶貝的樣子。印文通呢，每天腰裡束一塊厚厚的毛藍布「墊肩」，低著頭掛著臉推了膠皮車在街上搬運貨物。他當然不再去單位或學校做報告講戰鬥故事了，彷彿從來就沒當過什麼志願軍英雄。他每天傍晚回家，一副很勞累的樣子，也不見他有一點點興致去逗弄孩子。倒是老婆指著印文通，興高采烈地對那孩子說：「叫呀，囡囡，叫，快叫。叫呀！」也不知她要孩子叫他什麼。

那孩子開口很遲，直到快上學了，還不會叫人。鎮上的閒人時常背地裡議論起來說，這孩子稱呼印文通什麼呢？阿爸呢？阿爹呢？

我們江南一帶對父親和祖父的稱呼跟別處有些不同。稱呼父親除了「爸爸」或「阿爸」，也有稱「爺爺」或「阿爺」的。稱呼祖父一律為「爹爹」或「阿爹」。

　　經過曠日持久的反覆討論，閒人們還是委決不下。按理說，這小孩既是印文通生的，就該稱呼他為阿爸或阿爺。可小孩的母親是印文通的女兒（雖然是養女），按輩份，應當稱呼他為阿爹或爹爹。怎麼辦呢？這不是讓人為難嗎？後來一個極聰明的人——豆腐阿七說，紹興戲《王老虎搶親》裡的王老虎王天豹，不是叫他父親叫阿爸爹嗎，現成取過來，又是阿爸又是阿爹，這小孩叫印文通阿爸爹豈不是好？大家就覺得再妥當不過了，從此「阿爸爹」三字就像經過全民公決一樣在鎮上流傳開了。

　　阿爸爹事件後不久，我隨父母離開小鎮，到了遙遠的北方城市佳木斯。幾十年過去了，也不知印文通一家後來的情形怎麼樣。掐指算來，印文通該八十多歲了；他的老婆則要一百來歲，不知還在不在人世。至於那個孩子，該叫印文通阿爸爹的，也該是個快六十歲的人了，未知這幾十年他走的又是什麼樣的人生道路？

　　本來，像這樣的人和事，早在我的記憶裡消失了，不想此次的木瀆之行，會讓我邂逅這位賣花的老婦。這就驗證了普魯斯特關於時間重現的話是多麼的正確。他說我們生命中每一小時一經逝去，立即寄寓並隱匿在某種物質對象之中。這一對象如果我們沒有發現，它就永遠寄存其中。我們是通過那個對象來認識生命的那個時刻的，我們把它從中召喚出來，它才能從那裡得到解放。也許有人會說，這老婦根本就不是那女兒，她們只不過有些相像而已。也許吧。然而，一個不相干的人，令你回憶起一段淡忘了的往事，這無論如何也算是人生的一次意外收穫吧。何況，在這老婦打量我的一剎那，我於她蒼老的面顏底板上的確看出了那女兒昔日的神韻。與

此同時，我還感覺到，她對我的感覺也完全一樣。也就是說，我倆在一瞬間同時認出了對方。但是很快，我們擦身而過了。也許她不願意我認出她來？看來是這樣。既然如此，我又何必去強人所難呢？

可是，走不上幾步，她又停下了。我的感覺告訴我，她停下了，並且還回過頭來看我。我也迅速回過頭去──她果然在看我！見我回頭，她立刻張惶起來，操著道地的當地口音問：

「先生，阿要白蘭花？」

四月的丁香

崩瓜

一

這裡是一處匯斗。江南水網地帶，一灣清水圍住一片孤零零的地塊，連水帶地就叫匯斗。這匯斗不大，兩畝八分地，不到三畝，而且地裡多石屑、碎磚、貝殼和香灰。有人說，這裡是唐宋間一座大廟的廟基。也有人說，這裡明清時曾是一處很大的水產交易場。但民國以後這匯斗慢慢冷落，成了全村的死角。現在村村通公路了，公路卻通不到這裡。這裡依然野淡岑寂，如今越來越少見的野兔、刺蝟，在這裡不止十隻八隻；偶爾路過這裡的人會突然被啪啪的翅膀扇動聲驚擾，同時一個灰黑的精靈閃電一樣從眼前劃過，定睛一看，原來是一隻孤雁從水中飛起，直插藍天上去了。

這片又偏僻又貧瘠的匯地種什麼莊稼都不發，麥子啊、蠶豆、毛豆、玉米、高粱啊，全不行，就連很賤的番薯、土豆、洋芋和蘿蔔也長得跟卵核子似的；只有一宗，種瓜特好，尤其適宜種一種叫崩瓜的瓜。這崩瓜是西瓜的一個品種，但個小，比黃金瓜、生瓜、雪團瓜大不了許多，但水特多質特甜。水多到什麼程度呢？

簡直不敢開瓜；隨便怎麼小心，瓜一開，汁水來不及吸吮就滴到地上了，心疼。它的皮也太脆，瓜一成熟，一個響雷它就「嘣」一下裂開；甚至人打瓜地邊走過，腳步重了也崩裂。因為這樣，從前村子裡種這種瓜的人家很少；就是種，也只在屋腳邊種個一分半分地，自吃。早二三十年「以糧為綱」，崩瓜幾乎絕種；只有住在這偏僻匯斗里的老漢（當時正值壯年）還偷偷種幾棵。近幾年他擴種了，但也只限於自家後園，三分半地光景，仍以自吃為主，多一半是為了住在城裡的兒子一家。每年瓜熟時節，再怎麼忙，兒子也要帶上老婆孩子來鄉下住個一天兩天：吃瓜。兒子、兒媳、小孫子全都愛吃這瓜，他們幾乎把瓜當飯吃，決不會吃絮吃膩。去年，兒子臨走還摘了幾個半熟的瓜，說是要讓幾個生意上的朋友見識見識，結果不知怎麼引來了省農科研究所幾個育瓜專家，約好今年瓜季再來實地考察。兒子在電話裡說：「爸，這瓜前途無量呢！」

兒子是個商人。他說前途無量，是說這瓜具備開發價值，是說這瓜潛藏著巨大的市場銷售潛力，是說因此而帶來的可觀的經濟效益。但老漢沒想這些。老漢現在生活無憂，他不願意去城裡，一個人住在鄉下，種種瓜啊菜啊，很知足了。老漢六十好幾歲了，瘦瘦小小，整天沉默少言，村裡人說他六十多年也就說了六十多句，當然是誇張，但當年老婆叫工作隊長勾引走時，他的確只說了一句話。這句話只兩個字，就像兩顆黑黑的豬屎：「賤×！」

快四十年了，他沒再見到賤×。昨天午後，他在匯水邊的水楊樹下打盹。入夏以來，因為天氣奇熱，每天午後他總喜歡到匯水邊

的水楊樹下來打盹。四野是著火一般的陽光，只有這水邊楊樹撐起一團綠蔭，老漢就坐在這綠蔭裡打盹，一仰一合的。睡眼朦朧中他見到一雙穿灰綠牛皮涼鞋的腳。這是一雙狹狹瘦瘦像鉤刀一樣的女人的腳。他不由自主將目光順腳梗一路向上，黑的印度綢裙褲，白的香雲紗短袖衫，短袖衫的袖筒口吊一隻軟耷耷的黑袖章，鬆鬆垮垮的脖項，最後是一張皺褶四起的黃臉。臉型未變，還是那麼一張討厭的瓜子臉；只是頭髮不再青黑油亮，而是灰白暗淡了。老漢頓時睡意全消，張著嘴怔住了——是賤×！

賤×手上牽著一個男孩。男孩也就七八歲光景，壯實、漂亮。他不安份地踢蹬扭動著身子，企圖掙脫被牽引著的右臂，一邊像蟹一樣嘴裡吐著唾沫泡泡，發出啵啵的喊聲。

老漢聽說賤×九十歲的老娘昨天去世了；賤×顯然是回來給老人送喪的。但她的娘家在村的西北角，用不到路經東南角的此地。四十年了，老漢望著從前的女人，像轉世投胎一樣，連眼前的匯斗也虛晃起來。

女人的目光跳過四十年的阻隔，居然透出年輕時那種熟慣的樣子，笑笑說：「我孫子，是個啞巴。」說完，牽扯著男孩走了。

過了四十年，特地跑來告訴他，她的孫子是個啞巴。什麼意思呢？

四十年沒見，沒前句，沒後句，就扔下一句：「我孫子，是個啞巴。」究竟算什麼意思？

四十年前的怨恨和屈辱早成了一領破損的蓑衣，被掛在遺忘的牛棚裡；又如一筆過期的欠款，無法催討，也不想催討了。

二

天氣還是持續炎熱，一早起來就絕風。抬頭看看天，天是乾乾的粉藍色，有魚鱗一樣的薄雲。老漢想，天上薄薄雲，晚來曬死人；大暑還未到，這天真是瘋了！快近晌午時，果然熱得人喘不過氣。這時一股雞屎臭轉彎抹角地襲來，老漢心想：該出雞糞了。

老漢不養豬不養羊，養了一、二十隻雞。養雞主要是為積糞。積一年的雞糞，三分半瓜地盡夠了。用雞糞肥瓜地，結的瓜是真甜，不是那種用現代科學逼出來的偽甜，是從骨子裡滲出來的滋潤的甜，自然鮮涼的甜。

老漢找來竹箕和手鏟，到院子西邊的雞塒出糞；連糞帶灰鏟滿一竹箕，就送往後園的雞糞窖。剛一進園門，他就瞧見園子的土牆上有個男孩。男孩一條腿牆裡一條腿牆外騎坐在牆頭上。

老漢一眼就認出，那男孩就是昨天見到過的啞巴男孩，賤×的孫子。

老漢倒了雞糞，立定瞭望著那男孩。

男孩已經把牆外的一條腿挪到牆裡，兩條腿一起在土牆上拍打，拍打得牆上的泥土撲簌簌地掉。拍打了一會兒，男孩便抱住牆邊一棵桑樹出溜下來；腳未著地，手先鬆了，因此跌了一個跟頭。他就勢滾到牆腳的一叢粽竹裡，爬起來直奔瓜地。他站在碧綠的瓜地前，瞪起兩個水汪汪的大眼睛瞅著。瞅了一會，便格格地笑起來。老漢納悶，一個啞巴孩子，他的笑聲何以會如此清脆？

男孩笑了一陣，就撩開瓜葉，摘了一個挺棒的瓜。他捧起瓜走到牆邊，搬來一個樹根，踩著樹根把瓜舉放到牆頂上，然後攀著桑樹坐到牆上，砸開瓜，專心一意地吃起來。

男孩應該看見老漢的；他翻牆進來摘瓜，應當被界定為偷竊行為，但是男孩沒有在意。見了主人沒有絲毫畏懼不安，那一副滿不在乎的樣子，讓老漢頓生厭惡，同時促使他突然記起一個人來。一記起這個人，四十年前的屈辱從遺忘裡一個跟頭翻了回來；心口的舊傷開始隱隱作痛了。

那也是在夏天，一個同樣悶熱的下午，老漢從抗旱工地上溜回來——他惦記他的瓜了。一進家門，他就直奔後園。

後園靜悄悄的；那一畦碧綠的瓜地，瓜葉掩映著一個個飽滿將熟的瓜兒。老漢繞瓜地走了一圈，仔細察看瓜的成色，估計頭朝瓜熟還有個兩三天工夫。心裡有了底，他就到井邊吊上一桶水，咕嘟咕嘟牛飲一氣，又彎腰捧水洗了把臉，之後，打算立刻回工地去。

老漢剛轉身要走，只聽啪嗒一聲，戧在園牆上的一架木梯倒下了，同時牆邊的粽竹叢嘩啦嘩啦地抖動起來，好像突然刮起了一陣狂風。他心生疑竇，就朝竹叢走去。到那兒一看，只見工作隊的隊長陶大鬍子正按著他老婆幹事呢。

陶大鬍子看見他，沒停下活兒，一邊繼續幹，一邊板起臉對他說：「怎麼，開小差跑回來了？」

老漢沒吭聲。

陶大鬍子又說：「滾出去。——聽見沒有？滾出去！」

　　老漢咬了一會牙，牙齒跟牙齒咬得嘎嘣嘎嘣響，就像在嚼炒蠶豆。他罵了句：「賤×！」罵完，走到堂屋裡坐下出粗氣。

　　約莫有一頓飯工夫，陶大鬍子在園子裡喊他的名字。老漢遲疑一下，回到園裡。女人不見了，陶大鬍子坐在桑樹下吃瓜。

　　陶大鬍子說：「這瓜還差一些火候。不過甜是夠甜的了。」他看著手裡的瓜又問：「你跑回來幹啥？」

　　老漢眼內伸出來兩把刀子，說：「來看你們幹事啊。」

　　陶大鬍子笑了笑，把吃空瓤的瓜皮扔出牆外；起身又去摘了一個，用手一拍，瓜就崩開了。他就勢將瓜掰成兩半，狠狠地咬一口，就有鮮紅的汁水從濃密的連鬢鬍子上掛下來。

　　陶大鬍子說：「不放心你的瓜吧？」

　　老漢說：「我告你去！」

　　陶大鬍子又笑了，說：「好好好，你去告，你去告。大不了算我一時疏忽吧。」

　　老漢說：「什麼，一時疏忽？」

　　陶大鬍子還要說什麼，女人從屋裡出來，說：「這不干陶隊長什麼事，是我自己願意的。」

　　陶大鬍子得意地搖搖頭說：「不不，是我一時疏忽，一時疏忽。對不起，對不起。」說著又笑，笑得一口瓜噎了嗓子眼兒。

　　老漢氣得渾身發抖。他彎腰摘下一個瓜，狠狠地朝女人砸去，一邊咬牙切齒地罵道：「賤——×！」

　　女人後來硬是撇下八歲的兒子，跟陶大鬍子進了城。

　　老漢從往事裡返回時，牆上已經沒有了男孩。

老漢對著那堵空牆，罵了句：「賤種！」

如今，老漢的記性已經很壞很壞，常常眼面前的事轉個身便忘得乾乾淨淨。可是四十年前的這件事，大約不到進棺材是忘不掉的了。

三

第二天，天氣依然奇熱；乾燥的天空就是潑上一桶水去也立時收乾了。

啞巴男孩又翻牆進來了。他好像沒記性，順桑樹往下溜時又摔了個跟頭。從粽竹叢裡爬起時，他發現掉了一隻鞋，可他不但不找，反而把穿著的另一隻鞋也甩掉了。他光著腳丫來到瓜地。這回他沒有馬上摘瓜——他意外地發現了一隻栗色的小野兔。小野兔在瓜蔓底下直起一雙紅眼睛瞅他，他就一縱身撲過去抓兔，兔一哆嗦，哧溜一下不見了。男孩撲了個空，爬起來恨恨地跺了一腳，不想驚動了腳邊的一個瓜，瓜「嘣」的一下裂開了。裂開的瓜像咧開嘴笑的娃娃，汁水好似涎水一樣流了出來，滴到乾燥的泥土裡，就有銅錢大一個濕印。男孩先是一愣，接著咯咯地笑起來，笑聲比昨天還要清脆。

男孩笑了一陣又走到另一個瓜前，照樣提腳一跺，那瓜也崩裂了。於是他拍著手哇啦哇啦地又叫又跳。然後走到又一個瓜前，一跺，瓜又裂了。當他走到第五個瓜前，剛提腳，那條小腿就叫老漢捉住了。

老漢說：「禍害，你是糟蹋瓜哩！」

　　男孩抬起臉憤怒地瞪著老漢，一邊拼命扭動身子，企圖掙脫被老漢捉住的手臂。掙扎了一會兒，老漢一鬆手，男孩就一個趔趄摔了個跟頭。爬起來後，他跑到瓜地的那一邊，還提腳踩瓜。老漢就追過去攔他。男孩很機靈，又跑到另一邊，還踩。就這樣，老漢和孩子玩起了貓捉老鼠的遊戲；瓜也崩了一地。末後，老漢殺了個回馬槍，終於逮住了男孩。

　　這回不鬆手了，抓住男孩的一條手臂朝園門拽。男孩不願意，就又墜又蹬，還用另一隻手去掰老漢抓著他的那只手。當這一切不起作用時，他就用嘴來咬，而且下了死勁，一口就把老漢的手背咬出一個血印子。這下老漢真的有點惱了；他忍著被咬的疼痛，掉轉身將男孩往土牆那邊拽。他是想把他舉放到土牆上，然後把他掀出牆外去。可是剛拽到牆下，男孩忽地一下死死抱住了桑樹，任怎麼也拉不開他了。老漢一眼瞥見桑樹下有一團粗麻繩，就笑笑，拾起繩子把男孩綁在了那棵桑樹上。他的綁法是：從肩頭至腰連同兩條手臂用麻繩一道一道纏住，留出兩尺來長一段繩頭拴在桑樹的樹幹上。捆綁完，又試試鬆緊度，確定不會對孩子造成傷害，然後拍拍身上的灰土，笑著對男孩說：「我看你還糟不糟蹋瓜了！」

　　男孩上身被綁住了，他的腿和嘴沒被束縛住，於是就用腳踢近邊的小石子，用嘴啐唾沫，以此來反擊老漢。

　　老漢不再去理會男孩，他找來一個竹箕，收拾崩開的瓜。回到屋裡，剛坐下，就見村上的兆生走來。兆生告訴老漢：「省裡農科所來了幾位專家，要上你這兒看瓜，縣上農林局的沈技術員，還有吳副鄉長也陪同來了，村長讓你馬上去村委會。」

老漢說：「你讓村長領他們來不就完了？」

兆生說：「我也不知道。反正村長吩咐，讓你先去村上。」

老漢說：「我有事脫不開身啊。」

兆生說：「就一會兒，不就一同回來了？人家客人在等你呢！」

老漢想了想，站起身說：「好，那走吧。」

兆生臨走從竹箕裡拾起半個瓜，咬一口，說：「這麼甜的瓜，不開發，真是天理不容！」

四

一到村上才知道，客人不單單為崩瓜來的；早些年已開發的檻李、甜桃和雪裡種蘿蔔的種植戶也在。今天算是一個小型水果開發座談會，村上還安排了午飯，飯後再分頭去各種植戶實地參觀考察，剛才兆生沒講清楚。

村上那一桌午飯很豐盛，老漢強不過也喝了酒。酒喝得不多，但他本不會喝酒，小半杯乾紅葡萄酒臉就成了關雲長了。飯後是參觀考察；上匯斗的是省農科所一位姓宋的教授。

一進門，見到桌子上竹箕裡的瓜，宋教授笑著說：「名副其實，真是崩瓜啊！」

宋教授已跟老漢很熟了，不用讓，自己坐到椅子裡。他拾起一塊瓜，一邊吃一邊問老漢：「真的一震動就崩？」

老漢覺得好像心裡有事，可一時想不起來是什麼事；他說：「這斷命的瓜，它的皮忒脆忒薄。」

宋教授問：「打雷也崩？」

老漢還在搜索心裡那件事，說：「響雷也崩。」

宋教授用指甲掐掐瓜皮說：「得想個法子讓它不崩。這問題一解決，它的市場前景好得很哪！——跺跺腳也崩？」

老漢黑暗的腦際突然劃亮一道火光，他想出那件事了；他彈起身說：「糟了！孩子。」

宋教授撂下瓜皮說：「孩子？——你的孫子吧？你孫子怎麼啦？」

老漢一跺腳說：「我怎麼就忘了呢？壞了壞了，孩子該餓壞了！」

老漢撇下宋教授，直奔後園。一路上他懷著僥倖心理，想：也許孩子早跑了，那麼機靈調皮的一個孩子；再說，繩子綁得也不是很緊。這麼想著，老漢奔進了後園。

可是一進園門，一眼就瞧見了那男孩。男孩像一隻煮熟的龍蝦，歪曲著倒臥在地上，兩隻光腳板上沾滿了灰土，顯然是掙扎留下的痕跡。

老漢奔過去就解男孩身上的麻繩，可是怎麼也解不開。這真怪了，剛才明明打的是活結，一抽就可以鬆開的；現在活結成了死結，而且抽得這麼緊。怎麼會這樣呢？老漢來不及細想，趕緊找來剪子，三剪兩剪將繩子剪斷，褪下，抱起男孩搖著喊著：「孩子孩子你醒醒！你醒醒啊孩子！你醒醒，醒醒！孩子，你醒醒……」

可是男孩兩眼緊閉，臉色就像頭頂的天空，乾黃裡透出青紫；他的身子軟蹋蹋的，好像醃熟的黃瓜條。令人不解的是，男孩臉上沒有留下掙扎的痛苦；相反，他的嘴角隱隱的有一些笑意。這就奇了！

老漢悔恨地一拳砸在地上，不想驚動了近邊的一個瓜，那瓜「嘣」一下就裂開了。老漢隨機掰下半個瓜，塞向男孩的嘴巴，說：「你吃，你吃，你吃，吃吃吃，你吃呀！」

瓜瓤掀開了男孩的嘴唇，卻被牙齒擋在了門外；瓜肉瓜汁抹了他一嘴一臉，又滴滴答答地掉到脖子上，胸脯上。

宋教授也進園來了。他站在遠處關切地說：「你孫子怎麼啦？」

老漢忽然仰面朝天發瘋一樣地笑起來，說：「他——死了！被太陽活活曬死了！」

五

傍晚的時候賤×來了。出人意料的是，她既沒哭也沒鬧，也不直撲後園去看男孩，而是在屋裡轉了一圈，然後在椅子上坐下來，說：「一場夢，一場夢啊！」

說完這句話，她拿起柴刀走到後園開始劈瓜；劈一個喊一句：「崩瓜！」劈一個喊一句：「崩瓜！」

瓜劈完了，她就劈瓜葉瓜蔓。就這樣，天漸漸黑了，三分半瓜地也成了一大片灰綠的糨糊。

六

老漢當天就去公安局自首了。公安局很快來現場踏勘，然後傳喚了被害者的監護人賤×。

賤×起初不肯來；由於公安方面的一再堅持，後來終於來了。在拘押室裡，隔著一張長桌，老漢面對了從前的女人。

女人說：「你報了仇，稱了心了。」

老漢說：「妳錯了，我根本沒這個念頭。四十年前我就沒這個念頭了。」

女人不相信地搖搖頭，說：「為什麼？」

老漢說：「妳賤啊。」

女人說：「明白了，你是說不值得。不過，我這次回來原本是想要告訴你，四十年前你所見到的，並不完全真實。」

老漢有些意外，說：「是嗎？」

女人說：「是的。只要你肯深入地想一想當年的一些細節。」

老漢閉起眼說：「我一不聾，二不瞎，三不傻。」

女人說：「你就是聾就是瞎就是傻。」

老漢睜開眼說：「怎麼講？」

女人說：「還用我說嗎？──我能委屈一時，但不能委屈一世；你設身處地想想，一個人的冤屈能到死都不明不白嗎？」

老漢說：「可我明明白白。」

女人怨恨地望一眼老漢，站起身來朝外走。

老漢也站起身說：「妳等等！」

女人止住步，回過身望著老漢。

老漢說：「妳起訴吧。」

女人扭開臉說：「我不起訴。」

老漢說：「妳應當起訴。──不過我要告訴妳，我真的不是故意的；我只是想教訓教訓他，他真的太頑皮了。」

女人說：「你稱了心報了仇了。——我不起訴。」

老漢想了想說：「妳不起訴，孩子的爹娘也會起訴的。」

女人說：「打從這孩子一落地，他娘就跑了。」

老漢說：「孩子他爹——妳的兒子肯定會起訴的。」

女人說：「他不是我兒子。」

老漢說：「可他是孩子的爹啊。」

女人說：「他不會起訴的了。永遠不會。」

老漢說：「為什麼？」

女人說：「沒有為什麼。」

老漢一時猜不出其中的原因，就說：「那還有……還有孩子他……爺爺……」

女人說：「他死了。」

老漢不由自主地打了個寒噤，說：「死了？」

女人說：「早就死了。——你該滿意了吧？」

老漢一下跌坐到椅子裡，說：「我真不是故意的。我只是想教訓教訓他，他太頑皮了。我打的是活結，的確是活結，只要一抽，結就鬆開了。我不明白活結怎麼成了死結。省農科所來了專家，村裡讓去開會，我就去了。都怪我忘性大，我怎麼就忘了園裡還拴著個孩子呢？我，我……疏忽了。」

聽到最後這句話，女人彷彿被人在心口捅了一刀，她扭回臉，冷笑一聲說：「很好。也——疏忽了。」

女人的重複反過來變成一支槍，擊中了老漢歷史深處的傷疤。他咧了一下嘴，說：「疏忽，疏忽，疏忽……」

　　早就該哭的女人一直硬撐著，到這時再也撐不住了，堤壩一下大面積坍塌，她「哇」的一聲哭出聲來。

　　老漢低下頭說：「妳起訴吧。妳一定得起訴。」

　　女人一邊哭一邊說：「我……不起訴，我不起……訴……」

　　老漢的心一下柔軟起來，他慢慢向自己從前的女人走過去。

　　我們來不及判斷，老漢下一步將會作出什麼樣的舉動，女人卻搶先做出了自己的舉動。她突然停止了哭泣，對走近了的從前的男人咬牙切齒地說：「你聽著：我不會起訴的。我不起訴。我——不起訴！」

　　女人說完，轉身飛快地衝出門去。留給老漢的是無數聲驚心動魄的顫音：

　　訴訴訴訴訴……

土蛙

銅匠阿榮家住鎮東花園街。花園街眾安橋塊有一處水閣財神堂，財神堂附帶有一間存放雜物的小屋子，阿榮一家就免費住在那裡，條件是帶看財神堂。

我家雖不在花園街，但離眾安橋很近，拐過一個街角便是。我小時候常在那一帶玩，知道這銅匠阿榮除了一副銅匠擔，可以說是家徒四壁。阿榮靠一副銅匠擔養活一家四口：老婆、兩個孩子和他自己。他老婆是個呆大，連家務活也料理不清，一年四季屋裡頭是又髒又亂。兩個孩子，一個四歲，一個五歲，男孩，屎啊尿啊抹了一身，整日裡臊臭烘烘的。

銅匠阿榮每天早晨起來先生銅匠擔上的爐子，用木片柴籠上炭屑，呼嗒呼嗒拉風箱，一會兒就躥上來藍藍的火苗，然後坐上煤煙熏黑的鋼精鍋煮泡飯。吃過早飯，他就挑起銅匠擔出門做生意去了。

挑銅匠擔的一般都做鄉下生意；阿榮跑的是鎮東北部運河塘塘南塘北一帶。阿榮的銅匠活很全面，除了會打錫壺，會敲白鐵水桶，會做洋油手照，會配鑰匙外，主要是五金修補：修紫銅銚，修黃銅臉盆，修白銅湯婆子，補鐵鑊子，補鋼精鍋，補花鉛水桶，補搪瓷杯子。阿榮的銅匠擔很沉的，一頭是風箱爐子，一頭是一個黑烏烏的櫃子。櫃子有四五個抽屜，抽屜裡放滿了銅匠家什和

一應材料。櫃子的三面還叮零噹啷地掛滿了一串串大大小小的原生鑰匙。他的扁擔是檀木的，烏光油亮，不厚不薄，不長不短，不寬不窄，挑起銅匠擔子，這扁擔在阿榮的肩頭顫顫悠悠，好像會唱歌的樣子。阿榮兩個肩都能挑，而且換肩非常自如，就好像擔子自己轉過去的。

吃過早飯，阿榮叮囑女人幾句，就挑著顫悠悠的銅匠擔出門了。他出門走不上幾步就上眾安橋。過了橋，他歇下擔子，到石菩薩跟前跪下拜揖，默默通神幾句。——大約是祈求平安吧。然後挑起擔子，沿河岸邊的小路一徑往鄉下去了。

阿榮一個村坊一個村坊地走，就會有農家拿出一些破的鍋破的壺叫他修。常常是一個村坊一家叫了活，其他一些人家也想起了自家要修補的東西。阿榮說，這叫撒尿引出屎來。他在一家的稻場上拉動風箱，呼嗒呼嗒鼓旺爐子；往往一個活兒快幹完時，第二第三個活兒也來了。一般阿榮傍晚時可以回家；有時活多，就得摸黑。一般他回到家，老婆已把晚飯做好，水也燒好了。他喝一點酒，不多，一小盅，消乏的。吃過晚飯，燙個腳就睡了。

也有不下鄉的日子，那是雨天或病了累了的時候。不下鄉不等於休息；為了生計，他就攬攬街面上的活兒。一般他在離家不遠一家名叫「解渴來」的茶館門前做生意。他把銅匠擔歇在茶館的邊角上，這樣既不礙路，又和茶客保持一定的聯繫。他歇下擔子，付八分錢，要一壺紅茶。一壺茶，一個茶盅，就放在階沿石上。這壺茶，算是阿榮付給茶館的攤位費。這是茶館老闆和阿榮達成的默契，不用講，彼此心照不宣。

阿榮在茶館門前幹活，一邊聽茶客說東道西。茶客是街坊，彼此都熟識的。一次不知怎麼，談起了時事。小鎮上的所謂時事，大抵是小鎮上正在發生正在演進的大事，當時正植「鎮反」高潮，就是集中力量大張旗鼓鎮壓反革命。小鎮上三天兩頭搞遊行，手裡舉個紅紙、綠紙、黃紙、藍紙做的小旗子，邊走邊呼口號：「共產黨萬歲！打倒國民黨！」等等。一個茶客說有個朱洪根是個膽子極小的人，也是個很愛乾淨的人。那天開大會，一聽到叫他的名字，他就嚇得尿了褲子。尿完褲子，他對站在身旁的公安說：「我尿褲子了，褲襠裡濕搭搭的很不舒服，我得去換一條褲子。」

另一個有些娘娘腔的茶客說：「人是各式各樣的。土匪裡有膽大，也有膽小，這不稀奇。魯肅那麼大的官，草船借箭，還嚇了個升籮不用用斗（抖），何況小土匪朱洪根呢。」

一個禿頂茶客晃著油光光的腦袋說：「難怪朱洪根，其實……他也不好算土匪；他只是跟土匪小頭目占老七帶點拐彎親。民國廿三年八月初三，孫歪頭搶公義當，硬把一隻箱子寄放在他家了。」

先說的那個茶客嘆服地說：「共產黨厲害呀，什麼事都休想瞞過，就是被頭裡掐死個蚤虫也能查得靈靈清清。」

一個喑喉嚨茶客說：「不見得吧？」說著一陣冷笑。他的笑聲好比木槌敲擊茶葉錫罐。

禿頂茶客說：「這麼說，老五知道還有未被肅出來的？那是誰啊？」

喑喉嚨老五眯起眼睛搖搖頭說：「說不得，說不得，正紅得發紫呢！」

先說的那茶客說：「老五，別賣關子了。說出來聽聽。」

老五朝低頭幹活的銅匠努努嘴，說：「阿榮知道的。早兩年阿榮去塘北做生意，親眼見過姓童的背著把大刀，跟在占老七屁股後面呢。」

先說的那茶客，禿頂，還有娘娘腔，他們一同張大嘴巴，吃驚地說：「阿榮，真有這樣的事啊？」

阿榮沒回答，他正專心致志地對付一把斷了嘴的紫銅茶銚。

禿頂忍不住又逼問一句，說：「阿榮，老五說的是真的嗎？」

阿榮這才停一下手裡的活計，回答說：「是。」

阿榮是從不打誑的，這一帶的街坊鄰居有目共睹。這天，他就順口回答了這麼一個字：「是。」聲音不高，卻把那天在解渴來茶館吃茶的所有的人都驚呆了。

這時茶館的老闆匆匆過來續水，提著長嘴茶銚告誡大家說：「莫談時事，莫談時事。」

這茶館老闆姓鍾名林，也是個極膽小的人。他有一塊心病：抗戰初期參加過鎮上的「民聯」。「民聯」，全稱叫「××鎮抗日民眾聯合會」，原本是本地市民自發組織的一個抗日團體，後來不知怎麼，被占老七利用，在塘北陶家筧渡口搶過一次米，解放後被定性為土匪的外圍組織，人員都去公安局登過記。茶客說的姓童的，就是眼下這個鎮的鎮長。當下鍾林將眾茶客的話頭截住，過後想想害怕起來。心想，這事遲早會傳到童鎮長的耳朵裡。他清楚姓童的是怎麼一回事；他既當了鎮長，共產黨自然相信他，自己鼻子上有屎，弄不好有人先去透風，這姓童的咬卵不著咬胯，拉不出屎嫌茅坑臭，

怪罪到我的頭上，豈非把自己打進了夾牆？他想定主意，就在這天深夜，悄悄跑去敲響了童鎮長家的門。

童鎮長的家也在花園街——在花園街的一條巷子裡，單門獨戶。這幾天為「鎮反」的事，童鎮長常常深更半夜還不睡覺。這人木匠出身，高個子，馬臉，有嚴重的口吃毛病，說起話來，一個字要重複三四遍。他作報告還老愛加一句口頭禪：是不是。他說：「窮窮窮人翻翻翻身是是不是，作作作主人是是不是。」當下，他聽了茶館老闆鍾林的彙報，就點點頭，拍拍鍾的肩膀說：「鍾鍾鍾鍾鍾林，你你你不錯。」

茶館老闆卸下一副擔子，討好地說：「這個銅匠阿榮雖然老實，但他下鄉撞見的事多，知道的事也多，童鎮長得留個心眼，多加小心才是。」

童鎮長說：「想想想不到這個銅銅銅銅銅銅匠這這麼壞。哼！」

童鎮長口吃毛病嚴重，說「哼」字卻分外的乾淨俐落，所以這鎮上的老百姓對童鎮長這個「哼」字特別有切膚的感受；反過來，也因此對他的口吃格外的害怕。茶館老闆鍾林聽童鎮長一「哼」，又這麼逼近，臉上都濺到他的唾沫星子了，就差一點跟朱洪根一樣尿了褲子。他彷彿受到感染一樣也口吃起來，說：「童童童鎮長，我聽說，銅匠阿榮給土匪孫歪頭修過槍。」

童鎮長聽了，立刻兩眼放光，連口吃毛病也好了，他呱達呱達拍著鍾林的肩膀說：「鍾鍾林，你不錯。你你你真不錯！」

鍾林沒瞎說，銅匠阿榮的確為土匪孫歪頭修過槍。

那是去年春頭，一天傍晚，阿榮做完生意在塘北陶家筧渡口等渡船。這時正好孫歪頭帶了幾個弟兄坐渡船從南岸來。阿榮側身避

過一邊，等他們上岸走遠了，他才挑了銅匠擔上船。船剛點開岸，孫歪頭又回來了。孫歪頭喊住渡船，說：「銅匠，你上來。」

阿榮以為他們要搶錢，就把今天掙的毛票鉛角子全掏了出來。

孫歪頭說：「不要你錢。老子有兩支槍壞了，你給修修。」

阿榮說：「孫隊長，我只會修鍋配鑰匙，從沒修過槍，不會修。」

孫歪頭說：「會修得修，不會修也得修。你不是銅匠嗎？槍不是鐵器嗎？銅匠不會修鐵器，要你個銅匠有什麼用？」

阿榮說：「孫隊長，你明亮，我真不會修槍。」

孫歪頭做事一向沒二價，他不再跟阿榮囉嗦，對手下說：「銅匠不會修槍，留他在世上何用！打發他到塘河裡餵王八算了。」

孫歪頭手下一個上了年紀的土匪過來勸阿榮，說：「阿榮，修槍不難的，你是銅匠你肯定會。」說著，把一挺輕機槍和一支手槍遞到阿榮手上。

機槍的毛病是兩腳架中的一隻腳斷了小半截。這點毛病當然好修。可是手槍的毛病大了：斷了撞針。阿榮拿著斷成兩截的手槍撞針愣了半天，忽然想起自己曾經替新式綢機修過梭子上斷掉的鋼針。斷了的鋼針用烊了的銅水來焊接，能接上，也很牢。心想接撞針和接鋼針一樣的道理啊。想畢，就趕緊鼓旺爐子。先修機槍。他把斷腳接上，又在接頭四周用白鐵皮包固，這機槍就修好了。然後修手槍。按修鋼針的辦法，先用硫酸將撞針的斷面清洗乾淨，再用銅水對準斷紋焊接，接上後用細砂紙輕輕地打磨，果然就把手槍給修好了。

孫歪頭接過修好的手槍翻過來倒過去地看，說：「修好了？」

阿榮站在一邊沒敢吱聲。

那個勸阿榮修槍的土匪說：「看來是修好了。」

孫歪頭就壓上一發子彈，對著塘河扣動了扳機。只聽砰——咚！孫歪頭便像個玩童嘎嘎嘎嘎地笑了。

孫歪頭非常滿意，說：「銅匠，你的技術不錯嘛。這樣吧，你以後就當我的兼職軍械師算了。」說著賞了阿榮兩塊銀元一袋米，但阿榮沒敢要。

童鎮長是在第二天黃昏帶了兩個民兵去抓阿榮的。其時阿榮剛好挑了銅匠擔垂頭喪氣地回家，因為這天他的生意特別特別的清淡，整整一天他只補了一口鐵鍋，修了兩隻鉛桶，配了三把鑰匙，才掙了一元三角五分錢。童鎮長他們等在阿榮家；阿榮的女人摟了兩個孩子蹲在牆角裡嗦嗦發抖。阿榮挑著擔子一進門，童鎮長就從唯一的一把椅子上站起來，對那兩個民兵說：「把把把這個土土匪給給我捆捆捆起來！」

阿榮是個很卑微的人，常年掙扎在饑餓線上，由於營養不良，人長得瘦弱單薄，臉色一年四季白潦潦的。但對於這突如其來的變故，他沒有哆嗦，沒有尿褲。他想得很簡單：自己清清白白，做做吃吃，沒幹過什麼壞事。

當晚，童鎮長將阿榮押到臨時拘押處——廟橋街的大同書場，要阿榮承認自己是土匪。阿榮承認給土匪修過槍，但不承認是土匪。童鎮長就把他那支很笨的駁殼槍往桌子上一碰，對手下人說：「他不不不承認，就就就叫他吃點辣辣辣火醬！」

所謂的辣火醬是用電電他，也就是上電刑，是當時除了打嘴巴罰跪之外，用得較為普遍的刑罰。一上電刑，阿榮就「啊」的一聲慘叫，昏死過去了。

一九五○年十二月的某一天，小鎮大街上的佈告欄裡貼出一張新的佈告，上面寫著：

> 查馮犯自榮，又名銅匠阿榮，男，現年 37 歲，漢族，捕前係本縣××鎮人。馮犯於一九四九年三月某日，在塘北陶家覓渡口為土匪孫家驥（又名孫歪頭）部隊修理機槍一挺，手槍一支，用於殘殺無辜群眾和頑抗我人民解放軍剿匪部隊，並從此加入匪部為軍械師（有匪部花名冊登記記錄），實屬罪大惡極，不殺不足以平民憤。現經上級批准，將馮犯自榮驗明正身，綁赴刑場，立即執行槍決。

槍決銅匠阿榮這一天，天氣特別的陰冷，從半夜起就飄飄忽忽下起了小雪。當時處決人犯在鎮東南二里地一個叫見喜橋的地方。處決阿榮時，阿榮早已沒有了人色，一張臉就像垃圾堆裡撿出來的廢紙；但他並不癱軟。他們讓他背對槍口跪下，他卻固執地堅持面對槍口。他兩眼空洞，卻發現腳邊濕地上爬行的一隻土蛙。土蛙俗稱泥疙瘩，個頭小，才牛眼那麼大，嘴尖皮糙，呈土灰色，是蟾蜍家族裡最最醜陋的一種。阿榮望了一會那隻土蛙，忽然癡笑起來。據在場看槍決的人事後回憶，阿榮的笑聲好像是在陰溝洞裡鋸一根鐵管。他一邊笑，一邊對那隻土蛙說：「泥疙瘩，你是一隻開心的泥疙瘩……」

那兩個行刑者說，這個土匪死到臨頭還笑著嘀咕什麼啊。他們沒理他，鐵板著臉，把槍端平，然後就扣動了扳機。

據說那時處決反革命用的是開花子彈，槍響以後，阿榮的半個天靈蓋就沒有了，腦漿濺了一身一地。可是他還直橛橛地跪著，不

肯倒地。於是行刑者又在他胸口補了一槍。還是不倒。行刑者中的一個氣憤起來，罵了句「死頑固」，走過去給了他當胸一腳，阿榮就跌翻到事先挖好的土坑裡去了。

據說阿榮跌進土坑的剎那，飄著零星小雪的天空響起一陣打鼾一樣的悶雷，跟著一道蛇一樣的閃電直劈下來，把近邊一株瘦削的楊樹燒焦了半邊。十二月的隆冬季節，這個悶雷給在場的執法者和稀稀拉拉幾個看客留下了久遠的記憶。

五十年後，我早已居住在另一座城市。這年的十二月份，一個老家的侄兒在給我的一封信裡提到了鎮上最近發生的一件稀奇事。事情是這樣的——

我們鎮見喜橋一帶被縣裡劃為第三經濟開發區，借用現存地名就叫見喜橋經濟開發區。九月一日，開發區管委會發出遷墳公告：自即日起，一個月裡區域內的墳墓一律由墳主遷走；逾期不遷者作無主處理。墳主遷移有困難者，可委託開發區統一妥善遷移。結果有七家不在本地的墳主委託了開發區。開發區在選定搬遷的生態墓地後，把這項工程（也算一項工程吧）承包給了附近一個專門從事這項工作的農民。

這農民姓馮，五十來歲年紀，蔫蔫乎乎的。他做這項工作多年了，手裡專門有一幫人，一有活兒，一個電話就能把人招齊。見喜橋一帶的墳墓基本是些老墳，就是說墳墓裡埋的是棺材。馮某先往七處墓地踏看了一遍，從墓碑和墳墓的大小，估算出有多少具棺木，然後去購買了一定數量的骨殖匣，第二天就開始工作了。工作是做慣了的，很順手，一連六天就把六家墳墓搬遷完畢。

第七天上，還剩兩個骨殖甏，搬遷最後一家墳墓。可就在這時，出了一點小小的意外之事：他們刨開墳墓一看，偌大一個墳包只一具棺材。棺材早已腐爛，裡面的枯骨白森森的依然完好；如果將屍骨復原，這是個長得又高又大的漢子。

幾個土工收拾起枯骨準備裝甏，包工頭馮某指揮說：「把他的骷髏頭裝一個甏，其餘骨殖裝一個甏。」

土工說：「一個甏裝得下的。」

馮某說：「我知道裝得下，但是裝兩個甏。」

土工不解，問：「為什麼？」

馮某說：「我讓他身首分家。」

土工們終於明白，就按吩咐把骨殖裝好。剛要把骨殖甏抬到電瓶車上，馮某又說：「慢著！」

土工問：「還待怎樣？」

馮某不回答，他走到裝骷髏頭那隻甏邊，說：「童鎮長，老子賞一泡尿你吃吃。——我操你八輩子的祖宗！」

沒等土工反應過來，馮某已掏出傢伙，一條略黃的粗粗的尿液吱一聲射進了那個骨殖甏，射入那顆骷髏頭大張著的口裡。骷髏頭彷彿承受不起尿液的衝擊，微微抖動著，發出潑嗤潑嗤的聲音，好像口吃地說：「不不不吃，不不不吃。」

後來，這件事終於傳到這家早已幸福地生活在省城的後代的耳朵裡，為此引發了一場民事訴訟。這場訴訟的最終結果怎麼樣不得而知，但馮某在庭審中的一段話喚醒了鎮上老一輩人一段久遠的記憶。馮某說：

「法官先生，我很開心，真的；隨你們怎麼處理我都沒關係。一口惡氣憋了我們家五十三年。整整五十三年哪！老天開眼，終於賜給了我這麼一個意想不到的機會。——爹，我的親爹！——我很開心，真的很開心；你們要怎麼處理就怎麼處理，我一概的無所謂，真的無所謂……」

四月的丁香

玄章

一

　　玄章姓濮，四十來往年紀，白淨無髭鬚，家住洗碗池一幢古老破舊的民居裡。他是西門酒廠的工人。近來酒廠無酒可做，他就天天待在家裡。妻子名叫素芬，長得高大結實，是食品公司離崗退養的職工，會做松花蛋，退養後以此補貼家用。

　　一天，妻子在天井裡做松花蛋。她把拌好的藥泥塗抹到鴨蛋上，然後在礱糠裡一滾，碼到一個綠缸裡。她已經做了小半缸了。她邊做邊對屋裡的玄章說：「我說，你還是去求求你們廠長，讓你劃在留下的人員裡。」

　　玄章在專心致志地粘補一本破書，沒搭腔。

　　妻子說：「你聽見沒有？我跟你說話呢。」

　　玄章說：「沒用的。」

　　妻子說：「你沒去求，怎麼知道沒用？這種事得磨，你不去磨，人家不會送上門來的。」

　　玄章依然說：「沒用的。」

妻子說：「沒用的，沒用的。除了這句，你還會說什麼？要不，帶上一筐松花蛋？」

玄章說：「一筐松花蛋值幾個錢！」

妻子說：「那你說要送什麼？」

玄章說：「錢。妳送得起嗎？」

妻子說：「多少？」

玄章說：「少說也得一兩千塊吧。」

妻子說：「一兩千塊！他能那麼黑？」

玄章說：「一兩千塊人家眼裡不定擱不擱呢。不信，妳試試。」

妻子說：「兩千塊，那得賣多少松花蛋！不行。」

玄章說：「所以，下崗就下崗吧。」

妻子說：「說的輕巧！下了崗生活怎麼辦？兒子每月三百塊的生活費，可是天打也打不掉的。」

他們的兒子在北京上大學，每月三百元的生活費已經相當艱苦了。

玄章說：「這有什麼辦法。」

妻子說：「不行，得跟他何家生論論這個理。他憑什麼讓你下崗？你們廠搞成現在這副腔調，要下崗也該首先輪到他何家生。」

玄章說：「氣話。」

妻子說：「我聽說，何家生這幾年都撈飽了。」

玄章說：「妳有證據？」

妻子說：「三四十萬一幢樓就是證據。這叫財產來源不明罪。」

玄章說：「好啊，那妳去告啊。即使告倒了他，又怎麼樣？要下崗還下崗。」

妻子說：「這麼說，這崗下定了？不行，你得找你們廠長去。」

繞了一圈又回到老地方。玄章決定不再搭理妻子。

妻子見說不動玄章，心裡不免有些窩火。她把做好的最後一個松花蛋碼到綠缸裡，拔下手套，走到屋裡說：「你到底去是不去？」

這時玄章正對付一頁特別爛的紙頁。他把一塊塗了膠水的小紙片用鑷子塞進那頁爛紙的夾層去，依然沒有搭理。

這下妻子真火了。她搶上一步，伸手來抓那本破書，說：「粘、粘、粘，你粘這破書能當飯吃？」

玄章見妻子那只肉滾滾的大手挨上書頁了，趕緊用身體去擋，妻子的五個有力的手指就抓在了他那件干瘡白孔的破汗衫上。只聽嘶的一聲，破汗衫撕開了一個不小的窟窿。

妻子一屁股坐到矮凳上，哇的一聲就哭了起來。她邊哭邊數落說：「嫁了你這麼個軟殼蛋、煨蠱豆，我算是瞎了眼了。喂呀，媽也！」

玄章放下手裡的活，走到妻子跟前，說：「素芬，素芬，別這樣。我去找廠長。我去找還不行嗎？」

二

西門酒廠已沒有了酒味。大門口那塊木板廠牌還在，只是酒字不知被誰鏟去了三點水，「西門酒廠」變成了「西門酉廠」。照曆書上解釋，酉字是老或鮑的意思。玄章想，這酒廠是該叫酉廠了。

廠長室裡沒有廠長，倒聚了一幫包括老工會主席在內的酒廠工人。他們有的伸長兩腿靠坐在皮轉椅裡，有的半躺在長沙發裡，有

的乾脆像鳥一樣蹲在那張特大的經理桌上。他們嘻嘻哈哈，有說有笑，好像在談一件十分愉快的事情。這種情景玄章曾經在文革時期見識過。

見玄章進去，一個小青年從經理桌上跳下來說：「好啊，玄章也來了。我們總得問問他何大廠長，憑什麼讓我們這些人下崗？我們小青年還好說，像玄章這樣的老先進、像工會主席這樣的老幹部也下崗，叫人不服貼。」

玄章說：「廠長呢？」

有人說剛才還在，一會就不見了，連廠辦主任也一同消失了。

小青年說：「一定是狗日的見人越來越多開溜了。」

老工會主席說：「溜？他幹嘛要溜。他沒溜。」

眾人問：「那他上哪了？」

老工會主席說：「荷花賓館。」

小青年一跳老高：「他狗日的居然還住高級賓館！」

老工會主席說：「這回你可冤枉人家了。人家是跟旅遊開發公司洽談業務。」

眾人說：「開發三白酒？」

老工會主席歎口氣說：「開發什麼三白酒！他是要……算了，不說了。」

眾人說：「主席，你說啊，別當半吊子。」

老工會主席說：「這事現在還不好說。」

小青年頭腦活，他似乎明白了什麼，不由得仰天一樂說：「等著吧，大夥該一齊掃地出門了。這倒好，乾脆，痛快！」

　　在眾人嚷嚷的時候，玄章悄悄離開了酒廠。他沒回家，而是來到他從未踏進過的本市一家四星級賓館，荷花賓館。

　　他問明白旅遊開發公司的人確實在此跟人洽談業務之後，就在大堂裡坐了下來。

　　賓館既以荷花命名，這大堂就有一幅很大的《荷塘月色圖》。這圖畫的非常逼真，坐在大堂裡彷彿能感覺到團團的荷葉上瀉下來的晚風。但玄章沒有感覺。

　　玄章靜靜地坐在大堂一邊的沙發上想心事。服務臺後壁上懸掛的那排圓形的時鐘走著中國、美國、瑞士、英國、義大利、俄羅斯各自不同的時間。忽然正中那架中國時鐘敲響了11點，就有一位坐臺小姐走過來，很禮貌地問玄章：「先生，您要提供服務嗎？」

　　玄章看看小姐說：「我在這兒等人。」停了停又說：「能供應一份盒飯嗎？」

　　小姐依然很有禮貌，她說：「請稍等。」

　　沒過多久，一份十元錢的盒飯送到玄章手裡。他打開一看，裡面是四四方方一塊蒸飯，飯上蓋著一片肉排，七八條刀豆，三四片冬瓜。玄章想，賓館的吃食真是太貴了。

　　吃過飯，又有小姐過來了，依然很有禮貌，說：「先生，您要提供服務嗎？」

　　玄章說：「謝謝，不用。」

　　小姐一笑，說：「您要用開水，可以隨便倒。」

　　小姐說完瞥了一眼玄章，用手指了指不遠處的一個淨水器。

　　玄章說：「謝謝。」

　　玄章跟小姐要了個一次性紙杯，倒了一杯開水慢慢地喝。喝完一杯，他又倒了一杯。

　　牆上那架中國時鐘已指到下午四時。在賓客上上下下的大理石扶梯上，他終於等到了西門酒廠的廠長何家生和廠辦主任郭小明。

　　廠長何家生喝得滿面通紅，眼睛水汪汪的要滴出酒來。他和郭小明陪著兩個很肥胖的人一路說笑著下來。兩個胖子中的一個頭已謝頂，但年紀看得出並不老，絕對不超出五十。他撮著牙花說：「放心，何廠長，我們決不會虧待你的。」

　　何家生趕緊點頭說：「那是，那是。你羅經理辦事我信得過。」

　　他們說著就走到了玄章身邊，但他們根本就沒發現他。玄章只好站起身，對著何家生他們的背影叫了聲：「何廠長。」

　　何家生回過身來，見是玄章，覺得奇怪。他臉一板說：「玄章，你怎麼在這兒？」

　　玄章說：「廠長，下崗的事……」

　　廠長揮揮手截住玄章，對郭小明說：「小郭，你代我送送羅經理。羅經理，具體細節我們再談吧。」

　　姓羅的經理與何家生握手告別說：「願我們合作愉快。」

　　郭小明送羅經理他們走遠之後，廠長何家生說：「玄章，你挺老實一個人，怎麼也跟著瞎起哄？」

　　玄章說：「你把廠子賣了？」

　　何家生大概想不到玄章會知道這事，臉上僵了一下。他坐到沙發上，同時拍拍沙發，也讓玄章坐下。何家生說：「你也聽說了？」停了停又說：「剛才你也看見了，我就不瞞你了。唉，沒別的法子呀！」

玄章說：「這麼說，全廠職工都得下崗？」

何家生點點頭說：「對，包括我。」

玄章站起身說：「我明白了。」

玄章轉身朝大門走去，何家生卻把他叫住了。

何家生說：「玄章！請等一下。」

何家生對玄章這樣的工人第一次使用請字，玄章聽了覺得有些彆扭。他詫異地回過頭望一眼何家生，站住了。

何家生走過來，拍拍玄章的肩頭說：「玄章，我不管你是通過何種渠道知道的，我希望你暫時不要把這消息再擴散開去。好嗎？」

玄章說：「那我們可不可以談談條件。」

何家生說：「談條件？你跟我？」

玄章說：「怎麼，你認為不對等是嗎？」

何家生笑笑說：「你以為呢？」

玄章說：「那好。要不要我請你在這兒繼續我們的晚餐？」

何家生有些弄不明白，他說：「繼續我們的晚餐？你請我？」

玄章說：「怎麼，你怕我請不起？」

何家生輕蔑地瞟一眼玄章，說：「你請得起嗎？」

玄章說：「不信，那就試試。」

玄章說著做了一個請的姿態，自己帶頭轉身上了樓梯。何家生當然立刻明白了。他認為自己平時對於玄章絕對是看走了眼。他立刻滿面堆笑，上來拉住玄章。他說：「玄章，晚餐還早，我們喝茶去吧，我請客。」

　　玄章也同時猜出了何家生此刻心裡在想些什麼。他甩開何家生的手，說：「何廠長，這茶錢就省了吧，我想恐怕我們已沒有什麼可談的了。」

　　玄章說完，頭也不回地走出了荷花賓館。

<h2 style="text-align:center">三</h2>

　　玄章回到家裡，妻子素芬正從晚市上歸來。她很高興地告訴玄章，今天生意特好，一共賣出去五十八個松花蛋和二十七個鹹鴨蛋。又問找沒找到廠長，廠長怎麼說。玄章說找到了，廠長表示可以商量。妻子因為賣了不少蛋情緒特別好，對玄章的話也就信以為真了。

　　兩個月以後，有一天早上，玄章又在粘補那本永遠粘補不完的破書，旁邊還放著一塊笏狀的黃黑斑駁的金屬板。妻子踏著小三輪回家了，裝在小三輪上滿滿的兩筐松花蛋和鹹鴨蛋似乎原封未動。她把小三輪停在天井裡，就氣沟沟地進屋，邊進屋邊嚷嚷。她說：「好啊，好啊，濮玄章，你也學會騙人了！」

　　玄章沒抬頭。他正用鑷子夾住一小片塗了膠水的紙片，塞進一頁爛書頁的夾層裡。

　　妻子照例伸出她那隻肉手要去撕那本破書，玄章早有防備，立刻拱轉身子去保護。只聽嘶的一聲，又一件千瘡百孔的汗衫撕開了一個大窟窿。妻子見撕不著破書，一回手又去擼那塊金屬板。這回，玄章沒來得及護住，那塊金屬板就被擼到了地上。只聽一陣叮噹亂響，那金屬板好像裝了彈簧，在地上不停地彈跳。玄章兩隻手護著

破書，只好伸出一條腿去摁那金屬板，但差一點點沒夠著，倒是那金屬板自己跳到他的腳背上，總算停止了跳動，玄章的腳背因此腫起蠶豆大一個包。當時他沒顧上他的腳，趕緊撿起金屬板，像檢查一隻長了蝨子的貓一樣撫過來又撫過去，口裡說：「還好，還好，沒摔壞。」

妻子見他那一副疼物不疼人的樣子，心裡一委屈就坐到矮凳上哭起來，她邊哭邊說：「濮玄章，濮玄章，我算把你從頭到腳都看穿了。嗚嗚……」

玄章走到妻子身邊，蹲下來討好地說：「素芬，妳不做生意，跑到家裡來說這些沒頭沒腦的話，妳到底是怎麼回事嘛。」

妻子擤了把鼻涕說：「濮玄章，你撒謊。那天你根本就沒去找你們廠長。」

玄章說：「誰說沒找。我找了，我的確找了。」

妻子說：「你還要撒謊！找了？找了，為什麼仍被下崗了？」

玄章說：「素芬，我的確找了，但沒用，因為廠長已將廠子賣了。不光我，全廠無一例外，甚至包括廠長本人都下崗了。準確地說，全廠所有職工，除了符合退休退養條件的，統統賣斷了工齡。六百元一年。」

妻子抬起淚眼說：「真的？」

玄章點點頭說：「真的。我騙妳幹什麼。」

妻子說：「既如此，你怎麼不說？」

玄章說：「不是怕妳擔心嗎。」

妻子說：「這麼說，拿了一萬多塊錢就趕出山門野和尚了？」

玄章說：「是這樣的。」

妻子一臉的無奈。她又低低地哭起來。這回是純粹的哭泣，既沒有了怨恨，也沒有了憤怒。

四

妻子洗了一把臉，推起小三輪打算重去市場賣蛋。這時只聽有一幫人在院門外說話。

「這就是有名的洗碗池？」

「這就是洗碗池。」

「好大一個池子專門用來洗碗？」

「經過數百年已大大變小了。原來這池子有三畝來大，而且有東西兩個，現在只剩這一個了。廠子那一片是當年駙馬府的廳房，這裡是廚房、飯廳。」

「濮玄章先生的家就在這裡？」

「就在這裡。」

一幫人邊說邊進了院子。領頭的妻子認識，他是西門酒廠的廠辦主任郭小明。郭小明也認識妻子，他笑嘻嘻地說：「素芬嫂子，玄章在家嗎？」

妻子猜不透這幫人來幹什麼，就說：「他在屋裡。」一邊提高嗓門說：「玄章，郭主任帶了幾位領導找你來了。」

玄章其實早就看見他們了。他把未曾補好的破書和那塊金屬板往牆邊的一張破三屜桌裡一塞，轉身從廚房捧來一捧毛豆，一只藍邊碗，坐到桌邊剝豆。郭小明領人走進屋子，說：「玄章，剝豆哪。」

　　玄章點點頭算是招呼，說：「剝豆。」

　　妻子且不去賣蛋，她跟進屋來，一邊搬凳，一邊說：「屋裡亂得很，各位領導請坐，坐。我去給各位沏茶。」

　　郭小明攔住了妻子說：「嫂子，不用客氣，我們就走的。」

　　妻子也就不客氣了。其實她也不想走開，她的直覺是她一走開，被人戲稱為煨蠶豆的男人就會吃虧，所以她就遠遠地站在一邊，拭目以待。

　　郭小明讓了他帶來的客人後，對玄章說：「玄章，這幾位是歷史考古方面的專家。他們想問問你有關你們濮氏世系的一些問題，希望你配合。」

　　玄章剝著豆打量了一下來人，內中的確有一個年近花甲戴著深度近視眼鏡的學者模樣的人，其餘幾個都不像。特別有一個胖子，頭已謝頂，玄章有些面熟，仔細一想，記起來了，這人就是那天在荷花賓館見過的羅經理。玄章心裡亮了一下，他說：「問吧，只要我知道的。」

　　那位學者模樣的老頭說：「聽說濮先生是南宋駙馬都尉濮鳳濮雲翔的二十七世孫？」

　　濮玄章說：「天生覆地形載聖教化物所宜陰陽柔剛短長員方暑涼浮沈宮商玄黃。」[1]

　　學者老頭聽了非常興奮，不住地朝他的同夥點頭。他說：「聽說濮先生手裡有一本道光版的《濮氏家譜》？」

───────

[1] 《列子‧天瑞篇》裡的句子的變體，濮氏祖宗用來規定輩份的。

玄章立刻否定說：「沒有。」

回答如此乾脆，談話就難以為繼了。來客一個個你看看我，我看看你，不知怎麼辦才好。還是郭小明機靈，他想了想說：「玄章，果真沒有，當然不能無中生有；但如果有，你應該積極配合才是。再說，現在經濟社會，任何事情都有代價的。要是你能把《家譜》提供給有關部門，他們是願意出大價錢的。」

這番話當然說不動玄章，卻說動了妻子。她心裡活動了一下，試探地說：「你們是說一本破書吧？」

玄章眼一瞪，說：「素芬，不許瞎說。」

郭小明笑了，說：「對對對，是一本破書。嫂子見過？」

妻子說：「如果是那本破書，你們願花錢買它？」

學者老頭說：「如果的確是道光版《濮氏家譜》，我們願出這個數。」

學者老頭說著伸出一隻手，像宣誓一樣一舉。

妻子說：「五百？」

學者搖搖頭，說：「不，五千。」

妻子兩眼一亮說：「五千？一本破書值五千塊？」

郭小明說：「那還有假！童教授是專家、權威，只要經他法眼確認，五千元一個子兒不會少你們的。」

妻子高興得差點沒跳起來，她說：「玄章，我錯怪你了。怪不得你天天粘啊補啊，把它當成性命一樣，原來是這麼值錢的一本寶書。」

郭小明說：「嫂子，妳就拿出來讓童教授瞧瞧。只要教授一認可，立馬現金現兌。」

妻子就走過來，對玄章和顏悅色地說：「玄章，你就別再擺譜了，把那本什麼譜拿出來，請這位壽……哦，請這位壽頭看看。」

在場的一聽，忍不住要笑，郭小明趕忙糾正說：「嫂子，不是壽頭，是教授。」

妻子就有些尷尬，她笑笑說：「教授，教授。玄章，我們把那譜兒就叫這教授識識？」

玄章與妻子生活了二十年，儘管她文化低，又很粗俗，卻從未嫌棄過她。可是今天他真的非常討厭她。他推開妻子的手說：「不忙吧。我還有一件東西要請童教授鑑定。」

眾人不免喜出望外，說：「還有一件東西？」

妻子嘴快，說：「一塊銅牌。」

童教授兩眼放光，說：「鐵券？」

玄章從三屜桌抽屜裡取出《家譜》和「鐵券」，一齊送到童教授面前。童教授面對這兩件寶貝，不自覺地把一雙手往衣襟上抹了又抹。他先看《家譜》。《家譜》栗灰色的桑皮紙封皮，「濮氏家譜」四個隸書很黑；旁有一行行書，寫的是：「道光九年己丑冬十九世孫濮方正重修。」翻開家譜，是一行行非常漂亮的蠅頭小楷。

童教授一頁一頁仔細地檢閱。周圍的人一個個斂聲屏息，連咳嗽也忍住了。特別緊張的是妻子，她十分專注於童教授的臉部表情，他喜她也喜，他皺眉她也皺眉。童教授翻到最後一頁，合上書，長長地出了一口氣，說：「珍本。珍本啊！」

眾人也都舒了口氣；妻子一塊石頭落地了。

妻子指指鐵券說：「那這塊銅牌呢？」

　　童教授捧起鐵券摩挲著說：「這不是銅牌，這叫『鐵券』，是寶慶元年理宗趙昀賜予吏部侍郎濮一之的。史稱『鐵賜』。」

　　妻子不懂，說：「明明是銅的，怎麼混說是鐵的呢？」

　　她認為銅的比鐵的要值錢。

　　童教授笑了，說：「是鐵的，上面鎦了金，所以看起來像銅。這鐵券分左右兩半，左半頒給功臣，右半藏於內府。如要驗證，可以取券相合。這『鐵券』之『鐵』，是永久的意思。頒給濮氏的這枚『鐵券』，是皇上把這個鎮子永遠歸屬濮姓的憑據。」

　　眾人這才明白，說：「到底是專家，凡事都能還你個根底，青是青，白是白。」

　　妻子說：「那這『鐵券』……」

　　童教授說：「當然是寶貝了。」

　　郭小明笑笑說：「嫂子別急。童教授說寶貝，別的還用多說嗎。」

　　妻子放心了，連連說：「對對對，不用多說，不用多說。玄章，我們把這兩件東西……放在家裡也不管吃也不管用的。」

　　玄章再一次用厭惡的目光瞥了一眼妻子，說：「我不賣。」

　　眾人有些出乎意外，說：「不賣？」

　　玄章說：「不賣。像這樣貴重的文物，能用金錢衡量嗎？」

　　眾人有些不太理解。可兩個人理解了，一個是童教授，一個是妻子。

　　童教授說：「濮先生說得對，文物是不可以用金錢來界定的。」

　　妻子說：「我家玄章說的對，文物怎麼才值五千塊呢？」

　　童教授對羅經理說：「羅經理，你看此事……」

羅經理搔搔禿頭說：「看來沒有預想的簡單了。這事恐怕要由政府牽頭，會同有關部門一起來洽商才行。」

童教授站起身，把《家譜》和「鐵券」鄭重地交還給玄章，說：「濮先生，請保管好。我想市政府既下了決心要使本市的旅遊事業配套成龍，這事一定會妥然處理好的。」

玄章一笑說：「我無所謂的。只要把廠子的事，大家的事，妥然處理好就行。」

他說的廠子的事大家的事包含的內容，在場的只有郭小明和羅經理心裡最清楚。

郭小明只好說：「那是一定，那是一定。」

羅經理說：「放心吧，濮先生，事情不處理穩妥，我們也不會貿然讓駙馬府邸這一項目上馬的。」

五

這世上不是任何事情都有結局的；即使有結局的事情，也還有圓滿不圓滿的問題。而事情沒有結局，其實也是一種結局。但某市修復駙馬府邸這件事是有結局的，結局還不止一個，而且應當說是比較圓滿的。

結局一：在古鎮管委會和某旅遊開發公司吃進西門酒廠這塊原駙馬府邸舊址前，由市府責成審計部門對原西門酒廠做了一次為期三個月的全面審計。結果經多方查證，原廠長何家生犯有轉移一百

二十萬元資金等嚴重的經濟犯罪事實，最終由公訴機關提起公訴，把這位一直以來盛氣凌人的廠長送進了監獄。

結局二：西門酒廠破產後，除退休和接近退休的人員辦理相應的退休退養手續外，其餘人員按每年六百元賣斷工齡，各自尋找適合自己的就業機會。半年之後，因為開發古鎮特色產品之一的三白酒，一部份技術工人被重新招回，成為新的酒坊工人。

結局三：玄章把《濮氏家譜》和「鐵券」捐贈給政府，使得修復後的駙馬館有了兩件鎮館的實物珍品。為表彰玄章這番義舉，市政府決定獎勵他三千元人民幣，同時聘他為駙馬館的專業工作人員。

結局四：妻子素芬在玄章捧回三千元人民幣獎金的當天晚上跟他大吵了一頓，焦點是她認為玄章太過「豬頭」，把本可以漫天要價的兩件寶貝大大地賤賣了。不過，後來當她得知玄章被重新招工，成為駙馬館的正式工作人員時，又回嗔作喜，久曠閨房的她，突然春情勃發，主動寬衣解帶與玄章瘋狂親熱到月移西牆。

二十一隻垃圾箱

一

　　章子安這人生來有些迷信。比如說，他走在街上，身後遠遠的來了一輛汽車，他忽然屏住呼吸，心裡說，這口氣屏到汽車開過自己，為吉。又比如說，兩隻狗迎面向他走來，他立刻在心裡默念，別朝我看。這是說，那兩隻狗如果一直不朝自己看，就是吉。而吉就是順，就是運氣好。因此章子安常常吉星高照。自然也有卜吉不成的時候，但章子安會禳解：吐口痰，呸，呸，呸。對於禳解不了的事，章子安就忍著，比如下崗這事。前年，他工作了二十年的煤礦機械廠不景氣，搞下崗，章子安就在車間裡扔扳頭，心裡說，扳頭的頭朝自己，不下。偏不朝自己；再扔，還是不朝自己。心裡又說，過三為准。第三次朝自己了，結果當然是下。他沒關係，只是個一撈一大把的翻砂工。

　　下崗之後，他必須馬上找到工作。雖然老婆十年前跟人跑了（這也是卜吉不成禳解又不成的一件事），可他得養活自己和考上高中的兒子章林。他再就業了幾次都沒成功，後來職業介紹所一個外號叫偷雞豹的長頭頸就煩了。這個偷雞豹其實有好名好姓的，因為他對求職者老愛打一個比方，他說天上除了九頭鳥，地上除了偷雞豹，

什麼食不好吃呢？就落下了這麼個外號。後來他自己知道了也不惱。不單不惱，還有點喜歡。他說，偷雞豹有什麼不好？偷雞豹蠻熱心的。於是有人當面喊他偷雞豹。「偷雞豹，你得幫我尋個好一點的工作；偷雞豹，你留心，有適合我工作的給我來電話。」偷雞豹說：「你放心吧，有我偷雞豹，你就等吃狗八吊吧。」可是對像章子安那種幾次三番高不攀低不就的求職者他也煩。他一煩，就伸長頭頸說：「困難，困難。」

那年秋天的時侯，章子安又去了。偷雞豹一見章子安，照例又煩了，他說：「困難，困難。」

章子安說：「偷雞豹，我還未開口，你怎麼就困難困難呢？」

偷雞豹長頭頸折兩折說：「有個垃圾箱清掃工的位子你穩穩不願意的，所以，困難，困難。」

章子安問：「幾隻垃圾箱？」

偷雞豹說：「你等一下，我問問。」

偷雞豹撥通愛委會的電話，如此這般通了有三分鐘的話，就說：「困難，困難。」

章子安說：「怎麼又困難？敢是這位子已經有人坐了？」

偷雞豹說：「位子倒還沒人坐，不過數字有點嚇人。」

章子安沒反應過來，說：「數字，什麼數字？」又立即反應過來：「工資數字？放心，工資數字不嫌多的。」

偷雞豹一副不屑的樣子，伸手摸了摸章子安的額角說：「沒發燒。」

章子安說：「你什麼意思？」

偷雞豹說：「工資數字多用得著我說困難嗎？是垃圾箱數字多。」

章子安說：「幾隻？」

偷雞豹說：「二十一隻，是全市數量最多的地段。你願意嗎？」

章子安聽了嘻嘻一笑說：「二十一隻？」

偷雞豹說：「是二十一隻，一隻不多，一隻不少。怎麼啦？」

章子安說：「二十一隻我願意，吉祥。」

偷雞豹有些奇怪，說：「二十一隻怎麼就吉祥呢？」

章子安說：「我今年四十二，它二十一，吉祥。」他是說他今年四十二歲，垃圾箱二十一隻，正好一倍，吉祥。

偷雞豹還想說什麼，章子安已出了門。偷雞豹趕緊追出去喊住他，說：「哎，你還沒問工資數呢。」

章子安說：「多少？」

偷雞豹說：「兩個二百五。」

章子安張開嘴一樂說：「五百？」

偷雞豹說：「五百。」

章子安說：「困難，困難。」

偷雞豹說：「什麼困難？」

章子安說：「說錯了。不錯，不錯。」說著就去愛委會了。

偷雞豹朝著他遠去的背影折了兩折長頭頸，說：「二百五！」

二

章子安負責清掃的二十一隻垃圾箱分佈在兩條平行的馬路以及兩條馬路之間的一條很長的巷子裡。其中三分之一也就是七隻垃圾

箱在兩條馬路上，三分之二即十四隻垃圾箱存在於那條名叫香爐巷的巷子裡。二十一隻垃圾箱的清掃任務是很繁重的；每天清掃兩次，上午一次，下午一次，等於要清掃四十二隻垃圾箱。而且每只垃圾箱的垃圾都很多，差不多三四隻垃圾箱夠一車。按理下午那一次垃圾不會多吧，可它偏就不少。他弄不明白，這些住家怎麼半天會有這麼多垃圾！再一想，四十二車，一歲一車，好嘛。還要噴灑一次敵敵畏，背個塑膠噴桶，咔嚓咔嚓地噴灑，消滅蒼蠅。一般噴藥安排在上午清掃之後。噴完藥差不多就吃午飯了。

他剛開始幹時，還真是不適應。雖然已是秋天，卻是秋老虎，比夏天還熱。要是居民們能自覺按照釘在垃圾箱上那塊綠色搪瓷牌上的規定去做就好了：生活垃圾不准散裝和隨意投放，必須袋裝，紮緊，不漏後投入到箱內；嚴禁投入建築和裝潢垃圾；大件廢棄物應與衛生辦聯繫，不得投入。章子安第一天上工，推著一輛很大的垃圾車停在第一隻垃圾箱前，就像進公園先讀導遊圖一樣，先讀那塊綠牌。章子安上過高中，語文程度還不低。他就佩服綠牌撰稿人，讚歎那上面的文字簡潔、全面、無懈可擊，幾個關鍵字眼特別到位：袋裝，紮緊，不漏後，這幾個字真是可圈可點。可是光章子安佩服沒用，許多居民就不佩服，或者沒顧得上佩服。呈現在他面前的是五顏六色的各種垃圾，有碼在投入口牆上的，有堆放在牆外地上的，也有半袋箱內半袋箱外卡在箱口上的。於是就有許許多多綠頭、紅頭、金頭蒼蠅從卡開門的箱口上飛進飛出。垃圾大部分是袋裝的，但要麼沒紮緊，歪著，垃圾從袋口撒出；要麼紮緊又破掉，垃圾照樣從破袋口子裡漏出。至於藥渣、碎瓦、破皮鞋就乾脆隨地倒，隨

地扔了。腐臭那更是不得了！濃烈的惡臭差一點沒把章子安熏倒。而這時一個穿無袖旗袍的年輕女子三個蘭花指頭提著一袋垃圾，隔三里路就往垃圾箱扔，邊扔邊說：「臭死了！」那袋垃圾撞到牆上，啪的一下掉到地上，袋摔破了，就有許多吃乾淨果肉後的話梅、楊桃滾了出來。

當然這都是三年前的事了。現在的章子安已適應了這份工作。非但適應，還找到了一些樂趣。比如說，在清掃垃圾的同時，他可以得到一些廢紙、廢銅、廢鐵、廢牙膏皮、廢塑膠瓶。日積月累，把它們賣給廢品收購站，也是一筆額外的收入。當然也有跟他爭食的。一些外來的盲流，找不到工作，就撿破爛。這些人有男有女，有老有少，他們背個破蛇皮袋，拿個安上鐵鉤的木棍，在一隻一隻垃圾箱之間遊走。他們像鴨子戲水一樣將半個身子插進垃圾箱，用尖鉤木棍將垃圾袋鉤出來，一包一包打開，尋找他們需要的東西。垃圾袋的破碎，其實一半應歸功於這些人。起初，章子安有些惱，被他碰上他就呵斥。自從遇到一個年輕女子後，他的態度改變了。

那是去年冬天，為了趕在這幫盲流前面，他開始提早工作時間。那是一個非常寒冷的早晨，他一進入香爐巷，就遠遠地看見第一隻垃圾箱投入口嵌著一隻豐滿的屁股，有兩條細腿從屁股上延伸下來，並且上下剪動，好像入水的魚兒甩動尾鰭。章子安想，我早，你比我還早。他推車走到跟前，拍拍那人的屁股，說：「喂喂喂，當心跌進去餵老蟲。」大概太突然吧，那人渾身悸動了一下，立即從投入口撤溜下來。一看，是個小個子女人。那女人一臉的惶恐，手裡緊緊地攥著一隻可口可樂鋁罐。一見之下，章子

安呆住了。他用袖管抹抹眼睛，再一細看，還是呆住了。他說：「妳是……」

小個子女人囁嚅地說：「大叔，我，只撿了一個可樂罐。我……」

一聽口音，知道搞錯了，再說年紀也不對。於是他笑笑說：「沒關係，妳撿，妳撿。」

章子安開始清掃垃圾箱，並且把一隻啤酒罐和一塊廢鐵給了這個小個子女人。女人說：「謝謝大叔。」

女人走了之後，章子安就回憶起了他十年來不願回憶的那個女人，也就是他的老婆林芬。

章子安是這個城市北郊花度庵村人。十八年前，他從部隊復員，被安排到一家煤礦機械廠當了翻砂工。第二年春天經人說合，他娶了鄰村林家的女兒林芬為妻。八個月之後，林芬生下一個兒子，起名章林。一家生活雖不富裕，卻是你敬我愛，和和美美。轉眼章林入托了，上幼稚園了，林芬就進廠來當家屬工。她初中畢業，廠裡安排她在廠辦搞統計工作，很輕鬆的。在章林上小學二年級時，一天，廠裡來了一個據說是安徽牛頭山那邊一家煤礦的副礦長。他是來跟廠裡交涉一臺機器的質量問題的，一待就是兩個多月。兩個月後，問題終於得到了妥善解決。副礦長離開這座城市時，林芬也同時失蹤了。工人們猜測是那個副礦長帶走了林芬，可是證據不足，因為平時大家並沒有察覺兩人有什麼異常的關係。章子安更是不信。他說：她天天晚上回家，和我一個床上睡的覺。為此，廠工會還專門派人去牛頭山那家煤礦暗訪過，也調查過，卻沒有結果。林芬一走就是十年，兒子章林也上高中了。令章子安欣慰的是：兒子

章林從小學到中學，學習成績一直拔尖；尤其數學，得過不少大獎，以致剛上高中，北京的清華大學就來聯繫，並基本商定，三年後讓他上清華。所以章子安守著這二十一隻又髒又臭的垃圾箱，覺得真是不虧。

那個小個子外來妹，長得很像林芬，因而觸發他記起了不愉快的往事。但他並不因此遷怒於她，相反，倒使他明白了一個再簡單不過的道理，那就是：世上的人都不容易。

從此，他不再提早出車了。他隨分從時，默默地幹著自己的工作。廢紙、廢鐵、廢飲料罐，他也撿，但不計較數量，多了多撿，少了少撿，積夠一定數量，他就上一趟廢品收購站。他說，這方面的錢，他也並不見得少掙。

三

漸漸地，他對這份工作非常適應了，幹起來已經相當順手。自從明白那個簡單道理之後，他的工作線路做了適當調整。他先從北面那條馬路幹起，再轉到南面那條馬路，最後進入有十四隻垃圾箱的長長一條香爐巷。

有十四隻垃圾箱的香爐巷是個不小的住宅區。香爐巷住宅區的開發，始於八十年代中期。說開發，那是近兩年的說法，當時其實是亂建。一些有錢的單位，比如城建、石油、交通，先後來這兒用紅磚牆圍起一個院子，建上一幢兩幢兩室一廳的宿舍樓，解決職工住房問題；後來，一些不怎麼有錢的單位，比如文化、學校、工會，

職工的住房困難更加突出，於是東挪西借，千方百計也圈起了圍牆，蓋起了宿舍樓。因沒有統一規劃，久而久之，把一條香爐巷擠成歪歪斜斜的九曲弄。十七、八年過去了，有錢的單位早在新區建造起一幢幢一百多平米一套的新宿舍樓，香爐巷的老宿舍樓就像肉店倌賣肉一樣一套一套被分割著賣出去。後來沒錢的單位居然也蓋新樓了，老住戶也隨之一家一家遷走。香爐巷的老宿舍樓就陸陸續續住進一些新的住戶。這些新住戶比較複雜，大部分是中等發達的個體戶，也有農民小企業家，還有一些外來戶。其中有大老闆包的二奶，也有行蹤詭秘晝伏夜出的所謂雞。而且這些住戶流動性比較大，差不多每個月有搬家的卡車駛出去，或者駛進來。章子安幹了快三年了，卻沒熟悉幾個這裡的住戶；有些因為投垃圾隔三差五碰上的，也不搭話，尤其女人。只有近巷底的文化局宿舍大院他認識一個人，也可以說很熟了。

這是個五十多歲的女人，矮矮墩墩，大家叫她王嫂。王嫂原是文化局的勤雜工，退休前剛巧趕上文化局造宿舍樓，末班車，她就分到一套，靠大門底層的。分到房子不久，王嫂退休了。為了院子的安全，局裡蓋了一個門房，就聘王嫂當門衛，並且同意她臨街破牆開了個小店，賣油鹽醬醋牙膏毛巾一類日用品，生意相當不錯。王嫂就很開心，話也多。附近一些家庭婦女或者退休的老人常常坐在小店裡聽王嫂演講。章子安垃圾車推到這裡，活兒就接近尾聲了，有時他就坐在王嫂的小店裡歇力，也聽王嫂演講。從王嫂的演講裡，他知道誰誰是殺豬起家的，現在做菊花生意發了家。誰誰原來是個大幹部，後來犯了受賄罪，吃了幾年官司，因為政府裡有人，他出

來後仍給退休金，仍住在原先那幢宿舍樓裡；要是不犯事，現在起碼住三室兩廳一百四五十平米的高檔房。

王嫂這麼說著時，巷口駛進來一輛卡車。卡車在院門口停下，馬達聲不停，就有人在車上喊：「垃圾車！垃圾車！」

王嫂對章子安說：「垃圾車擋道了。」

章子安就跑出小店，說：「來了，來了。」

章子安將垃圾車推過去一段，卡車慢慢轉彎，小心地駛進了大院。卡車開到裡面一幢樓下熄了火，就從車上跳下來幾個壯漢。這時，從三樓的後視窗探出一個女人的身影。女人說：「三樓，靠東邊這家。」

女人說完，身子縮進去不見了，卡車上的人就開始搬家具。傢俱都是新的，但看得出質量一般。

王嫂說：「新搬來的。聽說那男的是做電纜生意的，賺起錢來論萬。」

聽眾裡一個像是沒有下巴的老頭說：「這人看上去還蠻年輕，頂多三十來歲，可他的老婆儘管塗脂抹粉，肯定四十出頭了。這倒有些稀奇。」

王嫂就吃吃地笑了，說：「什麼老婆。姘頭！」

聽眾們有些吃驚說：「姘頭？」

王嫂作了更正說：「同居。」

聽眾們不因為王嫂的更正而取消吃驚，他們說：「這麼有錢的老闆，包二奶也該找年輕漂亮的啊。」

王嫂再次更正，說：「雖然不年輕了，仔細看還是相當漂亮的。」

　　章子安覺得這種事跟他沒關係，他對別人的隱私也不甚感興趣，就悄悄離開小店，推起垃圾車走了。

<h2 align="center">四</h2>

　　章子安照常他的工作，天天上香爐巷，有時還在王嫂的小店裡歇歇腳，抽根煙。王嫂自然有說不完的新聞和舊聞，章子安依然不甚關心，聽過也就算了。

　　一天，王嫂正開講得起勁，忽然剎住了，壓低嗓門說：「她來了。」出來的是新搬來的裡面那幢三樓的女人。

　　章子安也扭過頭去看，卻只見到一個背影。從背影判斷不出她的年齡，只是覺得身材很不錯。她穿一身剪裁得很合身的淡茄花色滾紫邊的旗袍，腰是腰，臀是臀，頭髮燙成翻翹式。女人一手挎個綠皮小坤包，一手拎一袋垃圾。她見垃圾車停在門口，就近便把垃圾碼到車上，因是滿車，她似乎怕垃圾袋滾落下來，又摁了摁磁實。這個細小動作就博得了章子安的好感，他心裡想：這一定是個很本分很善良很能體諒人的女人，不像有些女人，隔開三里路就扔，掉到地上甚至破了撒了也不管。這麼想著時，只見女人一揚手，就有一輛三輪車踏過來。女人上了車，說：「國貿商廈。」

　　三輪車走後，王嫂說：「這女人吃穿用途都很講究。她有時也在我這裡買東西，卻只限於一些臨時的急用，鹽啊醋的。」

　　章子安覺得這些跟他也無甚關係，他抽完一根煙就離開了小店。他推起垃圾車走了一段路，無意間瞥見剛才那個女人扔的那個垃圾

袋。那是一個墨綠塑膠紙袋，垃圾裝的不多，癟塌塌的有些輕飄。袋口紮的那個結很規整，很緊，卻是活結，章子安心裡忽然閃過一個莫名其妙的念頭。他停下車，挪過那袋垃圾，抽開活結，發現裝的是一些用過的衛生巾。剛要重新紮上，他又發現衛生巾下埋著一個鼓鼓的牛皮紙舊信封。他抽出信封，豁開一看，卻是八九個使用過的避孕套。其中一兩個還積著少許淺黃色的精液。章子安褲襠裡吊的那根一下子就豎了起來。他彎下腰，恨恨地罵了句：「騷貨！」

五

大約半個月之後，春天過去，夏天來臨，天氣很有些炎熱了。一天，章子安在香爐巷清掃最後一隻垃圾箱。忽然大院裡傳出吵架的聲音，其中還夾雜女人的哭聲。小店裡閒聊的人都停止了說笑，由王嫂領頭，擠在院門口向裡張望。

王嫂說：「是新搬來的那家。這幾天他倆天天吵架，有時候深更半夜也吵。」

這麼說著時，爭吵聲更激烈了。不久，傳來搏鬥的聲音和瓷器碎裂的聲音。再後來，只見一個披頭散髮的女人赤著腳從樓上跑下來，一邊跑，一邊哭喊：「殺人了！殺人了！」跟著又跑下來一個男人。男人一把揪住女人的頭髮，說：「賤貨，妳管！打死妳個賤貨，妳管，妳管呀！」一邊罵，一邊揍。

王嫂們見這樣打要出事，就走過去勸。可越勸，那男人越揍得狠。他說：「你們問問這老×，她吃的是哪瓶子陳年老醋！妳以為我

三十歲的人，真會跟妳這樣的老×過一世？妳再要他娘的管三管四，老子不把妳的×心踢出來才怪。」

章子安實在看不過去了，他跑過去說：「這位兄弟，你也太手狠了。你不見她鼻子嘴巴全是血嗎？她終究是你老婆啊。」

那男了手一推，把那女人掀出去有二、三米遠，返過身來對章子安吼道：「她不是我老婆！她是你老婆。你要，你把她領走。狗拿耗子，多管閒事。臭掃垃圾的！」

章子安說：「你這人怎麼這麼不講理？還大老闆呢。簡直就是隻垃圾箱！」

男人的確有些蠻橫，他一話沒說奔過來照準章子安的面門就是一拳。頓時，章子安只覺鼻子一酸，就有漿液流下來，流到嘴裡有些鹹。章子安伸手一抹，抹了一手的血。章子安就火了。章子安是個再窩囊不過的人，今天也煨蠶豆發芽了。他一個箭步奔過去，一把揪住那男人的胸脯，一個反手巴掌，至於那男人的一顆門牙扇落了下來。那男人就被他扇愣了。

愣了片刻，那男人就掏出手機要撥 110 報警。跌倒在地的女人見了，迅速爬起來奪下男人的手機，一邊推章子安說：「快走！你快走！」

章子安反而不怕了。他說：「讓他報警。讓他報！」

那男人從女人手裡奪回手機，卻沒再撥打 110。他舉起手一巴掌打倒女人，說：「臭婊子，你等著。」就瞪一眼章子安，登登地上樓去了。

女人坐在地上嚶嚶地抽泣。章子安走過去說：「你怎麼樣，沒打壞吧？」

女人忽然號啕大哭起來，她說：「子安，嗚……」

章子安有些莫名其妙，心想，這女人怎會知道自己的名字？亂髮裡也看不清她的臉，只是隱隱見到那張臉上抹的脂粉很厚，由於淚水的沖刷，上面劃開了許多溝渠；口紅也污染得一塌糊塗。章子安覺得有些噁心，心就涼了下來。

他離開女人，轉身向外走去。王嫂他們也一同離去，走到門口，王嫂說：「老章，你要不要擦把臉？」

章子安說：「謝謝，不用了，我車上有毛巾的。」

章子安就繼續他未完成的工作。等他清掃乾淨最後一隻垃圾箱，推起裝滿垃圾的垃圾車離開香爐巷時，只見剛才那男人已西裝畢挺地從院裡出來了，一邊臂膀上還吊了個嬌小年輕的女人。那男人見了章子安居然若無其事地一笑。章子安卻去看他臂彎裡那個女人。一見之下章子安不禁一愣，他認出來了，那女人就是去年冬天，他在巷口第一隻垃圾箱邊遇見的那個小個子外來妹。當然，她現在穿著已不再破爛，而是相當的高級時髦，渾身散發出來的也不是臭烘烘的垃圾味，而是幽幽的紫羅蘭香水味。

望著他們親親昵昵遠去的背影，章子安吐了一口濃痰，高聲罵一句：「騷貨。呸！」

六

章子安再次與香爐巷發生瓜葛是三天之後的一個下午。那天，因參加兒子學校召開的家長會，他去香爐巷已是下午四點多鐘了。

剛到巷口，只見那裡擠滿了人，垃圾車根本無法進入。他說：「喂喂，對不起，讓一讓。」

有人說：「掃垃圾的，你別進了，裡面火燒呢。」

章子安就看見巷底冒出來一股又一股濃煙，心裡一緊，彷彿他家就在巷裡一樣，說：「那你們怎麼不去救火？」

剛才說話的那人好像看外國人一樣看章子安，說：「用得著嗎？我們又不是消防隊。」

章子安把垃圾車停放到馬路對面的公廁邊，就擠進巷去。他一路進巷，濃煙越來越濃。到了王嫂的小店，只見文化局大院內外擠了更多的人，人聲喧嚷，卻不見有救火的人。

章子安問王嫂：「火燒的是哪家？」

王嫂說：「林芬家。」

章子安一怔說：「林芬家？哪個林芬家？」

王嫂說：「就是那個男人做電纜生意的林芬。三天前，她被男人揍了，你不是打抱不平了嗎？」

章子安腦子裡嗡了一下，說：「火撲滅了嗎？」

王嫂說：「這不還沒有嗎。撥 119 了，消防隊到現在還沒來，真急死人了！」

這時有人嚷嚷：「糟了，火從窗口躥出來了。」

章子安問王嫂：「屋裡有沒有人？」

王嫂說：「不清楚。大概沒有吧？有，早就喊了。」

章子安就拚命擠過去，一邊說：「對不起，讓讓。」

有附近居民認得章子安的說：「這個掃垃圾的倒是個見義勇為者。」

章子安終於擠到裡面，就直奔那幢著火的樓。這時他能清晰地聽到器具物品爆裂的聲音。這幢樓的一些居民，都逃在樓下直發抖，女人孩子哇哇地哭。

章子安問這些居民，林芬家到底有沒有人？

居民們七嘴八舌地說：「不知道。大概沒有吧？兩道門都鎖死了，打不開。他們自己不在，火燒害鄰舍，作孽呀！」

章子安說：「誰家有沒有鐵榔頭？借來一用。」

一語提醒眾人，就有一個人從家裡拿來一把大號鐵錘。章子安二話沒說，接過鐵錘飛奔上樓。到了三樓著火那間，他掄起大鐵錘就砸門。砸了總有十來分鐘，兩道門都被砸開，滾滾濃煙夾著火勢轟一下躥了出來，章子安就被沖倒在樓道上。這時下面傳來雜遝的高統靴的聲音，消防隊拖著長長的水管上樓了。他們扶起章子安，擰開水管向屋裡噴水滅火。

火漸漸滅了，卻是滿屋令人窒息的焦糊味。章子安第一個衝進去，卻被水濕的花崗石地皮滑了一跤。他顧不得跌疼的屁股，爬起來到處找人。終於，他在房間角落裡找到一個女人。只見她渾身被煤煙熏得黑烏烏的分不清嘴臉，人早已窒息昏迷過去了。

章子安抱起她迅速下樓。急救車到了，他把她抱到了車上。

在醫院，直到晚上十二點，林芬終於脫離危險，章子安這才悄悄離去。

七

章子安的家在城北郊三裡地的花度庵村。那裡有一條彎彎的小河，名叫胭脂匯，相傳是當年勾踐率領眾姬送別西施去吳國的地方。花度庵村是因梅花和尼庵得名的。按城建規劃，至遲明年秋天，這花度庵村將劃歸市區，建一座占地近千畝的花度公園。為此花度庵村民將會享受到非常實惠的搬遷待遇。章子安早已是城市戶口了，但兒子和他走失了十年的妻子的戶口卻在。章子安很早父母就去世了，這幾年靠廠裡的工資收入，僅夠他和兒子糊口，所以四周的村民都起了高樓，只有他家仍是祖宗手裡留下的三間東倒西歪的破瓦房。自從兒子進入高級中學住校以後，他就一個人住在這老屋裡，每天早上進城，傍晚回家一個人打火做飯。

這天他忙完活兒，正要離開垃圾場，看場的老頭跑來塞給他一個紅包，說是他的什麼獎金，兩百元。又告訴他，剛才職業介紹所的偷雞豹來電話讓他下班後去一趟職介所。章子安不知以為發生了什麼事，匆匆跑去，卻是偷雞豹請他吃晚飯。吃飯的時候，偷雞豹說本市申報全國衛生城市，申報了三四年了一直未批下來。這次批下來了，主要是香爐巷一帶二十一隻垃圾箱經多次明查暗訪，均已達標。愛委會認為香爐巷衛生工作上去，也有職介所一份功勞，也給他們發了獎金，所以偷雞豹要請章子安吃夜飯。章子安這才知道，剛才看場老頭給他的紅包是愛委會發下來的獎金。他掏出紅包說：「我也得了兩百元。

我請客。」偷雞豹折了一下長頭頸說：「我請。你的那份是你辛勤勞動應得的。」

那晚，章子安喝了不少酒，臉紅樸樸的，回到村裡差不多天就黑了。他穿過一片梅林，繞過一個河灣，就遠遠望見自家那幢低矮得彷彿已經趴下的破平屋。他發覺有什麼不對了；仔細一看，黑烏烏的木板窗漏出來一縷一縷的燈光。心想，難道兒子回家來了？

他把沒有擺腳的自行車靠放到廊下，就說：「章林，今天又不是週末，你怎麼回來了？」

章子安說著就去推門，門倒自己打開了。站在門裡的不是兒子，而是一個身材姣好的女人。由於背著燈光，看不清她的臉，但他立刻認出來了。他冷冷地說：「是妳！妳來幹什麼？」

女人一下撲到他懷裡，嗚嗚咽咽地哭起來。

女人說：「子安，你，你打我一頓吧。嗚……嗚嗚……」

章子安推開女人，背對著她說：「十二年了，我和兒子都已把妳忘了，妳還回來幹什麼？」

女人說：「子安，是我對不起你。可是你知道，十二年來我一直想著你和章林的。」

章子安鼻子裡哼了一下，說：「鬼話。」

女人咚的一聲跪到地上說：「真的，子安，真的。我可以對天發誓！」

章子安一拳砸到桌子上，桌上的一只藍邊茶碗就震到地上，一聲脆響，碎了。章子安說：「發誓，發誓，發妳個屁誓。妳給我滾吧！」

女人怔了一下，卻沒有滾。非但不滾，還一下抱住章子安的兩條腿，搖著哭著說：「子安，我錯了。那個狗娘養的曾獻之，他花言巧語欺騙了我。他欺騙了我啊！」

曾獻之，顯然就是那個副礦長了。

章子安恨恨地說：「既知受騙，那妳就該馬上回來。」

女人說：「我是想回來的，可是我不能夠。我沒法子回來，真的沒法子啊。」

章子安一頓足說：「什麼沒法子。那是賤。賤！」

女人說：「我是賤。可是子安，我的確有難處……當然，還是因為我賤。我……賤……」

章子安扭過頭去，他真的見到了一張非常下賤的女人的粉臉。他恨恨地盯住這張臉看了半晌，突然一把提起女人，將她抱進房間，一下扔到了床上。他冷笑一聲說：「我要見見妳的賤相。——脫！」

女人有些害怕地望著十二年前的男人，遲遲疑疑地開始脫衣服。脫到內衣，她說：「子安……」

章子安吼道：「繼續脫，脫光！」

女人脫去內衣，摘下胸罩，最後把一條棉白的三角褲也褪去了，一個有些陌生的不年輕了的女人胴體呈現在章子安的面前。

章子安愣了片刻，就三下五除二扒去了自己的衣褲，向床上的女人衝去。

　　章子安累積了十餘年的慾念、怨恨、恥辱和憤怒全部集中到他的下體上，他一邊狠狠地幹著，一邊咬牙切齒地連聲吼道：「我肏死妳，我肏死妳，我肏死妳個不要臉的賤貨！」

　　女人發出一種奇怪的聲音，不像哭，也不像笑，卻是非常配合。

　　完事以後，女人以為一切恢復了舊觀，就鋪開被子準備睡覺。章子安卻把她的衣服扔給她，說：「穿上。」

　　女人不懂了，說：「子安，……」

　　章子安點上一根煙，說：「穿上！」

　　女人不知道他要幹什麼，只得猶猶豫豫地將衣服穿上了。

　　章子安命令說：「出去。」

　　女人說：「夜已深了，有事明天再說吧。」

　　章子安眼一瞪說：「出去！」

　　女人只好一步一回頭地走出了房間。章子安嫌她走的慢，時不時在後邊掀她一把。走到大門邊，章子安把門打開，一推，就把女人推到了門外。他隨手砰的一聲將門關上，又落了閂。隔著門，他說：「滾吧，妳個賤貨。我再也不想見到妳了。」

　　第二天，天蒙蒙亮，章子安起來開門，只見有一堆東西滾了進來。仔細一看，是女人。

　　章子安在廊下推起破自行車打算進城，女人忽然躍起，奔過來拉住車龍頭說：「子安，子安，你的心腸真這麼硬嗎？」

　　章子安走不動，只好停下來。

　　女人說：「就算我是一隻臭烘烘的垃圾箱行不行？你二十一隻垃圾箱都管過來了，只當再增加一隻行不行？子安，子安，我們終究是結髮夫妻啊。」

　　女人說完就極其傷心地哭起來。

　　故事開頭時我們曾經說過，章子安這人生來有些迷信。這時他的迷信惡習又上來了。聽女人把自己比作一隻垃圾箱，他認為並不冤枉了她，那麼，二十一隻加一隻，就是二十二隻，章子安今年四十四歲，正好是垃圾箱的一倍，吉祥。章子安的心就軟了一下，但他說出來的話，依然像石頭一樣繃繃硬。

　　他說：「鬆手，我得進城幹活了。」

兩個地主的秋天

下崗地主的秋天

一

　　五十多年前，我們村有個地主叫翟玉墀，你總該記得吧？四十來往年紀，白白胖胖很有派頭的。每年秋天，傍晚的時候，他總要帶上他的管家到自家的田土上走走。這時在田地裡勞作的佃農們就直起腰，恭恭敬敬地喊他一聲：「老爺！」翟玉墀卻是視而不見，他只是擺擺手，望著夕陽裡一壟一壟的稻子唸一首范成大的詩：

> 新築場泥鏡面平。
> 家家打稻趁霜晴。
> 笑歌聲裡輕雷動，
> 一夜連枷響到明。

　　這首詩唸的未免有些超前。因為稻子雖然日漸飽滿金黃，卻還站在田裡，遠未到開鐮收割的時候。管家知道，那是因為東家心急。東家近幾年變得愈來愈心急了。怎麼能不心急呢？兒子元明吃喝嫖賭，欠下的債，尤其是上萬元的賭債山一樣壓在他的肩上，他怎麼

能不心急？在這種情勢之下，他還能吟詩，可見地主翟玉墀實在是很有派頭的。

有一年秋天，一天傍晚，他照例去到田土上。在田地裡勞作的佃農們也照例直起腰，很恭敬地喊他：「老爺！」翟玉墀也照例視若無睹，但他望著夕陽裡一壟一壟只等開鐮收割的稻子沒有唸詩，因為他已經下崗了。他不再是地主，那大片大片成熟的稻子已經劃歸到一個名叫占七的人的名下。翟玉墀走到一口池塘邊才突然記起，其實他已不用到田土上視察了。

他對緊隨其後的管家說：「你怎麼也不提醒我？我們回去吧。」

早已無家可管的管家望一眼翟玉墀，陪著小心說：「是，老爺。」

翟玉墀回到家裡，坐在一張破紅木椅上發愣。管家仍然記得去取水煙筒。水煙筒是白銅的，鋥亮，煙絲卻有些發黑。管家裝好一筒煙，又點燃紙煤子送到翟玉墀手裡，說：「老爺，請用煙。」

翟玉墀吹燃紙煤，噗嚕嚕吸了一氣。忽然，他皺皺眉頭，一陣咳嗽，就有些不滿地說：「怎麼又是這種煙！」

管家說：「老爺，上等煙絲煙鋪不肯賒。」

翟玉墀將水煙筒往桌子上一頓，說：「豈有此理！」

這時姨太太進廳來了。

姨太太才二十來歲，一副嬌滴滴的樣子。她走到翟玉墀身邊說：「老爺，我的那副翡翠玉鐲贖回來了吧？」

翟玉墀只顧噗嚕嚕地吸水煙，一口一口的煙霧從他嘴裡吐出，又沿鼻子臉頰彌漫開來。

姨太太推了一下翟玉墀說：「老爺，你聽見沒有？我在跟你說話呢！」

翟玉墀歎口氣說：「淑嫻，不是我不想贖，不是錢不夠麼。」

姨太太揚起兩條細眉說：「不是賣了定泉橋塊那一幢房子了麼？不是說得了錢就贖當麼？怎麼還錢不夠呢？」

翟玉墀說：「原來是這麼打算的。可不知誰走漏了消息，隆興錢莊的人偷偷守在一邊呢，等買主收過房契，交付現金時，就伸過來一隻手。」

姨太太說：「又是元明的賭債？」

翟玉墀沒有回答，他搖搖頭，長長地歎了一口氣。

姨太太把一雙玉手往翟玉墀鼻子底下一伸，委屈得眼淚也下來了，她說：「翡翠鐲子沒了，這一副金鐲子總該炸一炸吧？你看，都舊成什麼樣了，還戴得出去麼？」

翟玉墀放下水煙筒，把姨太太的十根蔥管一樣的手指握到手裡，輕輕了搓說：「等南市那一處房子有了買主，非但把翡翠鐲子贖回來，這金鐲子也一併炸新了，怎麼樣？」

姨太太抽回自己的手，淒然一笑說：「老爺，我也知道家裡頭艱難，也並非一定要鐲子戴，只是元明再這樣賭下去怎麼辦呢？老爺，你得好好管教管教才是。」

翟玉墀說：「我何嘗不想管教他？我管教得了嗎？又有他娘這麼護著。」

姨太太鼻子裡哼了一聲說：「早晚這個家非弄到討飯才收場。」

　　姨太太說完，戴著那副舊透了的金手鐲，噘著嘴一扭一扭回房了。翟玉墀心煩意亂了一會，就伸手去拿水煙筒。管家已替他另裝了一筒煙，紙煤子也換了一根新的。翟玉墀尖起嘴吹燃紙煤，還沒點煙，大太太來了。大太太也四十多歲了，身子顯得有些臃腫。她鐵板著臉，在翟玉墀旁邊的一把椅子上坐下，說：「那個狐狸精嘀咕什麼哪。又想去贖翡翠鐲子？」

　　翟玉墀忘了吸煙，就讓那紙煤子白白地燃燒著。他說：「那是她最心愛的一件首飾，她想贖回來，也在情理之中的。」

　　大太太冷笑一聲說：「她想贖她的鐲子，誰又不想呢？」

　　大太太的一枚0.25克拉的鑽戒和一串珍珠項鏈也躺在公義典當的庫房裡。

　　翟玉墀把快要燒到手指的紙煤子一扔說：「秀珍，妳，妳怎麼也跟她一樣不明事理？我們家日常開支都難以維持了，還談得上贖當嗎？」

　　大太太說：「生活維持不了，怪誰？還不怪那狐狸精！自從她進了這個家門，田地一塊一塊流走，房子一幢一幢飛掉。這個迷人害人的狐狸精！」

　　翟玉墀說：「秀珍，妳這樣說，就有些欠公道了。這個家落到現在這步田地，還不是因為元明這孽子！」

　　大太太說：「不錯，元明是喜歡摸摸牌，打打麻將，可那也是交際啊。誰家的少爺不摸牌，不打麻將！老爺年輕時不也這樣麼？」

　　這麼磕磕絆絆說著話時，牆門外晃晃悠悠地走進來一個人。這人二十來往年紀，一身黑綢褂褲，分頭，焗了油，黑亮黑亮。他一邊進門，一邊哼著京戲：

秋胡打馬奔家鄉，

行人路上馬蹄忙。

坐立雕鞍用目望，

見一婦人……

進門一見父母在廳上說話，他用手一抹，將京戲抹走，就斜轉身子悄悄進了廳東邊那扇門，打算斜插進內院去。剛到屏門邊，只聽翟玉墀說：「元明！」

翟元明只好站住，叫了聲：「爹，娘。」

翟玉墀說：「你過來。」

翟元明說：「爹，有事嗎？」

翟玉墀耐起性子說：「有件事想問問你。」

翟元明知道他父親要問什麼，心裡已經打鼓。他笑笑說：「我正忙呢，回頭再說吧。」

翟元明說著就要溜走。

翟玉墀一拍桌子說：「孽子，你給我滾過來！」

大太太不滿地瞅一眼丈夫說：「有話好好說，別孽子孽子的嚇著孩子。」

翟元明只得挨挨蹭蹭地過來，說：「爹，什，什麼事啊。」

翟玉墀說：「你究竟還欠多少賭債？」

翟元明說：「差不多了吧。」

翟玉墀又火了，一頓水煙筒說：「什麼叫差不多！究竟還欠多少？」

翟元明說：「八千五吧。哦，不不，八千，哦，不不不，八千二。」

翟玉墀說：「八千，八千，吃嚳糠放屁。八千是小數目嗎？——又去暢春院鬼混了？」

翟元明連連搖手：「沒沒沒，沒有。真的沒有。」

大太太說：「元明，你要醒醒了。再這麼糊塗，家業可要敗光了。」

翟元明說：「娘，我真的不去暢春院了。」

翟玉墀厭惡地揮揮手說：「滾吧，滾吧。」

翟元明大赦一般，一溜煙進了內院。

大太太說：「老爺，你就放心好了，元明他會學好的。」

翟玉墀又點燃一筒煙說：「妳見過有不吃屎的狗嗎？」

大太太不高興了，說：「老爺，你這話我不愛聽。天下哪有老子咒兒子像狗的！」

翟玉墀還要說什麼，一個僕人來請吃飯，就一同去上房。

走進飯廳，一家八口有六口已圍著桌子坐好。桌子上照例的八個菜一個湯，冒著騰騰的熱氣。正面兩張椅子空著，當然是翟玉墀夫妻的。

坐下之後，翟玉墀並未動筷，他對站在一邊侍候的僕人說：「以後菜可以再減少一些，葷菜一兩個就行了。」

僕人答應一聲：「是，老爺。」

姨太太嘴一撇說：「這麼苦了，還減菜？哼，要是不還賭債，大魚大肉儘管吃。」

大太太橫一眼姨太太，動動嘴唇卻想不出合適的話來鬥口。翟元明則低下了頭。翟元明的兒子六歲的龍兒瞄準一塊紅燒肉咽口

水，他偷眼瞄瞄大人們，終於忍不住伸手抓了那塊肉，剛要放進嘴裡，翟玉墀瞪了一眼說：「龍兒！」

龍兒一嚇，肉掉到了地上。翟元明見了，一巴掌掃過去，說：「你饞！饞！」

龍兒就哇的一聲哭起來。翟元明的妻子，護住兒子說：「為一塊肉值得這樣麼。作孽！噢，不哭，不哭了。」

翟玉墀歎口氣，提起了筷子。全家人也趕緊去拿筷子，包括六歲的孫子龍兒。

吃過夜飯，天就黑了。翟玉墀忽然想起一件事，就去書房。剛剛轉過牡丹花壇，只見一個黑影從書房溜出來。

翟玉墀心裡一緊，喊道：「誰？」

那人愣了一下，並不回頭，飛快地向大廳奔去。

翟玉墀辨別出是誰了。他說：「元明！你給我站住。」

翟元明只當不聽見，反而加快腳步，不一會就穿過大廳，開了牆門出去了。他要進城。他的手裡攥著一隻明成化年間造的鬥彩雞缸杯。

二

這年秋天，一天傍晚時候，翟玉墀帶了管家到田土上走走。在田地上勞作的佃農直起腰恭恭敬敬地跟他打招呼。他們說：「老爺！」

翟玉墀擺擺手說：「你們忙，你們忙。」

面對那一壟一壟金子一般的稻子，他沒念范成大的詩，他早就不念范成大的詩了。

　　默默地走了一會，來到一口池塘邊，翟玉墀好像記起了什麼，猛一下止住了腳步。管家望一眼翟玉墀，陪著小心說：「老爺，回去吧？」

　　翟玉墀歎口氣說：「回吧，回吧。」

　　翟玉墀回到家裡，坐在一把破竹椅子裡發愣。管家從一張掉了漆的書桌上拿起白銅水煙筒裝了一筒煙，又點燃紙煤子，送到翟玉墀手裡，說：「老爺，請吸煙。」

　　翟玉墀吹燃紙煤子，噗嚕嚕吸了一氣，就不滿地說：「怎麼煙絲越來越差。簡直是臭的！」

　　管家說：「老爺，就這，還是憑老爺您的面子賒的。」

　　翟玉墀無奈地搖搖頭，繼續抽他的煙。

　　這時姨太太進屋來了。姨太太的眉梢眼角有了細細的皺紋，但仍然嬌滴滴的。她走到翟玉墀身邊說：「老爺，我的那副銀鐲子贖回來了吧？」

　　翟玉墀只顧噗嚕嚕地吸煙，沒搭理她。

　　姨太太撒嬌地一推翟玉墀說：「翡翠鐲子跟金鐲子當了也當了。這銀鐲子又不值錢，它是我唯一一件首飾了。」

　　姨太太說著把一雙光腕子往翟玉墀鼻子底下一伸。

　　翟玉墀把水煙筒遞給管家，把姨太太的一雙玉手握住，輕輕地揉著說：「不是沒錢麼？」

　　姨太太抽回自己的手說：「沒錢，沒錢。我看把這屋子賣了算了。」

　　沒等翟玉墀答話，大太太進來了。大太太冷笑一聲說：「把這屋子賣了，一家子住叫化棚去？」

姨太太冷笑一聲說：「活該住叫化棚。」

大太太說：「妳說誰？」

姨太太說：「誰多心說誰。」

翟玉墀說：「淑嫻！」

大太太說：「弄到這步田地還不是妳個狐狸精害的。」

翟玉墀說：「秀珍！」

姨太太說：「很好。就算我是狐狸精吧，可狐狸精只迷男人不迷錢。只有敗家精才敗家」。

大太太一聽氣得臉也黃了，說：「元明是有些不爭氣，可他畢竟是翟家少爺。況且他不是已經改了麼？」

姨太太說：「改了就完了？晚了！」

大太太說：「那妳要他怎麼樣？」

姨太太說：「要他怎麼樣？要他不得好死！」

大太太一聽火了，她踩著三寸金蓮趕過來要打姨太太，卻叫翟玉墀攔住了，他說：「秀珍，秀珍，妳又何必呢？大家少說幾句不就完了！」

大太太就哭了，一把眼淚，一把鼻涕：「好啊，你總護著這個狐狸精。你護，你護。」

大太太推開翟玉墀，進了東廂房。這時翟元明和一個僕人進來了。僕人肩上扛著一袋糧食。

翟玉墀見到糧食，心裡一樂，說：「元明，借來了？」

翟元明說：「可氣，可惱！」

翟玉墀說：「怎麼講？不是借來了麼？」

翟元明說：「講得好好的，借五十斤糙米，臨時又變卦，只肯借三十斤，夠吃幾天！這條老狗！」

翟玉墀安慰兒子說：「三十斤就三十斤。多摻些雜糧，我想對付一兩個月沒得問題的。你也累了，歇著去吧，一會就開飯呢。」

現在只剩一幢破房子了，這一間既作上房又兼餐廳，一家子團團圍住個破圓桌。桌上，正中一大海碗煮蘿蔔，圍著大海碗眾星拱月似的四個菜分別是：炒肚片、臭豆腐、醃黃瓜、水煮芹菜。四個菜中炒肚片數量最少，輪到每個人也就是二、三片吧。

翟玉墀面對這一桌晚餐，一點食慾也沒有。他漠然坐著，沒有去動筷子。於是全家也只好眼巴巴地等著。

孫子龍兒望著肚片直咽口水，他啾啾爺爺，終於試探地伸出手去，剛到半路上，就叫元明狠狠地打了一下。龍兒扁扁嘴哭起來。

翟玉墀舉起筷子揀了一塊肚片到龍兒碗裡，說：「吃吧。乖，不哭，吃，吃。」

大家舉起了筷子，翟玉墀又說：「吃，吃。」

於是響起來一片吃食聲。翟玉墀卻吃不下，眼淚慢慢從臉頰上淌了下來，滴到那一小碗灰烏烏的薯條乾飯裡。

新任地主的秋天

一

新任地主占七，長得很瘦小，一副精明的樣子。他成為地主的第二年秋天，一天傍晚，他帶上他的管家去自家田土上走走。這時有一些佃農正在勞作，占七的到來，並未引起他們的注意。占七說：「還在忙啊。」大家這才直起腰說：「還在忙。」占七覺得有些奇怪，他望著夕陽裡那一壟一壟沉甸甸的稻子，唸了一首順口溜：

> 舊年還是癆三，
>
> 薄粥就著鹹菜。
>
> 忽然飛來白鴿，
>
> 買屋買地買田。
>
> 窮漢有了銅錢，
>
> 襤衫換成綢衫。

占七一邊唸，一邊擠出工夫對管家說：「回府。」

管家說：「前邊帶路。」

占七說：「你說什麼？叫本老爺帶路？」

管家說：「我才來不久，不是不認路麼。」

占七瞪瞪眼說：「豈有此理。請跟我來。」

回到家裡，占七對自己很不滿意。他認為剛才領管家回家，領了也就領了，不應該用請字，一用請字，彷彿自己降格成了僕人。他翻來覆去想，自己是地主，他只是個管家，怎麼能用請字呢？想到這裡，占七說：「我要吸水煙。」

管家說：「水煙筒在哪裡？」

占七說：「在長臺右首第一隻抽屜裡。」

管家過去取水煙筒，拉了拉沒拉動，說：「鎖著呢。」

占七說：「哦，鑰匙還在我這裡。」

管家接了鑰匙，打開抽屜取出水煙筒，忍不住輕輕嘀咕一句：「水煙筒用得著鎖在抽屜裡麼？真是的。」

占七說：「你說什麼，你說什麼？」

管家說：「我沒說什麼。」

占七說：「你才來哪裡知道，這村子裡手腳不乾淨的很多，我得防著點。」

管家撇撇嘴，把點燃的紙煤子遞過去。占七一邊噗嚕嚕地吸煙，一邊搖著二郎腿，哼他自己編的順口溜：

> 舊年還是瘤三，
> 薄粥就著鹹菜。
> 忽然飛來白鴿，
> ……

管家一來這裡，就常聽占七念這首順口溜，他不明白白鴿飛來怎麼就能發財。後來一個本地僕人私下裡告訴他，早些年這占七是

這村鎮上一家豆腐店的夥計，每天穿著破衣襤衫坐在店門口包豆腐乾。占七雖說是個窮夥計，發財夢跟豆腐店老闆一樣強烈。他除了工作，一空下來，就想發財，想來想去沒有別的法子，只好把希望寄託在路上。所以他走路一般都低著頭，夢想有一天突然在路上拾到一注錢，一注大錢。

那時盛行彩票，種類也很繁多，什麼福利彩票，航空彩票，救災彩票，鐵路彩票等等，開始只在各大城市發放，後來慢慢延伸到鄉村。占七就覺得發財機會來了。其實彩票的中獎概率是極低極低的。一般每種彩票要印刷幾萬張，每張一元錢；一張彩票又分成十條，每條一角錢。窮人往往買不起一張，只好買幾條，甚至一條。你想中獎的機會渺茫不渺茫？但一角錢究竟才一角錢，即使犧牲了也有限。所以老百姓把這一角一條的彩票比作白鴿，中不了獎等於是放飛了一隻白鴿，戲稱作「白鴿票」。占七餓了兩頓飯，買了三條彩票，居然條條中獎。一個頭彩，兩個二彩，頭彩五百元，二彩三百元，他一共得了一千一百元。而當時一千一百元，相當於二百四十擔米的價格。他服務的那家豆腐店總共資產才值五百元。占七一夜暴富，成了一個富翁。成了富翁的占七腦子不渾，不像豐子愷先生家鄉那個歪鱸婆阿三，他抵擋住了包括女人在內的所有誘惑，先是開一家豆腐店，慢慢買田買地買屋，幾年下來，儼然成了一個真正的地主。

占七抽了幾筒煙，正想去帳房，忽然他的太太眼淚汪汪地跑來找他。

占七說：「三寶，妳怎麼啦？」

太太二話沒說起手給了他一個耳光，說：「你幹的好事！」

占七非常惱火，卻又不敢發威，老婆是殺豬阿四的獨生女，人稱壽頭三寶，又蠻橫氣力又大。占七護住自己半個臉說：「三寶，幹麼發那麼大的火？」

三寶坐到椅子上抹著眼淚說：「聽說你要討小？」

占七就非常害怕，他結結巴巴地說：「妳，妳，妳聽誰瞎連連，沒，沒有的事。」

三寶擤了一把鼻涕，甩到占七腳邊說：「你敢說沒有？」

占七一橫心說：「我當地主了，討個小還不應該？」

三寶騰一下從椅子上跳起來，揎拳捋臂就要動手。占七急了，連喊：「管家！管家！」

管家就連忙過來勸架。這時僕人來請吃飯，於是一同去了飯廳。

飯廳裡大大小小共有六七個人已圍住桌子在吃喝了。這些人不是占七的父母，也不是兒子、孫子，占七從小就沒有了父母，老婆娶了三年尚沒有兒子，當然更沒有孫子。那些人是占七的哥嫂以及他們的兒子。占七發了以後，他們不請自來的。

占七有些不快，他皺皺眉頭說：「我說，我們得立個規矩——大戶人家有大戶人家的規矩。我是一家之主，我沒動筷子，誰也不許動筷子。」

占七的哥哥占四說：「老七，你算了吧。跟你哥嫂擺什麼臭譜。要不是我們把你拉扯大，把你薦進豆腐店，你有今天？」

占七無話可說，只好搖搖頭，歎口氣，坐下來吃飯。

太太三寶格吱格吱嚼著一塊豬耳朵，嘟囔著說：「一群叫化。哼，還討小呢！」

二

又是秋天，一天傍晚，占七帶了他的管家上自家的田土上走走。在田地上勞作的佃農仍然彎著腰幹活，占七的到來似乎並未引起他們的注意，占七就有點悻悻的。他說：「還在忙啊。」大家這才直起腰說：「還在忙。」占七就覺得有些奇怪，他望著夕陽裡那一壟一壟金黃色的稻子，唸了一首順口溜：

> 想從前我本是個癟三，
>
> 喝薄粥就著鹹菜。
>
> 自從白鴿它一飛沖天，
>
> 作成我年年買地買田。
>
> 如今成了一方富戶，
>
> 為什麼根柢總也嫌淺？

占七一邊唸，一邊擠出工夫對管家說：「回府。」

管家說：「前邊帶路。」

占七說：「什麼？你說什麼？叫本老爺帶路？」

管家說：「我才來不久，不是不認路麼。」

占七瞪瞪眼說：「豈有此理。請跟我來。」

回到家裡，占七對自己非常不滿。他認為剛才領管家回家，領了也就領了，怎麼又說請呢？一個財主對一個僕人樣的管家能用請字麼？想到這裡，占七挺挺胸脯說：「我要吸煙。」

管家說：「水煙筒放哪兒了？」

占七說：「不是鎖在長臺右首第一個抽屜裡麼？」

管家說：「我怎麼會知道？」

占七說：「哦，你剛來，的確不知道。——喏，鑰匙。」

管家取了水煙筒，裝一筒煙，又點燃一根紙煤子，一同遞到占七手裡，說：「水煙筒放在長臺上好了，不用放進抽屜，還上著鎖。」

占七白他一眼說：「你知道個屁！這村子裡遍地的小偷，怎麼能讓人放心？我這個水煙筒是純白銅的，你知道值多少錢？」

管家冷眼瞧一下占七，退到一邊。

占七一邊噗嚕嚕吸煙，一邊搖著二郎腿哼他自己編的順口溜：

> 想從前我本是個癟三，
>
> 喝薄粥就著鹹菜。
>
> 自從白鴿它一飛沖天，
>
> 作成我年年買地……

姨太太抱著兒子進廳來了。占七趕緊放下水煙筒迎上去。他說：「美蓮，怎麼妳自己帶孩子。奶媽呢？」

姨太太說：「占七，你答應我買副金手鐲的，你什麼時候才兌現？」

占七就嘻嘻地笑起來。他說：「妳等著。」

占七飛快地到內院。不一會，他捧了一個寶藍色錦盒回到廳上。他把盒子遞給姨太太，就手接過兒子，說：「瞧瞧。妳瞧瞧。」

姨太太打開盒子哇地驚叫一聲說：「翡翠鐲子！這得多少錢啊。」

占七賣弄地笑笑說：「不貴，不貴，才千把塊大洋。妳知道這翡翠鐲子原本是誰家的麼？」

姨太太說：「誰家的？」

占七說：「翟玉墀家祖傳的。聽珠寶店的掌櫃說，是什麼老種清水地的珍品鐲子呢。」

姨太太當時就把那一對碧綠的翡翠鐲子帶到腕上，抱過兒子歡歡喜喜回房去了。

占七洋洋自得地負著手在廳上轉了一圈，剛想坐到椅子上再抽一筒煙，一抬頭發現大太太三寶怒容滿面地站在了他面前。占七就後悔剛才沒叮囑女人，不要到大太太跟前去顯寶，現在瞧，麻煩來了。好在占七精明，早有打算。他說：「三寶，三寶，妳聽我說……」

大太太三寶兩手扠腰，打雷似地吼一聲：「我不聽！」

占七將大太太勸到椅子上坐下，說：「三寶，她不是為我們家生兒子了麼？當初妳不也答應，果真生了兒子，她有什麼要求就答應她麼？才買了一副鐲子……」

大太太說：「一副鐲子？一副鐲子值幾十畝好地呢。」

占七說：「我們不是有錢了麼。憑它值幾十畝地，不就一副鐲子麼。」

大太太說：「那好，也給我置一副。」

占七說：「一下子置兩副，恐怕太，太那個了吧。」

大太太一瞪眼說：「什麼這個那個，我就要。」

占七擺擺手連連說：「好，好好，要，要。」

占七從內衣口袋裡掏出一個紫色小錦盒說：「給。」

大太太接過，打開一看，嘴一咧，樂了，說：「鑽戒。」

占七說：「0.25 克拉大鑽戒。那也是翟家的祖傳。妳去問問，該值多少？」

大太太把鑽戒戴到胖手上，摟過占七的腦袋在他臉頰上啃了一口，說：「占七，我愛你！」

占七掀開大太太，瞥一眼管家，輕聲說：「在下人面前，妳放尊重些。」

大太太三寶不管這一套，她說了一句：「假正經。」就歡歡喜喜回房去了。

晚飯時候，由於兩個女人都很快活，一家大小就吃得興高采烈，雞飛狗跳。只有占七有些不滿，因為他本想以此為契機，把吃飯他先動筷的規矩給立下來的。事實是，非但沒立下，反而變本加厲，更不像話。

兩個地主的秋天

一

多年之後，翟玉埠和占七都已是六十開外的老人。有一年秋天，一天傍晚，他們分別帶了自己的管家在田土上不期而遇了。在田地裡勞作的佃農們直起腰，恭恭敬敬地喊了一聲：「老爺！」占七端起架子要答應，發覺人們對著的是翟玉埠，心裡就不免有些悲憤。而翟玉埠似乎渾然不覺，他只是向佃農們擺了擺手，對著那一壟一壟待割的稻子念了一首范成大的詩：

> 新築場泥鏡面平，
> 家家打稻趁霜晴。
> 笑歌聲裡輕雷動，
> 一夜連枷響到明。

翟玉埠念這首詩已沒有任何功利之心，所以心境非常的平和。

二

第二年秋天，一天傍晚，翟玉埠扛了一把鋤頭來到了自己的田土上。在田地上勞作的農民直起腰，恭恭敬敬地說：「老爺……」翟

玉墀擺擺手制止他們，說：「不要再叫老爺了。我跟你們一樣，也分到了土地。我是一個農民。」

翟玉墀沒在自己的田土上停下，他扛著鋤頭繼續朝前走。慢慢地，他走進了一片墳地，在一座黃土堆的新墳前停下了。

他放下鋤頭，對新墳說：「占七，我應當喊你一聲老爺的。你本不該死，該死的是我啊。老爺，我給你培一把土吧。」

翟玉墀彎腰開始費力地鏟土。

臭鎮悲老

這地方真怪，啥名字不好叫呢，偏叫個臭鎮！

這臭鎮的怪名不知起於何朝何代，修縣誌鎮志的歷代冬烘都沒交代。有人推測，怕是因鎮上人都喜臭食的緣故吧。也是的，這鎮上幾乎家家都有一個寶貝似的臭鹵罎子。什麼臭豆腐、臭莧菜、臭蠶豆、臭毛豆莢一類的臭食，天天要爬上飯桌子的。

鎮西二里有個村子叫羅家谷，幾年前在那裡發現了新石器時代的遺址。那麼，算來這鎮子也該有幾千年的歷史了。在幾千年的文明史中，竟沒人能改變這個有失大雅的鎮名，簡直有點不可思議。據說解放後有位領導曾提議修改鎮名。後來，首屆人民代表會還做過鄭重其事的討論，決定改臭鎮為香鎮。但是，儘管香比臭雅，鎮民們的腦裡口裡依然是：臭鎮，臭鎮，臭鎮。代表們的決定等於零。真如老輩人說的：這是命，這是臭鎮人的命！只有腋肢窩裡長出翅膀，遠走高飛離了臭鎮的人，才有可能擺脫臭鎮人的臭命。據說擺脫臭命的人，是不會再回來的，要是回來，十有八九是個折了翅膀，灰溜溜跑回來舔傷口的。

可這話不全對。這不，眼下兩輛銀灰色小轎車正在明麗的秋陽裡駛回臭鎮。那是飛出去五十多個春秋，目下依然在振翅高飛的著名書畫篆刻家唐希周先生回來了。

　　轎車首尾相接，緩緩駛過臭鎮新大街。雖說這幾年小鎮發達了，可是氣氣勢勢的「豐田」還是引來了鎮民們好奇欣羨的目光。駛過鬧市區，向右拐個彎，轉入了老街。老街是條石鋪就的，不寬，轎車勉勉強強可以通過，有點顛。車速更慢了，實在比步行快不了多少。司機不時按著喇叭，讓來往行人貼緊牆根，讓放在門口的腳盆、水桶、自行車挪挪位置。終於，轎車在一條狹弄口停住了。

　　狹弄口早就候著三五個人。這時，他們趕緊迎上前來。

　　車門打開了。第一輛車裡率先鑽出一個高個子青年。奶黃色的風衣，正宗香港瘦腿牛仔褲。架著橙色遮陽鏡的白淨臉長長的，卻一點也不顯死板，相反，活泛得很，機靈得很。他衝著迎上來的一個中年漢子彬彬有禮地說：「憑我的眼睛，我想，您一定是錢鎮長了。」握過手後，他做了簡短的自我介紹：「我姓沈，沈侃如，北京畫院的。」說完，連忙轉身扶下一位身材瘦小的老人。

　　老人穿著灰格子薄呢中式對襟上衣，棕色柳條寬筒褲，腳上是一雙黃白相間的輕底登山鞋；鼻樑上架一副金絲邊近視鏡。雖然瘦小，神態安詳，但氣度不凡，通身透著一派令人蕭然起敬的儒者風采。

　　沈侃如反客為主，對鎮長說：「這是唐老，唐希用先生。」又對老人說：「唐老，這是錢鎮長。」

　　賓主緊緊地握手。

　　這時，車上的人全下來了，男男女女都挎著大包，提著小箱。那是電臺、電視臺的攝影記者。記者們手腳麻利，咔嚓，珍貴的鏡頭攝入了相機。

只聽沈侃如又說：「咱們唐老重回闊別五十餘年、相隔二千餘里的故鄉，實在難得。請允許我借用一句舊話，這叫『衣錦還鄉』。讓我們歡迎唐老衣錦還鄉！」

四周響起了劈劈啪啪的掌聲和笑聲。

可唐老沒笑，還不易覺察地皺了皺眉頭。

一群人簇擁著唐老進弄。這弄叫郭家弄，兩邊的房子大都改建過了，可弄沒變。這使唐老十分高興。他輕輕推開攙扶他的沈侃如，低著頭，尋尋覓覓地奔走起來。

沈侃如著急地叫起來：「唐老，唐老，您老慢走，當心石路不平！」

是沒有聽見，還是不領好意？唐老頭也不回，依然急煎煎地走。

沈侃如笑了，感喟地說：「鄉情，鄉情哪！」

跟著的那一幫人也都笑起來。

這一切，自然都被珍貴地儲進了記者們的攝影機。

唐老站在弄底自家那座老屋的院門邊了。

他用蒼老的手撫摸著那兩扇朽蝕的木板牆門，又把頭抵在院牆上，微微地閉起了眼睛⋯⋯

「怎麼，想進去看看？這不值什麼。來吧，我領你進去。」

七十年前這個金石般的聲音又響在唐老的耳膜。別看這會兒唐老氣氣派派，七十年前，他可是個臉上泛著菜色的羸弱的孩子。他和他的寡母就住在這郭家大院的東貼鄰，一間低矮的小平屋裡。郭家大院的戶主是個老頭。老頭的名字古怪，叫禿叟，是個畫沒骨花卉的畫家，據說是王冕一派的嫡傳，方圓百里極有名。這禿叟名字怪，脾氣更怪，懶得與一般書香官宦結交，那些附庸風雅的財主富賈，就更不上他眼

裡了。可有一點，這些人上門求字求畫，他倒從未回絕過，只是拖，定洋收了，銀錢花了，卻遲遲不給人家寫去畫去。誰又不敢催他。於是，半年，一年，甚至三年五年，就這麼拖著。可也稀奇，那些人使了錢拿不到東西，全像無所謂似的，仍然隔三差五上郭家大院來瞎奉承。所以，郭家一月之中，倒要熱鬧好幾回。那些人一邊吸著水煙喝著茶，一邊搖頭晃腦地吟詩品畫充假斯文。禿叟自己並不加入，只是默默地躺在黃檀大榻上抽大煙。有時候興致來了，會突然一骨碌爬起身，說一聲：「開筆！」於是那些人立時像挖了個金疙瘩似的興奮起來。接下去便各個屏住氣圍在書案前，一邊恭肅地觀賞，一邊默默地祝禱上蒼，但願那畫著的或者寫著的是恩賜給自己的。

唐希周家裡頭窮，靠母親賣臭豆腐過日子。可是，這樣的窮人家偏偏出了個喜歡書畫的孩子。每逢郭家高朋滿座的日子，他便悄悄跑去，把腦袋抵在郭家院牆上，好奇地往裡張望。有一次叫禿叟的老來子郭伯亭碰上了。郭伯亭說：「怎麼，想進去看看？這不值什麼。來吧，我領你進去。」

就是那一次，脾氣古怪的禿叟老頭一喜歡，竟收下他作了伯亭的師弟。也是前世有緣吧，此後禿叟倒拿出渾身本事認認真真地教了他好幾年。

禿叟六十三歲上得了傷寒症，挨到重陽，自知不行了，便把伯亭和唐希周喚到床前，憋著粗氣說了兩句話：「記住，寂寞不諂媚，顯達不受拍。」

禿叟死後，還未入殮，索討書債畫債的竟擠了一廳屋，差一點沒把屋頂給掀塌，後來還是郭伯亭用老頭的藏畫把這些人打發

清楚的。想到七十年前這悲涼的一幕，唐老不由得重重地歎了一口氣。

「唐老，唐老，」耳邊傳過來沈侃如關切的聲音，「您老回到闊別的故家，應當高興才是。您這是衣錦榮歸呀！」

又是衣錦榮歸！他恨死這衣錦榮歸！

唐老這次回來，並非如沈侃如說的衣錦還鄉，而是和縣政府簽署一項捐贈書畫文物的協定。唐老在他漫長的六十餘年藝術生涯中，收藏了大量名家的書畫篆刻珍品。別的且不說，單是趙之謙、黃牧甫、文徵明、鄧石如、吳昌碩等歷代名家的石章就有五百餘方。還有現代于右任的書法，幾乎占了全國總收藏量的一半。據文保部門初步鑒定，四千多件藏品，總價值為六千萬元。唐老有五個兒女。五個兒女全是學理工的，不懂書畫藝術，可他們全說喜歡父親的藏品。唐老今年整八十了，他該考慮這批珍貴文物的歸屬了。上海某畫家就因為生前沒把藏品妥善處理好，等到死後，幾個子女為此連年幹仗，鬧得不成體統。鑒於前車，唐老決定在他生前處置好這批藏品。北京，杭州都願為他修建高檔藝術館，但唐老婉言拒絕了。他情願捐贈故鄉。一椿最大的心事了卻了，他心裡感到了說不出的安慰和輕鬆。這次南歸，兒女們爭著要隨同回來，他沒答應；由縣城來臭鎮，縣裡領導又再三要陪同前往，他又堅決謝絕，就是為了砍去一切羈絆，像一個普通老頭那樣，渾身自在地回來看看。可是瞧瞧，還是纏上了這麼不大不小一幫子累贅！

一陣桂子清香把唐老引進了牆門。展現在眼前的，是熟識的老屋，熟識的石板天井，天井西頭那株高大的老桂樹。那桂樹不容易

啊，半個世紀來就這麼寂寞地站著。唐老走過去拍拍粗大的樹身，就像拍著老朋友的肩膀一樣。

對了，六十五年前，他不就在這樹下送走郭伯亭的嗎？

禿叟在時，郭伯亭學畫就有點兒懈怠，常常有年輕的朋友來找他，三五個人站在桂樹下唧唧噥噥地說話。郵差一個月裡總要上四五躺門，給他送一些五顏六色的郵件；有些還彎彎扭扭地寫滿了洋字碼兒。禿叟一死，他就索性擱下畫筆了。來看他的朋友日漸多了起來，並且在廳屋裡高談闊論。郵件呢，也日見其多，到後來，一兩天就給他送來一些。做過禿叟周年，一天，郭伯亭突然決定離家了。

郭伯亭長唐希周三歲，卻儼然已是個頂天立地的漢子。他一手提著長衫下擺，一手拎隻棕色小皮箱，不顧在東廂嚶嚶哭泣的老母，對唐希周說：「希周弟，我走了，十年後再見吧。到那時……」他沒說下去，卻自負地笑了。

「你不覺得可惜嗎？」

「雕蟲小技。一點不可惜。」

「老師不是囑咐……」

「迂腐！不然，他會老死牖下嗎？老弟，世界大得很哪！」

「你真的去日本？」

「真的。那麼，再見了。」

奇怪，這一幕彷彿比六十五年前更加清晰，更加真切！

唐老倚著桂樹，環視整個院落。北面三間廳屋和右首兩間耳房，那是轉買郭家的老屋。廳屋西側聳立著一座樓，那是後來他用第一

本印譜的稿費建造的，取名率真樓。這一切經過半個世紀的風風雨雨，依然完好地保存著，就像他五十年前匆匆離去時一樣，他不能不從心裡感到欣慰。他不由得緊緊拉住錢鎮長的手，用力抖了抖。

錢鎮長說：「唐老，小沈同志，北屋已經收拾好了，是不是請大家進去歇息歇息？」

沈侃如打趣地說，「唐老，您這一回到家裡，可要好好款待款待大家嘍！」

唐老說：「當然，當然。諸位請進吧。」

三間廳屋是通間，粗粗的四看柱，一尺半寬的方磚墁地。屋內的當年陳設早已蕩然無存，當廳放著顯然是臨時借來的八張拼桌和十幾把鋼管椅。錢鎮長他們忙著招呼大家就座，又張羅著給大家砌茶、遞煙。電視臺記者忙著拉線，對燈光。

唐老說：「這個，不必了吧？」

可是哪能由他。電視臺的人說：「放心，唐老，我們不會讓您為難的。」

沈侃如點燃一支煙，又到天井各處轉了一圈，回屋說：「唐老，您這家可真不賴！既古樸敞亮，又小巧精緻，地段兒也好，鬧中取靜。要能在這兒寫寫字，作作畫，養養花，真是神仙過的日子！」

唐老笑了。他覺得沈侃如還是有可愛之處的。於是他連連說：「是啊，是啊！」

電視臺記者不錯時機地轉動著攝影機的鏡頭。

沈侃如見唐老高興了，便越發來勁。他說：「這廳屋原先一定佈置得挺高雅吧？」

　　唐老說：「高雅嘛說不上，倒也不算很俗。」他指指外看柱說，「那上面原來有一副石綠抹的抱柱對子，上聯是：『清明綠化城』，下聯是：『道德文章家』。是董其昌的手跡。」又指指內看柱說，「那上面也有一副對子，上聯是：『欲為諸法本』，下聯是：『心如工畫師』。是這屋故主自號禿叟的老先生寫的，字體疏瘦清透，深得褚遂良、薛稷的真功夫，可惜不為世人所知……唉！」

　　沈侃如趕緊說：「先生又何必替古人抱屈呢。這樣的事多著呢！這只是各人的機緣罷了。像唐老您是當之無愧的。所以，唐老，您要是肯提攜提攜後學……只消給稍稍吹一吹，我們就連升三級嘍！」

　　唐老聽了由不得沉下臉說：「你，你這是什麼話嘞！當然，當然，我……」他痛苦地垂下頭去。

　　電視攝影機張著大嘴呆住了。

　　沈侃如不免有點兒尷尬，也著實有點兒惱火，又不好發作，只得朝鎮長他們搖搖頭，苦笑著低聲說道：「名士脾氣，真真名士脾氣！」

　　唐老沒聽見，他沉浸在六十年的自我反省中了。

　　是啊，怎麼怨得沈侃如！六十年前，他單身闖到上海，不就是提了十幾顆印章，七八幅字畫，急煎煎到處給名流叩頭燒香的嗎？苦心學藝，名人指點，那只說中了一半。還有一半……還有一半是什麼？對了，「提攜」，亦即「吹一吹」，吹一吹，便可連升三級呀！只要吹高了，就不用擔心，再也跌不下來了，隨便怎麼塗幾筆，都成了上品，一百元一英尺。自然，要緊的是印章！買者只要見到鮮紅的印章不假，也就放心了。不然，禿叟這迂夫子怎麼會老死牖下呢？可悲嘞！

　　「唐老，唐老，午飯準備好了。請上率真客堂用餐吧。」錢鎮長跑過來慢聲輕氣地說。

　　唐老抬起頭，不無自責地笑笑說：「討擾了。」說著站起身，拉著沈侃如的手輕輕拍了拍說：「小沈同志，那我們就不客氣嘍。」

　　沈侃如釋然了，隨即扶住唐老說：「這下可要嚐嚐唐老家鄉風味的菜了。」

　　氣氛一下子又活躍了。電視攝影機的鏡頭也重新歡快地轉動起來。

　　率真樓下客堂裡安下了兩張大圓桌。每張桌上放著十幾瓶果酒，四個冷盆，八盤圍簽（這地方把水果叫圍簽）。唐老指著一盤橢圓紫紅的圍簽說：「那不是檇李嗎？」

　　錢鎮長說：「是檇李。唐老怕有好多年沒嚐到了吧？」

　　唐老不由感慨起來，說：「五十年裡只吃過兩回。」說著拿起一個李子遞給沈侃如，說：「小沈同志，你嚐嚐。真是神仙享用的果品！」

　　沈侃如接過李子，顛過來倒過去欣賞一會兒，說，「好像瑪瑙呢，直叫人愛得不忍下口！」一邊說一邊就要用嘴去啃。

　　唐老說：「不可大口。這已經是熟透了的，裡面裝了一兜的蜜，只宜用門牙咬破一個小孔，然後用嘴吮，可以一氣把汁液吸乾。記得那年昌碩先生吃到我送去的檇李，還特地寫了一首詩呢！那時，我……」

　　那時，不就是因著那一籃子李子，吳先生一高興，才答應為印譜作序的嗎？文人無行，文人無行哪！唐老不由得臉上一陣紅潮，歎了一口氣，又垂下了腦袋。

　　沈侃如拿著李子不知如何是好了。他知道，老頭子的名士脾氣又來了，不免訕訕地把李子攦回圍簽盤去。

　　菜上齊了。大家都木木地坐著，誰也沒有動箸。

　　唐老忽然抬起頭，歉然一笑說：「諸位，請吃，請吃呀！」

　　沈侃如到底不失為機靈，他十分得體地說了一句俏皮話，又把氣氛搞得融洽起來。他說：「唐老，您是主人。客隨主便，主人不叫吃，我們即使垂涎三尺，也不敢貿然動箸呀！」

　　一陣舒心的哄笑，然後是斟酒聲，筷子湯匙的碰擊聲。

　　滿桌子的蘇杭佳餚，滿桌子的本地風味。

　　「唐老，這魚肉嫩味美，又無肋骨細刺，不像是鯽魚，也不像是鱒魚，那是……」沈侃如問。

　　「那叫鱖魚。背上有漂亮的花紋，所以又叫它花鱖魚。野生的。它老愛待在深水淤泥裡，專等送上門來的大魚、小魚和水蛇。這魚本來就稀有，因此很名貴，現在是幾乎絕跡了。六十年前，我……」唐老不禁又想起六十年前，他曾從鄉下帶了幾條肥肥的鱖魚去拜訪……怎麼又想起從前了？他趕緊斂神屏息，拿起酒杯狠狠地呷了一口。

　　「唐老，您嚐嚐這甲魚，燒得真不錯，裙邊膏膏的，蒜頭泥泥的，蛋子細細的。」沈侃如夾了一大塊甲魚放到唐老碗裡，又撥了幾塊蒜頭和幾個魚蛋子。

　　「謝謝，謝謝。這一帶甲魚就數這兒的肥。那一年，我……」今兒個是怎麼了！都八十歲啦，腦瓜子還那麼清楚！他又趕緊猛猛地灌了一口酒。

「唐老，這……」沈侃如怕是喝多了吧，怎麼囉嗦起來沒個完呢？

「小沈同志，還有各位，大家別客氣，請，請呀！」唐老打斷了沈侃如。

吃喝得差不多了。怎麼，又上來一道菜？灰烏烏連底凍著，上面貼著十幾片紅紅的辣椒。沈侃如一看，不認得。正想問唐老，唐老卻已陡然起立。他兩眼死死地盯住那道菜，不知道是震動還是驚訝，拿筷子的手微微有點顫抖。

錢鎮長不由變了臉色，節制地呵斥端菜的：「誰讓你端這個的！這樣的菜也上得席面？」

端菜的挺委屈，說：「我說不嘛，可臭司令硬是讓端。還說客人會喜歡的呢！」

唐老已經平靜下來，對錢鎮長說：「喜歡，喜歡。好菜，好菜。這才是貨真價實的臭鎮風味呢！」說著一筷子紮下去，挑起一小塊放到嘴裡，連聲說：「好吃好吃，入味得很。那個臭滷罈子一定不錯。」

原來這就是臭鎮的臭滷罈子裡臭出來的臭豆腐。儘管這是臭鎮的「特產」，可是照規矩，酒席宴上是不作興搬上臺盤的。

沈侃如學著唐老，也挑了一小塊放進嘴裡。先是覺得有點臭，有點澀，還有點苦，細細辨了一通之後，才覺得肥膩膩的，還有點香。又挑了一塊，邊吃邊稱讚：「好菜，確是好菜！」

唐老介紹道：「這臭豆腐有兩種吃法，一是燉，喏，就是這樣，特點是嫩，肥。另一種吃法是油裡汆，特點是脆，香。我小時候就專愛吃燉的。」

沈佩如說：「唐老，那時您和令堂也在這兒用餐吧？」

唐老說：「不。那時我們住在這院牆外的一間小平屋裡。這屋是後來才買的。」他側過臉問鎮長，「那屋？」

錢鎮長說：「還在，還在。臭司令住著呢。」

唐老說：「哦，哦，好的。」

唐老一邊說，一邊又把筷子伸到臭豆腐碗裡。忽然，筷子在碗裡急速地撥弄起來，最後從碗底夾出一根黑烏烏青兮兮的菜根子。

沈侃如說：「唐老，這又是啥寶貝名堂啊？」

唐老說：「這叫莧菜梗，學名雁來紅，又名老少年，也是臭了吃的。有家種也有野生。野的有刺。我小時候去挖野莧菜，常常叫刺刺了手指頭。那時候，跟我一起去的──嗯，那個廚師呢？」

端菜的在一邊笑了，說：「臭司令？他是哪門子的廚師嘍！發完這道菜，他就回家了。」

唐老若有所思地問：「他叫？……」

「臭司令。」

「真姓實名呢？」

「誰知道他的真姓實名！」

「是不是叫郭伯亭？」

「姓郭？也許是吧。誰曉得他叫郭百亭，郭千亭。」

唐老沉吟了一下，便喝乾酒添飯了。

吃完飯，自然是品茗。

沈侃如問錢鎮長：「文房四寶預備下了嗎？」他問的聲音挺響，卻是很隨意的樣子。

　　錢鎮長得了感應似的也提高四度音回答說：「預備下了。」頓了頓，又恢復到平常的音量：「是不是讓唐老稍事休息，再⋯⋯」

　　唐老默默地看了他們一眼，說：「好吧，這總是免不了的。」

　　沈侃如長長地舒了一口氣。這是他今日之行的保留節目。

　　唐老放下茶杯，站起身說：「預備在哪兒呢？」

　　錢鎮長殷勤地說：「就在樓上，先生早年的書房裡。不再坐一會兒了？那麼，請上樓吧。」錢鎮長不免也歡欣鼓舞起來。

　　樓上兩張八仙桌權充畫桌。筆墨紙硯，顏料瓷碟，水盆印臺，早已準備得停停當當了。角上，鎮紙壓著一張紙條，紙條上開列著一長溜該寫該畫的話兒。唐老飛快地溜了一遍，一句話不說，抓起筆一連勾去了大半。

　　錢鎮長見了，渾身不由一陣哆嗦，臉一下子拉長了三分之一。

　　沈侃如到底是個中人，毫不在意。他不待吩咐，早已站到唐老對面，拉起了打下手的架勢。

　　記者們又開始忙碌起來。

　　唐老扶扶眼鏡，略一沉思，便低頭運筆寫起來。率真樓上極靜，只有筆毫在宣紙上磨擦發出的沙沙聲。看來，人們都被高雅的藝術鎮住了。不一會，牆上便掛起了四幅字。字債清了，唐老打算休息片刻。這時沈侃如笑嘻嘻地低聲說：「唐老，能不能給我⋯⋯不多，一字一畫足矣！」精明的沈侃如知道，上手三四張後是會出上品的。

　　唐老略一遲疑，更不打言，拂開紙，用狂草寫了一副對子。對曰：「爾宜真非假執真真，吾痛假執真非假假」。果然灑脫俊逸，堪與懷素《苦筍帖》媲美。

　　休息片刻以後，又開始畫畫。自然是按沈侃如的意願，先替他畫。可是不知怎麼，似乎並不見好。畫的是荷花，葉子板了點黑了點，幹子硬了點直了點。題款倒挺有意思，叫作：「一花一世界，一葉一自來。」

　　剩下最後一張了，唐老卻躊躇起來。忽然沒來由地想到了剛才吃過的臭莧菜梗，便奮然起筆，畫了一幅雁來紅圖。落款是：「老來才紅紅便臭」。眾人見了忍俊不禁，都笑了。

　　唐老卻沒笑。他擲下筆，也不跟人招呼，竟自匆匆下樓去了。這回連眾人都知道，老先生的名士氣又上來了。大家怕摔了老人，一擁爭趕上去攙扶他，可老人像個孩子似的早已通通通蹦到了樓下。

　　眾人跟著唐老出了院門，沿院牆拐往東北，走不上幾十步，便在一間低矮的平屋跟前停下來。唐老猶疑了一下，就動手叩門。

　　裡邊傳出一個挺厚重的嗓音：「誰呀？」

　　唐老激動起來：「我！是我呀，伯亭兄！」

　　接著是沉默。沉默中滿含著彷徨。兩分鐘後彷徨驅散，門嘎吱一聲打開，出現了一個衣履不整，形容枯槁的高大老頭。

　　唐老眯起眼打量了他半晌，才一把抓住他粗硬的手說：「伯亭兄，桂樹下一別，轉瞬就是半個多世紀，想不到尚有今天，真真難得！」

　　郭伯亭頻頻頷首說：「老朽慚愧，一事無成。希周弟尚記兒時戲言嗎？」

　　唐老說：「那算什麼！兄何必耿耿於懷。」

　　郭伯亭淡淡一笑，說：「希周弟，請屋裡坐吧。愚兄只有苦茶一杯。」

　　唐老有點淒然，說：「豈敢，豈敢。兄長先請吧。」隨即又轉過身，對眾人道，「諸位，請暫回舍間坐坐，待我與伯亭兄敘敘就過來。失陪了！」

　　眾人聽著他們酸溜溜的斯文對答，都笑著回唐宅去了。

　　這裡，說是敘敘，可坐定後，兩位老人誰也沒開口。半個多世紀的話語都擠擠挨挨地堵在喉嚨口了。

　　足足半刻工夫，還是唐老打破沉默，說：「伯亭兄，這幾十年只知你戎馬倥傯，又幾次風傳你血灑疆場，究竟不知底裡。未知兄都是怎麼過來的？」

　　郭伯亭說：「活過來也就不容易了，還說它幹嗎。不過，不說又怪對不住你的，那就長話短說吧。我把這一處房子賣給長生堂藥店後，拿了那筆款子去了日本，進了東京陸軍士官學校。你知道，為此，我母親氣得好一場大病，後來還是從這根子上去的世。想想那時候真混，像掉了魂兒似的。從日本回來後，我由朋友薦舉，跑到湖北黃陂十三師去了。以後稀裡糊塗地跑遍了大半個中國，身上穿了好幾個窟窿，並且由排長而連長，又由連長而營長。十三師雖是蔣介石收編的雜牌軍，但戰鬥力頗強。只是從師長萬耀煌到一般士兵，基本上是湖北麻城一帶人，因此地方宗派觀念極深。『八‧一三』滬淞戰役開始，十三師奉命鎮守上海大場。戰鬥相當激烈，十三師幾乎傷亡殆盡。我也在那場戰役中負了傷。在退守安徽寧國、廣德一帶整編時，只剩下一百來人了。由於種種因素，特別是傷亡帶來的更加濃郁的地方宗派觀念，我離開了十三師，經人介紹，跑到浙南一個小縣城去任國民黨縣政府秘書。以後又做了幾任區長、游擊

司令。五一年鎮反，被判死緩二年，發往內蒙勞改；以後又改判二十年。七一年九月釋放回臭鎮。嘿嘿，人這一世就這麼骯骯髒髒地活過去了。老輩人說得不錯，這是命，這是我這個臭鎮人的臭命！現在倒也滿不錯，賣臭豆腐為生；有時候還做做土廚師——那是二十年勞改的成績，自由自在的。」

郭伯亭說完了，便端起茶杯咕嘟咕嘟地喝茶。

這一篇經歷敘述得未免太簡略了，簡略得沒有一點點血肉。然而以唐老八十年的人生甘苦，是不難體察其中辛酸的。他被深深感動了，禁不住又問：「伯亭兄，恕我冒昧，你夫人兒女……」

郭伯亭放下茶杯說道：「不怕你笑話，我有過三房妻妾，四個兒女。不過，由於不同的原因，都跟我分手啦。」說完又去喝茶。

接下來是沉默。

唐老又捺不住了，說道：「伯亭兄，說完了你自己的，不該也問問我嗎？」

郭伯亭說：「不用問，希周弟，你是成功者。我聽說有人正為你立傳；將來這屋也要翻修，供後人景仰……」

唐老不由得悲從中來，他打斷郭伯亭說：「伯亭兄，別說了。這屋的舊主應當是你，還有老師，你們……」

當唐老重返率真樓時，沈侃如正眉飛色舞地跟眾人大談唐老的藝術造詣呢，唐老黑著臉對他說：「小沈同志，請你幫我鋪一張紙。」

沈侃如納罕地道：「怎麼，還寫？」

「寫！」

紙鋪開了。唐老淚光閃閃地寫下了四個大字：「臭鎮悲老。」

　　機靈的沈侃如這會兒顯得十分呆笨，竟高聲喝起彩來：「老健！渾厚！簡直勝過歐陽詢了！」

　　唐老擲下筆，把眼一閉，兩行熱淚刷地滾落腮邊。他顫巍巍地提起腳來要走，不想一個趔趄，差點摔倒。

　　沈侃如趕緊上前扶住他，驚慌地問：「唐老，唐老，您這是怎麼了？」

　　唐老無力地靠在沈侃如身上，笑笑說：「沒什麼。時候不早，我們……該告辭了。」

棕繃與丹青

　　北關廂城外有一處幾乎沒什麼污染的河灣，叫胭脂匯；胭脂匯底有一片綿延的綠梅林；梅林近梢有一座尼姑庵，叫花度庵。每年早春，綠雲似的梅花掩映著尼庵的紅牆，就清清楚楚落進空靈的匯水之中；四十年前其間還有一個帶髮修行的美麗少尼，她常常提一隻銀白的花鉛水桶去匯灘邊汲水。

　　八十高齡的老畫家就住在與花度庵隔了一個犄角水域的祖宅裡。

　　老畫家是花鳥畫的高手。他精於花卉，特別是梅花，無論雙鉤填彩，還是沒骨寫生，均擅勝場；他亦善繪禽鳥，尤工麻雀，聊聊數筆，雀兒就在紙上噪鳴起來。可是差不多半個世紀以來他一直默默無聞，直到十年前才像一顆埋沒在土中的珍珠，被人們發掘了出來。現在他的潤格相當高了，一幅三尺宣中堂的《梅雀圖》，朵雲軒的標價為人民幣三千五百元。可他自己對自己的作品似乎愈來愈不當回事了，熟悉的不熟悉的上門求畫求字，他差不多有求必應；只是由於朵雲軒一類書畫商店標價的威壓，才最終保障了老畫家疏懶認真的作畫方式。

　　六十年前畫家不是這樣的。那時他幾乎把畫畫視作性命，而且心高氣盛，目空一切。也難怪，才二十出頭年紀，他已是吳門畫院屈指可數的俊彥畫師了。如若沒有後來的意外，也許不上幾年他就

聲名卓著了；可惜二十三歲那年，意外的事情終於發生，並且因此葬送了他大半輩子的前程：他幾經周折購得的一幅任伯年的《紫薇鸚鵡圖》，竟是一件贗作。

本來這樣的事也不算什麼。一次偶然的失手，誤將贗品認作真品，無非是損失一大筆冤枉錢，這在書畫界裡也是平常的事情。問題是他的傲慢尖刻早已損害了他周遭的同人，他的失誤正好授人以柄，給結怨頗深的人們提供了一次絕好的報復機會，於是什麼樣的冷嘲熱諷全來了。他血氣方剛，哪裡忍受得了這個，一氣之下就捲起鋪蓋離開畫院，回到了祖籍鄉下的花度庵村。

據村裡少數幾位長壽老人透露，老畫家當年毅然回鄉，另有一個隱秘的原因，那就是他貪戀上了花度庵那個青春少尼的美色。不過望著老畫家銀白如絲的鬚髮和同樣銀白的蓋過眼睛的兩撇長壽眉，你很難相信那會是真的。

老畫家的妻子是城裡一家石灰行的小姐，五十年前她下嫁給這個不事營生只會畫花鳥畫的人，不知出於何種原因。但花度庵村的老人們說，那年秋天，嫁妝確實讓他們開了眼界。從城裡北關廂出來，一路吹吹打打，沿胭脂匯灘岸，迤迤邐邐繞過那一片犄角水域，然後上了老畫家門前的那座小石橋，道子足足排了一里多路呢。

十年前老畫家的妻子病故了。畫家的妻子在世時差不多三天兩頭跟畫家賭氣吵嘴使性子，數十年光陰就這麼疙疙瘩瘩過來了。可有一點，她從未提起過要離開畫家。她跟著他受了一輩子窮；受了一輩子窮的她能不憤怨滿腔麼？她的怨言也真叫多，就像滙灘邊楝樹枝上的

果實，又灰又密還終年掛著。在千百句怨言裡有一句看似平常卻最傷畫家的心。她說，你畫死畫活，怎麼連一張破棕繃也修不起？

那張棕繃是妻子長達一里多路嫁妝中的一件。在差不多所有的嫁妝當盡賣絕變為糞便之後，這張黃櫸木框架的綜繃終於承載不起他們夫妻愈來愈輕的體重，「袋」了下來，棕繩黴脆斷裂，還破了一個不小的洞。

現在好了，現在的畫家非但生活優裕，還有閒錢將祖宅老屋翻修一新。唉，妻子沒能熬到今天，這無論如何是一椿無法挽回的遺憾啊。

又是綠梅怒放時節。這天，天氣晴朗，老畫家一早就起床了。他吃了兩個鹹津津的花捲、半根油條、一碗香粳米粥，就走出有落地長窗的小廳。他在廊下逗了一回籠子裡的畫眉鳥，就慢慢穿過天井，踱到了牆門口。他背負雙手，吟吟哦哦地遠眺匯底那一片如煙似霧的綠梅花。他依稀望見綠雲紅牆間有一美麗纖弱的少尼提著銀白的花鉛水桶輕輕盈盈地下了匯灘……

他的身後傳來吊桶落下水井的聲音。

那是妍妍在汲水。妍妍是個十七歲的城裡女孩。女孩妍妍是個畫迷，她是迷上老畫家的梅花和雀鳥才輟了學上這兒來的。她自願擔負照顧畫家的生活起居，作為酬勞是允許她跟他學畫，並且每月不拘規格或書或畫給她一幅。

妍妍吊上來一桶只有重量沒有形狀的清泉。她把泉水往青苔斑駁的小石井欄上一擱說：「先生，看花呀？」

老畫家眼裡那個少尼消失了，他回過頭來朝妍妍笑笑，那樣子非常的慈祥。妍妍這女孩說不上很美，但氣質不錯，滿身流溢著如蘭的青春氣息。青春即美；白髮紅顏，這不能不被認為是老畫家皮裡生就的一段豔福。老畫家的兩撇長壽眉舒展開來，他說：「上天的恩賜啊。」

妍妍錯會地會意一笑，她說：「先生，今兒該畫梅花了吧？」

老畫家點點頭說：「鬼丫頭。」

妍妍的臉上就綻開兩朵紅雲。她說：「那我去給先生預備一下。」

妍妍扭動起小蠻一樣的腰肢興高采烈地回屋去，麻青石板的天井地上便灑下一塊塊翡翠樣的水漬。

太陽爬過院牆來了。它的光脈好像尚未成熟，斜斜地透過整塊的窗玻璃落進來，黃黃絨絨地鋪展了大半張畫桌。畫桌上，水洗、硯臺、顏料盆、筆架、鋪開的宣紙，已預備得停停當當了。

老畫家站在畫桌前，仰起頭，把目光放縱在院子裡的一株香椿樹上。每次作畫，他總要這麼望上一陣，這差不多已經成了習慣。香椿樹白色的枝幹簡潔明快，它的枝頭已簇生起紫色的葉芽。老畫家從未想到過要將香椿樹入畫，但他很喜歡香椿樹，因為它與畫家的畫作風格十分接近。

妍妍輕手輕腳地走進畫室來了。她將一把扁圓的宜興雕花紫砂茶壺送到畫家手裡，自己就默默地退到畫桌的一邊。這時，少女的青春體香如同五月的熏風一陣一陣拂了過來；老畫家的眉眼掛落下來，同時，他的鼻翼掀動，嘴唇微微張開了。

　　梅花常常是畫家提筆的靈感，可落在紙上的常常不是梅花。不過今天，他的確要畫梅了。

　　他慢慢地把筆伸向顏料盆，然後這裡那裡塗抹下一些濃淡不一的橢圓色塊，妍妍明白那是梅花瓣兒了。不一會兒，他又沾上翠綠點成蕚。然後是枝幹；枯筆，瘦挺虯曲。他摸摸疏疏的幾莖戟髯，把筆一擱，笑了。畫了幾十年的梅花，今天似乎可以毫不誇張地對自己說，梅的精神出來了。

　　妍妍拍著手說：「先生，神了！」

　　老畫家望她一眼，又提筆添了兩隻翻飛的麻雀。

　　一畫麻雀，畫面就有了動感，也有了馥鬱的寒香。妍妍踩著少女愛踩的細步跳了起來，她說：「先生，絕了！」

　　就在這時，絕淨得超凡脫俗的藝術空間傳來一聲沙啞的匠人號子：「阿有棕絣修哦！」

　　妍妍翻了一下白眼；老畫家的笑容也僵住了。老畫家對妍妍說：「妍妍，請妳去把修棕絣的師傅喊進院來。」

　　妍妍有些不大情願。但她知道，後樓雜物間有一張久已不用的舊雙人棕絣，老畫家一直嚷嚷要修，卻一直沒有修成，今天有修棕絣的上門，當然是再好不過的機會了。好在一張傑作已接近完成，妍妍就笑笑說：「好的，先生，那您休息一下，我去喊他們進來。」

　　修棕絣的是兩個外鄉人，一個高些瘦些，一個矮些墩實些，兩人都粗粗黑黑。他們肩上各自背一個鼓鼓囊囊的灰帆布工具包，各有一束栗紫色的棕繩露掛在包的外面。

匠人被領進廳房。高些瘦些的匠人對老畫家說：「老同志，您家有棕繃要修？」

老畫家說：「有一張破棕繃，要相煩二位。」

仍是高些瘦些的匠人說：「單人的？雙人的？幾尺寬？」

妍妍說：「雙人的，四尺半寬。哦，那是一張老黃櫸木框的棕繃呢。」

匠人們說：「喲，黃櫸木的，那挺貴重的，現在很少見了。小姐，棕繃在哪？」

兩個匠人放下背著的工具包，隨妍妍去後樓雜物間。因為棕繃又寬又大，門卻又小樓梯又窄，左轉右折，好容易才把棕繃抬到廳上。

妍妍說：「放在天井裡修吧。」

匠人點點頭說：「好的。」

他們搬來兩條長凳，把棕繃擱在了香椿樹底下，就打開工具包取出錘子、鉤針、棕刀和棕繩。剛要動手，妍妍卻說：「慢，先把修理費講定，否則，完工之後就不好說了。」

兩個匠人對視一下，高些瘦些的笑笑說：「看不出，妳這位小姐還蠻老鬼的。」

妍妍鼻子裡哼一聲說：「現在騙子海了去了，不老鬼行麼？」

高些瘦些的匠人掏出煙來抽了。他遞一根給同伴，點上，眯起眼抽一口說：「小姐，也難怪妳，現在那麼多假冒偽劣。不過，今天妳盡可以放心，我們不推銷商品，我們憑手藝吃飯。」

老畫家站在廳房廊下給畫眉鳥餵食，他說：「講得不錯。手藝，他們憑的手藝。」

妍妍不為所動，仍然堅持先定工價，但口氣緩和多了，她說：「還是先把工價說妥，這樣對雙方都好。」

高些瘦些的匠人連抽兩口煙說：「也好，先定後定反正都一樣。」他用棕刀摁摁棕綳說：「這張棕綳面棕還很好，主要是底繩不行了；底繩要重新綳過。一張棕綳吃力主要靠底繩；底繩重新綳過，就同新綜綳一樣了。我們總是為客戶著想的，不必要花的錢就不讓你花；我們還想著下次的生意呢。他翻過棕綳，用鉤針指點著說，喏，像這樣橫綳幾道，直綳幾道，收緊，就挺了。自然，道數多少全由你們定；不過道數多些，棕綳就更結實些挺些。」

妍妍望望老畫家。老畫家說：「既然請師傅修，當然要儘量修得好些；那就多綳幾道吧。」

匠人又說：「再有，你是用單股呢，還是用雙股？」

妍妍不假思索地說：「當然用雙股，雙股壽命才長呢。——說了半天，究竟要多少錢啊？」

匠人說：「綳底繩是以用去棕繩的尺數來計算工錢的。」

妍妍說：「那你說要多少錢一尺呢？」

匠人連抽幾口煙，扔下煙頭，用腳尖踩著碾滅說：「三毛四分一尺，有一尺算一尺。」

妍妍嘀咕著說：「三毛四分一尺……這恐怕貴了一點吧？」其實貴不貴她心中也沒底。

匠人笑了，說：「不貴不貴。這是起碼價，也是良心價。不信小姐可以去打聽。」匠人說：「我憑手藝，我不騙人。真的不貴，等棕綳修好，妳就明白了。」

老畫家說：「妍妍，就依師傅說的辦吧，只要棕繃修挺修結實就成。」說完，他點個頭回畫室了。那張梅雀圖還等著他題款哩。

妍妍想了半天也想不出三毛四分一尺的修理費究竟貴還是不貴；末了她想，二三毛錢一尺便貴也貴不到那裡去的，就擺一下頭說：「好吧，那就快動手吧。」

匠人們答應一聲就乒乒乓乓地幹了起來。他們一邊賣力地幹活，一邊嘴巴不肯閒著，又抽煙又談笑風生，間或那高些瘦些的還哼句把小調呢。但他們說的是外鄉話，奧七奧八，妍妍連一個字也聽不懂，她就掃興地回廳房了。

匠人們幹了一陣就熱起來，他們把外套脫了掛到香椿樹的樹杈上，高些瘦些的匠人大約渴了，他捧個滿是紫黑茶垢早已落了伍的幹部杯到廳房來討水。

匠人走進地板間，見老畫家拈著筆站在畫桌前發愣，他且不討水，笑著說：「老同志是離休老幹部吧？」

老畫家笑笑沒有回答。

匠人說：「現在離休老幹部退下來享清福了，就喜好這個。我們走的人家多，常常會碰見的。瞧瞧，這滿屋子掛的字啊畫啊，那全是老同志您的……哦，您的作品？」

老畫家依然笑而不答。

匠人說：「不瞞老同志說，我雖是個粗人，也愛個字兒畫兒的；我還收著有幾張離休老幹部給的畫呢。」

老畫家忽然對這個饒舌的匠人產生了好感，他信口說：「師傅要是喜歡，我也可以送你一張的。」

　　匠人聽了，一副受寵若驚的樣子，他連連說：「喜歡！喜歡！」又說：「我好大的造化啊，那真是太謝謝老同志了。我得更加倍用心把活兒給您幹扎實了。老同志放心，我今兒給您修的棕繃，管叫您這輩子用到下輩子都筆挺不『袋』的。」

　　一個聲音從板壁上櫥櫃裡桌椅間跳蕩迴響：「你畫死畫活怎麼連一張破棕繃也修不起。你畫死畫活怎麼連……」

　　這是妻子抱怨了一輩子的聲音。在十年之前漫長的歲月裡，這聲音曾經不斷地尖銳過激烈過，但現在如同溪灘上的一塊卵石，已經圓潤了下來，平和了下來，並且蒙上了一層哀婉的美麗。畫已不再一文不值，棕繃也將修理一新；棕繃和丹青這一刻裡竟在同一個座標上奇妙地重合到了一起。於是老畫家說：「師傅，我決定把這一張畫送給你，如何？」他指指筆下那幅尚未最後完工的梅雀圖。

　　恰在此時，妍妍提著冒著白汽的開水壺進來，她說：「先生，什麼畫不好送，單送這幅？」

　　老畫家笑笑說：「這有什麼，就送這幅。」這麼說著他的文思就來了，他筆走龍蛇很快題好了字。他題的是宋人唐庚〈醉眠〉詩裡的四句：

> 山靜似太古，
>
> 日長如小年。
>
> 餘花猶可醉，
>
> 好鳥不妨眠。

　　妍妍見了因提著開水壺沒跳起來，她驚歎道：「字畫璧合，相得益彰。先生，真算得上是極品了！」

　　然而蓋上印章之後，這幅極品就捧在了匠人又粗又黑的手掌裡了。

　　不消兩鐘點，棕繃已經修好了。妍妍用手掌摁了摁，簡直像鋼絲繃的一樣板實；她又調皮地爬上去跳了幾下，只覺腳底的反彈力很足。她滿意地笑了，說：「師傅，你的功夫果然不差。」

　　可是計算修理費時，卻著實讓妍妍吃了一驚，她就知道被繞進去了。看似面積不很大的一塊棕繃底繩，用尺子來來回回一量，數著雙股一乘，一共竟有九百餘尺。匠人倒很大度，他收著鋼皮尺說：「零頭抹去算了，就九百尺吧。三九二十七，四九三十六，一共是三百零六元。他再次大度地說，零頭抹去，就三百元吧。」

　　妍妍哇了一聲說：「我有沒有聽錯啊，修一張棕繃要三百元錢？恐怕買一張新的也夠了吧？」

　　匠人抽著煙笑笑說：「妳這位小姐不靈市面。現在三百元算個啥！上回有個老太太，也是你們縣上一個什麼部的離休老幹部，她的一張紫檀木綜繃花了五百多呢。她說只要修得滿意，多花幾百元錢不算什麼。再說現今的新棕繃那還有紫檀黃櫸這類貴重的木框？連杉木的也少見了；全是雜木的，又沉又裂，不上一年就扭曲成燒餅了。」

　　妍妍說：「你不是在斬我們沖頭吧？」

　　「斬沖頭？」匠人拍拍棕繃說：「一點不斬沖頭。妳瞧瞧這修的質量，就是兩個一百八十斤重的胖子，睡上三四十年也絕對沒得問題。就算用三十年吧，合到每年才十元錢。十元錢一年，不算貴吧？」

　　妍妍白他一眼說：「你好會說話，我纏不過你。」

匠人笑笑說：「哪裡是纏，這不是實情話麼？幸虧開頭講好的，否則真要纏不靈清了。」

聽著妍妍與匠人爭執，老畫家的腦際飄來一幅畫，就是那幅耽誤了他大半輩子畫名的任頤的贋品《紫薇鸚鵡圖》。這畫的作偽者是江寒汀。其實江寒汀的花鳥畫形象生動，色彩明麗，其傳統功力並不亞於任伯年，有些地方甚至勝過任伯年。即以《紫薇鸚鵡圖》為例，它既深得任氏原作的精髓，又有江自己畫作的神韻，應當說是一幅不可多得的上乘之作；可惜當年自己就栽在這畫上了。

這麼想著，老畫家的心境分外平和開朗起來。他笑著對妍妍說：「妍妍，別計較了，就按講定的付給師傅吧。」

妍妍說：「先生，三百元修一張棕繃，這錢花得冤啊，何況先生還送他一張畫呢！」

老畫家拍拍妍妍豐滿柔軟的肩頭說：「妍妍別掂斤撥兩了，照付就是。師傅們幹了半天也很辛苦了，棕繃又修得這麼好，三百元錢還是很值的。」

妍妍就不好再說什麼，她從裡屋拿來錢鈔，一張一張不大情願地數到匠人手裡。

匠人接過三張嶄新的百元面額的人民幣對著天光照了照，然後塞進拴在褲腰帶上的老式牛皮錢夾裡。他們背起工具包，一本正經地道過謝，就出了畫家的院子。

他們走到牆門外並不馬上離去，而是笑眯眯地向裡面回望了一下。接著他們又放開嗓門向左右兩旁誇張地吆喝一聲：「阿有棕繃修哦！」之後，兩人便匆匆離開了花度庵村。

　　過小石橋時，高些瘦些的匠人忽然想起什麼。他從工具包裡抽出那張《梅雀圖》，笑了笑，然後手一揚，那畫就借重匯底吹來的一陣好風（花度庵村人嬉稱為美女風）抖開，紙鳶一般飄飄悠悠地落進了胭脂匯水裡。

　　正午時分，有兩個像文人又像商人的中年男子，坐了一輛三輪車從城裡出北關廂來花度庵村。他們一路賞花，一路興致勃勃地談論著什麼。三輪車映著水光有些顛簸地繞過胭脂匯底，慢慢轉過犄角水域，來到離畫家住宅不遠的小石橋下。

　　兩中年男了下了三輪車，依然談興很濃邊說邊上石橋。到了橋上，其中一人突然掐了話頭驚叫一聲；他用手裡提著的紫藍色密碼箱指了指橋下不遠的水面說：「瞧，那是什麼！那不是我們企盼已久的《梅雀圖》麼？」

　　另一位也驚呆了，他說：「哎呀，是《梅雀圖》，是秋老的《梅雀圖》！怎麼會落在匯水裡呢？難道……」

　　的確，那就是那幅為匠人拋棄的傑作《梅雀圖》。這會兒它正平平靜靜地躺在瀲瀲的清波之上；由於清水的浸襯，梅和雀分外的瑩潤剔透，栩栩如生了。

　　那兩個中年男子迅速交換一下意見後，決定先將畫撈上來再說。他們飛快地奔下石橋，來到了匯灘上。可是面對水中的傑作，他們一時不知怎麼辦才好。後來還虧其中一位比較聰明，想出了一個絕妙的辦法，他從附近農家借來一張曬煙葉用的煙掠，兩人脫了

鞋襪，挽高褲管，蹚到冰冷刺骨的匯水裡，小心翼翼地將煙掠披削進清波裡，這才把那幅墨寶完好無損地撈了上來。

後來，那幅畫就掛在了朵雲軒非常雅致的展廳裡。票簽上清清楚楚地標著售價：人民幣三千五百元。

四月的丁香

摸奶之辱

一

　　夕陽西下的時候，一輛車身特別長大的奶白色轎車在含山村郊外的天花蕩停下了。車停下了，車身卻還在起伏顛蕩，好像波浪中的一條船。這充分顯示出車的良好性能和路的低劣質量。

　　丑生仰靠在駕駛座上，面對遠處那一座繚繞著淡淡霧靄的孤零零的含山眯起了眼睛。好一會兒，他掏出煙來，坐在副駕駛位上的助理小魏給他點上火，說：「董事長，到家了吧？」

　　丑生沒搭理，只管一口一口地抽煙，淡藍色的煙霧就纏繞住他的臉。一根煙抽完，他推開車門，站到了那條青灰色的村級公路上。

　　天花蕩原是吳越春秋時期有名的一處古戰場；現在是百花地面，一片金黃與碧綠交相輝映。西邊，那一輪蠶區大的深紅的太陽被一片烏桕林子托住，好像在浮升，又像在下沉。這種對夕陽不確定運動的美妙感受，只有身在故鄉時方能產生；事實上這也跟他長期以來對一位姑娘的思念息息相關。此刻，他的心開始柔軟起來。

於是，在水波一樣的夕陽光裡，他朝著含山村方向走了一步。這一步，他分明感覺到了與家鄉的地氣接通，腳心就陡地一熱。

這幾年他幾乎快要不會走路了，出門不是「賓士」，便是「寶馬」。現在一踏上故鄉的土地，他的步行能力迅速得到恢復；而且步履中還注入了凝重和自信。這或許跟家鄉地土的承載力有關吧？也和那姑娘的存在有關吧？

丑生站在家鄉這條青灰色的劣質公路上，褪去了在外十五年的時間蟬衣，眼裡噙滿了感動的淚花。

小魏也從車上下來了。他走到丑生身後，用一種感喟的語調說：「多少年的夢牽魂繞啊，今天終於回來了！」

小魏顯然是替丑生說的；他自以為摸准了董事長此刻的內心感受。可是丑生提起腳狠狠地一跺，罵道：「亥生，我操你八輩子的祖宗！」

小魏不知道董事長咒罵的亥生是誰，但他判定這個亥生一定是同村子的，而且與他的老闆有過恩怨過節。見自己的話招來了董事長情緒的突變，他不敢多嘴了，甚至連呼吸也僵硬了許多。

丑生走到車後，打開後備箱蓋，後備箱裡平平整整地放著一口皮箱。丑生打開箱子，取出一套洗得發白但仍留有污漬痕跡的牛仔衣褲，托在手上望了半天，就脫下身上那套深灰色皮爾卡登西服，換上了這身舊牛仔服。

小魏有些不解，陪著小心說：「董事長，您衣錦還鄉，理該……」

丑生又從皮箱裡撿出一個同樣乾淨但油漬麻花的舊牛仔筒包，把它往肩上一挎，說：「小魏，我想一個人回家。」

小魏說：「一個人回家？這就是說，董事長要在家待上一段時間了？」

丑生點點頭說：「不錯，少則一月，多則兩月吧。我想，有兩個月時間一定可以了。」

小魏說：「這……太突然了。」

丑生說：「小魏，對不起，事先沒能告訴你；我有重要的事情要辦。」

小魏試探地問：「比公司的事還重要？」

丑生說：「的確重要。怎麼說呢？從某種角度看，重要多了！」

話就到這兒了，小魏不敢再進一步深問。

丑生說：「小魏，不好意思，到家門口了，沒能請你去喝一碗茶。」

小魏說：「沒關係。等董事長把事情辦成了，到時再上董事長府上喝茶不遲。」

丑生說：「我的行蹤暫時不要告訴任何人。」

小魏說：「董事長放心，絕對保密。」

二

周遭百里一馬平川，竟會在這兩省三縣的交界處聳立起一座山。儘管這山不高，小巧渾圓，也相當的奇觀。

含山山骨柔和，繞山腳有一條清清的溪流，那是源自西天目的苕溪的一條支流。天晴無風的日子，郁郁蔥蔥的含山倒映在碧綠的

溪水裡，也不知是山染綠了水，還是水浸綠了山，這水因此被叫作了含山塘，山腳塘河邊這村子也叫作了含山村，簡稱含村。

　　含村的主體村落在塘河的南岸；村街自然也在南岸，東西走向，是一條青石小街，沿河勢有些彎曲。含山塘北岸由於山勢逼仄，非常局促，只在山麓上三三兩兩地散落著一些村舍。從前居住在塘北山麓上的絕大多數是貧困戶，近幾年也有富戶陸續在這裡造起了小小的別墅。含村村街的中心有一座橋，這橋把塘南塘北連成了一體。這橋原先是一座石拱古橋，橋上有亭，橋欄上有八個小巧玲瓏神態各異的石獅子，橋頂的橋欄鑿成坐椅式，可供行人歇腳。十五年前因為村裡開工廠，為便利車輛運輸，就把這石拱橋拆了，改建了一座水泥平橋。據說最近又在動議，為開發含山的旅遊業，準備拆了水泥橋，恢復石拱橋，同時新建一些配套的仿古建築，讓歷史轉個圈重新回來，卻是上百萬元的資金一直落實不下來。

　　塘河北岸含山山麓的緩坡上，有依勢用大青石疊起的兩個平壩，西邊的叫西平壩，東邊的就叫東平壩。塘北的一部分村舍就修建在這兩個壩基上。這些村舍絕大部分是霉跡斑斑的老平屋，也有幾幢近年建造的三層四層的新樓房。由於年深月久，平壩崖壁上長滿了翠綠的小樹，青青的藤蔓和紫黑的蕨草。

　　酡紅的夕陽摻和著含山塘的水光，斜斜地反射到那一片平壩上，壩上那些房屋的窗櫺就像著了火一樣明豔起來。這時，西平壩的一間老平屋裡走出來一個年輕女人。女人身後跟著一條花點子英國公狗；那狗不住地輪番嗅著女人的兩條褲腿。

　　女人手裡拿著一個掉了漆的小木匣子，拽上屋門，要下臺階，口袋裡的手機響了。她掏出來一看，神情一冷，沒接。她走下臺階，手機又響了，掏出來一看，還是沒接。手機很固執，一遍一遍地響。她穿過稻場，走向東邊一幢四層樓的半新樓房。上臺階時她終於拗不過手機，歎口氣，只好接了。

　　手機裡一個男人很親昵的聲音：「冬妮！冬妮！」

　　冬妮一聲不吭。

　　手機裡的男人很有耐心，說：「冬妮，冬妮，妳在聽嗎？」

　　冬妮鼻子裡哼一聲，算是回答。

　　手機裡的男人說：「冬妮，妳能過來一下嗎？」

　　冬妮不耐煩了，說：「什麼事啊？」

　　手機裡的男人彷彿聽到了天籟之聲，說：「冬妮，橫豎是好事情。妳過來就知道了。」

　　冬妮說：「我沒空。」

　　手機裡的男人說：「冬妮，告訴妳，是個天大的好消息呢！」

　　冬妮說：「有天那麼大麼？」終於忍不住問：「什麼消息？」

　　手機裡的男人哈哈一笑，說：「是……妳猜猜。」

　　冬妮說：「有事說，有屁放，我不猜！」

　　手機裡的男人依然不急不躁說：「告訴妳吧，是有關重修石橋的事。」

　　聽說是造橋的事，冬妮臉上沒有了嚴霜，但口氣依然很冷，說：「都成了城南舊事了；扯皮扯了三里，菩薩還在廟裡。」

手機裡的男人說：「這回真有眉目了；還不僅僅是恢復一座石橋，而是整個一個配套工程。明兒不是清明蠶花節麼，村裡邀請了外地幾家企業的老總，一方面是軋蠶花，玩，一方面洽談幾項投資專案，其中就有修橋一項。」

冬妮說：「那你們看著辦就成，我來幹什麼？我又不是村幹部。」

手機裡忽然冒出來一片掏心掏肺：「冬妮，難道妳就感覺不到我一片真情全在妳身上嗎？妳想辦的事，再小，對於我就是頭等大事；只要妳高興，哪怕妳想放個舒暢屁，我也願意立刻幫妳脫褲子。」

冬妮聽了不由得吃地一笑，說：「下作胚！」

手機裡的男人好像喝了蜜糖，說：「冬妮，本市一些公司的經理得到資訊，聽說也要來。上海的設計圖紙也到了。我作為一村之長，出面接待，不能不帶夫人吧？何況又是這麼一位上得廳堂、下得廚房的美貌夫人呢！」

冬妮說：「好了，亥生，你少油嘴滑舌了，我真沒空。」

手機裡的亥生已聽出冬妮願意了，就說：「來吧冬妮，我代表村上求妳了。」

冬妮說：「那好吧。」說完，把電話掛了。

冬妮拍拍花點子英國公狗的腦袋，讓它留下，自己推開門上樓。到了三樓房間，她把手裡的小木匣打開，從木匣裡取出一張很厚實的灰紙。灰紙的一面斑斑駁駁粘了一些灰黃的魚籽一樣的蟲卵。這是一張蠶種，蠶鄉叫作布子。這布子很有些年頭了，是一張用滾水處理過的死布子。冬妮走到窗口，把這布子放到陽光裡仔仔細細地

看。在陽光照射下，布子上那些原本灰黃的死卵彷彿起死回生，一個個變成純蜜色晶瑩剔透的活蠶卵。

癡癡地看了一會，冬妮將身子伏在窗櫺上，嗚嗚咽咽地抽泣起來。

待在樓下的那條花點子英國公狗不知什麼時候轉到了樓前的草坪上，這會子見它的女主人趴在樓窗上傷心，便揚起頭小心地叫了兩聲。

三

丑生這一路走得很慢。他邊走邊東張西望地搜索著往日的記憶。這個他離別了十五年的家鄉，現在在他眼裡，打個不恰當的比方，好比長大成人的孩子面對當過婊子的母親，既感到親切，又有些藐視。青灰的水泥路像一條疤痕，把家鄉的肌膚弄得面目全非；但含山塘水滋養成的血脈，仍然讓他從靈魂的底片上讀出了家鄉舊日的風貌。過碓坊磯時，丑生離開水泥路，走進一方盛開紫雲英花的旱田裡。他像一個玩童，將筒包一扔，伸開雙臂發瘋一樣狂奔起來。奔了一陣，有些氣喘了，便身子朝後一倒，仰面朝天躺在了軟綿綿的花草墊上。

天空淨藍淨藍，這裡那裡已閃爍起幾顆淡白的星子。

這就是家鄉傍黑時分的天空，寬廣而又深遠！

丑生欣賞著家鄉的天空，一邊美滋滋地掏出煙來點燃，將一口一口藍色的煙霧朝天空噴去。他忽然想起，這是他從前經常玩的把戲啊。對了，還有她——他倆。從前，在早春時候，他倆不是常常跑到花草

田裡又是追逐又是打滾地調情嗎？那時候四周靜悄悄的沒一個人。——奇怪，這一路怎麼沒遇見一個人呢？連割草拾柴火的老人小孩也沒有。狗倒是遇見了幾條，黃的、黑的、花的。對了，花的；她家有一條花點子純種英國公狗。那狗時常跟著她，也就跟著他倆。那狗也算是他倆愛情的見證了。那狗還在嗎？那狗現在除了跟她，還跟誰呢？

丑生煩躁起來，一個鯉魚打挺跳起身子拾了筒包繼續上路。可是走不上一段路他又停下了；他不想在天黑之前進村。他在田埂上坐了下來，點燃了第二根香煙。

丑生像拴住一條狗一樣把自己的記憶管束住。憑他這些年的閱歷，他有本事讓自己在某個時段裡腦海一片空白。這空白變成明淨蔚藍，心情立刻就舒展開來。此刻，抽煙就是抽煙，吐出的煙霧也成了純度很高的煙圈。那一個又一個藍色煙圈像排著隊一樣，在黃昏的田野上嫋嫋地飄升。

天終於一點一點黑了下來。當頭頂的星星眨成深紅色的時候，丑生發現身邊多了一個人，他不由得嚇了一跳，而那人卻吃吃地笑了起來。

那人說：「丑生，你，干窯回——來了？」

不用看，聽聲氣丑生就認出了那人。那是含村的一位名人：白癡酉生。酉生是她的哥哥，掐指算算有四十歲了，可智力絕對超不過十歲的兒童。酉生長得很是秀氣；他皮膚白淨細膩，眼睛、鼻子、嘴巴線條都很分明，仔細看去和她極其相像。要不是眼仁發定，口角流涎，說話有些舌音不清，你根本看不出他是個白癡。見是酉生，丑生一時呆掉了。

酉生重複一遍，說：「丑生，你，干窯回——來了？」

　　干窯是個毫不相干的地名。不知為什麼白癡酉生對於「干窯」二字根深蒂固，彷彿從娘胎裡帶來一樣。他不愛搭理人，凡碰見他喜歡的人，他必用這句話開頭：「你，干窯回——來了？」

　　丑生說：「是，我回來了。」

　　酉生嘿嘿一笑，攤開一隻手說：「吃——煙。」

　　丑生知道酉生喜歡自己；酉生一向喜歡自己。他雖是個白癡，似乎也懂得男女間的情事。十五年前，他曾有意撮合過他們。丑生掏出煙盒遞給酉生，酉生接過來瞅了瞅，抽出一根，放到鼻子底下聞聞，還了煙盒，將香煙叼到嘴上。丑生喀的一聲幫他點上，他就噘起嘴吸了一口。

　　吸了一口煙的白癡不住地咳嗽，邊咳嗽邊眼淚鼻涕地說：「凶，凶。」

　　酉生嫌煙凶，卻依然大口大口地吸著。吸著咳著，口水漣漣地說：「蠶……花節，蠶花……節……」

　　酉生的話使得丑生的記憶之狗一下掙脫了管束，他一拍大腿說：「蠶花節？對呀，明天是清明，清明蠶花節！」

　　酉生說：「冬妮，成——親了，丑生，干窯回——來了。」

　　丑生的記憶之狗對準他的心臟咬了一口。他一下跳了起來，丟下酉生匆匆向含村走去。

四

　　一踏進廠子，冬妮就後悔了。她不及細想，就要原身返回，卻叫看門的老頭喊住了。

老頭說：「冬妮，廠長在辦公室等妳呢。」

冬妮只當不聽見，仍然轉身要走，隔著院子就傳過來亥生的聲音。

亥生說：「冬妮，妳來了？來，來，先坐一會兒，客人馬上就到。」

這樣，冬妮只好不情不願地進了亥生的辦公室。亥生像接待貴賓一樣接待自己的妻子。他把辦事員打發出去，拖著一條病腿為冬妮沏茶，又拿來香蕉、橘子和時鮮的草莓。

冬妮望著窗外一棵開滿乳白色花朵的茶花，說：「最讓人討厭的就是陪客！」

亥生仔細地覷覷冬妮的臉色，陪笑說：「好了，別生氣了。就當幫我一個忙行不行？再說……」

冬妮回過臉，白他一眼，說：「再說什麼？」

亥生依然笑著說：「重修石橋不也是你們……哦，不也是妳的宿願嗎？」

亥生的「你們」是有諷刺意味的。他說的很輕，又立即改成「妳」，但冬妮顯然是聽清楚了。這回卻不惱，她說：「我現在無所謂了。」

亥生很滿意冬妮的態度，立刻心花怒放了，連說：「我知道，我知道。不過，重修石橋總是件好事，也是開發含村旅遊業的一項基礎工程嘛。至於妳說妳已經無所謂……妳真的無所謂了？」

冬妮對亥生的婆婆媽媽、翻來覆去很是討厭，就故意說：「其實我還是有所謂的。」

亥生不是傻子，他當然看得出冬妮的故意，就說：「好了，好了，別慪氣了。我明白我不該多心。其實，丑生的陰影早就不存在了，都十五年了嘛。」

　　十五年前亥生曾挽人求告丑生，要他放棄冬妮，說眾人眼裡冬妮已經是他亥生的人了，就像這含山塘河上的橋，石拱橋已改成水泥橋，無可復原的了。丑生就要那人轉告亥生，總有一天，他會讓水泥橋重新改回成石拱橋的。亥生認為，那是丑生說的臺階話，就像一則外國寓言說的，狐狸吃不到葡萄就說是酸的，就不免在心裡譏笑了他一下。現在，水泥橋果然要改回到石拱橋，那是出於開發含山旅遊資源的需要，是經過村委會集體討論做出的決定，已經不存在當年他跟丑生鬥口時的隱喻；而且此項工程將由他亥生親自實施，當年的鬥口也就成了笑柄了。

　　冬妮見亥生不無得意的樣子，就說：「是啊，都過去十五年了，還在腸子上結著，你累是不累？」

　　亥生聽了，越發的皮鬆骨軟。他兩手一攤說：「好了，好了，我們不談這些了。妳吃水果。——這是剛剛採摘的頭朝草莓，果園剛剛送來，是妳最愛吃的。妳嚐嚐，很鮮的。」

五

　　含村的村街基本沒什麼變化，依舊是狹狹的石板街道，街道兩旁陳舊的平房和樓房，這莫名其妙地給了丑生一些安慰。但不能說沒一點變化；眼下最明顯的變化是：從前的含村，一到天黑就滿街漆黑，冷清清地能捉出鬼來。現在不同了，現在也有了夜市。幾家賣茶食、百貨的小商店還亮著燈；飯店、小吃店的煎炒之聲，哧哩嚓啦地此起彼伏；從前三開間的供銷社麻皮行改成的歌舞廳，粗大

的門楣上掛著一串串閃閃爍爍的彩色小燈泡，高音喇叭放送的流行音樂將整條街顛蕩得好像一條風雨中的小船。

丑生只在街角停留片刻，就拐上了那座灰撲撲的水泥橋。他站在橋上，腳下是清亮亮的含山塘水，感覺裡有霧氣在升騰，冷冷的，是久違的家鄉元氣。望著對面貼近的含山，黑魆魆的像個無言的老頭。山坡上，高高低低星星點點亮起一片燈火，他就癡迷地猜測，哪盞燈是冬妮家的呢？

猜測沒有結果，他笑了笑放棄了。他下了橋，沿塘河向東約摸走了半里地，在一棵一抱粗的老樟樹下拐個彎，折進一條彎彎的小濱，不多時便到了濱底。濱底有一幢低矮歪斜的破瓦房，房前一方長滿薺瓣草和馬蘭頭的小小稻場，稻場邊一棵櫻桃樹。他穿過稻場來到瓦房前，默默地站了一會。門鎖著，那把十五年前掛上去的長方形舊式銅鎖早已銹蝕得面目全非；可是它仍然忠於職守，彷彿要鎖住十五年前的一段恥辱。丑生當然沒了鑰匙；他撿來一塊斷磚，只一下，就將鎖砸開了。

他推開門進屋，大把大把的灰土落了他一頭一身；同時，有許多小小生靈躥來躥去地直往他身上撞。屋的深處漾過來一陣一陣腥臭的陰風，彷彿從地獄裡吹來的一般。

他終於摸到了燈繩，一扯，斷了，就摸進房間。他記得房間安裝的是按鈕開關；一撥，燈居然亮了。只是燈很昏暗，支光低，又糊滿了蛛網灰塵。燈反正亮了，讓丑生摸摸糊糊看清了十五年前的蕭索和淒涼。他不由得皺起鼻子笑了一下。

　　他打開一隻板箱，找出一件霉跡斑斑的白布短衫權當抹布，抹乾淨桌上的灰土，放下筒包；又抹乾淨一把椅子，讓自己坐下抽一根煙。之後，他動手整理床鋪。那一頂已分辨不清原來顏色的黑烏烏的夏布帳子嚴嚴地垂著，丑生的手剛一觸碰，它就自己風化成一片一片碎片，紛紛掉到地上。

　　不用說床上的被褥是無法使用了；衣櫥裡存放的也不行。丑生只好又退回到椅子裡。剛坐下，肚子反起天來，——他餓了。他站起身，在屋子裡轉了一圈，終於沒有找到一丁點可以充饑的東西，就只好出門尋食了。

　　丑生沿屋腳往西，斜斜地走上一條山道。不一會他來到一處平壩，站在了一間平屋的跟前。平屋靜悄悄地已熄了燈。借著幽微的星光，丑生看見平屋翹翹的老鷹翅的屋脊，桐油斑駁的門窗；屋簷下掛著幾串結成辮子的蒜頭，兩個小節節高擱著一支晾衣的竹竿。一切彷彿和十五年前一模一樣，丑生不免生出許多感慨。忽然一扭頭，奇了！西廊下分明堆著紫黝黝的一堆塊根，那是剛出窖的隔年番薯咧，顯然是選種之後挑剩下的。這種窖藏番薯無論熟食還是生吃，都特別特別的香甜。

　　這番薯堆放在這裡好像有十五年了。十五年前丑生離開含村時，這西廊下就堆著這麼一堆。一時間，丑生就做起夢來。

　　愣了一會，丑生就過去隨便撿了幾個，脫下外套把它們兜了。又默默站了一會，剛要提著番薯回家，發覺褲腿上有東西在挨挨蹭蹭，一看，是一條狗，認得是冬妮家豢養的花點子英國公狗。丑生

放下番薯摟住狗頭，擼了一會它的皮毛。一邊擼一邊想，都十五年了，這狗摸起來還那麼年輕。不道這人沒變，狗是可以換的。

回到家裡，丑生洗刷乾淨十五年前的一口鐵鍋，用十五年前失去了油脂的豆萁和桑梗，煮熟了一鍋似乎也是十五年前的番薯。肚子實在是很餓了，狼吞虎嚥地剛吃了半個番薯他就噎住了。噎住了還吃；又甜又香的家鄉番薯餵飽了他瓢泊在外十五年的肚子。

他吃下去一鍋番薯，彷彿吃下去了一個含村。當他從椅子上站起來時，差不多像個十月懷胎的孕婦，連挪一步也非常艱難了。

六

亥生和冬妮送走客人回到西平壩家中，差不多已是午夜時分了。亥生因為高興，一個人喝掉了三斤紹興花雕，這會兒腦袋像裂開一樣地疼。但他還硬撐著說：「沒事，沒事，再喝兩斤也沒事的。」

亥生歪歪斜斜地走上石階，剛要掏鑰匙開門，不防腳下一絆，本身又是個跛子，就跌倒了。冬妮只好上去攙扶他，一邊厭惡地說：「不會喝，你少灌黃湯！」

亥生笑笑說：「沒……事，沒……事。」

他想一手撐地站起來，卻撐在一條人腿上，那條腿就活動起來。亥生不防倒嚇了一跳，酒頓時醒了一大半。他說：「誰？是……誰？」

那條腿的主人坐起來，說：「丑生，從干窯，回──來了。」原來是他的舅子冬妮的哥哥白癡西生。

亥生用腳踢踢白癡說：「酉生，你怎麼不在自己屋裡，冷颼颼地坐在這兒幹什麼？」

酉生流著口水說：「我等——妹子。」

冬妮其實剛才已經聽見酉生說什麼了，但她還是問：「哥，你有什麼事啊？明天說不行嗎？」

酉生扶著門框站起身說：「明天，來——不及了。丑生，從干窯，回——來了。他是要，和妳，成——親呢。嘻嘻！」

冬妮不免心中納罕。亥生卻笑了，說：「酉生，你瞎說些什麼！你是撞見大頭鬼了吧？」

酉生搖搖頭，認真地對冬妮說：「妹子，丑生他，從干窯，回——來了。」說完蹣跚地走下石階，回西邊平屋睡覺去了。

這裡，亥生笑笑說：「有意思。不知哪根筋搭牢，又抽風了。」說著，掏出鑰匙開門，也不讓冬妮，顧自上樓去了。冬妮剛要跟進，花狗來到了身邊。花狗挨蹭著冬妮的褲腿嗚嗚地叫著，冬妮心煩地說：「去吧，去吧，我累了。」花狗只好嗚嗚著掉頭走開了。

每當酉生有異常表現，亥生在冬妮以及冬妮父親面前就有一種優越感油然而生。冬妮好像也容忍他這種優越感，自己彷彿矮了一截似的。這會兒她心事重重地跟在亥生身後慢慢上樓。

到了房裡，亥生坐在沙發上抽煙，一邊笑嘻嘻地望著冬妮。冬妮脫了外衣進了衛生間。不久，傳來嘩嘩的水聲。洗完澡，冬妮披著浴衣到自己床上，說：「別抽了，滿屋子的煙氣。」

亥生癡迷地望著冬妮說：「冬妮，剛才在酒店，妳真是大家風範！由於妳的存在，我一下子尊貴了許多。」

冬妮打開電視看動物世界。趙忠祥的動物世界常常令她心醉神迷。

亥生說：「幾位老總不是說了，像妳這樣的女子埋沒在鄉村太可惜了。」

冬妮望著電視畫面：一群羚羊在驚慌地奔跑，因為它們的後面有一頭獅子在心不在焉地遊蕩。

亥生說：「杭州的顧老闆說，妳要願意上他那兒幹公關，他的產品銷售額肯定至少增加兩成。可妳的回答更妙，妳說，顧老闆在慶春路買下的地皮要是能劃一小塊給含山村，『公關』二字隨你顧老闆順寫啊倒寫啊都成。顧老闆就佩服得連乾三杯，他說村長夫人實在厲害。」

冬妮開始擔心起一隻失群的母羊，因為那頭遊蕩的獅子突然向它撲去。

亥生說：「冬妮，我這輩子娶上妳，是祖上積的德吧。能娶上妳，我還希求什麼呢？冬妮，冬妮……」

冬妮拾起遙控板一摁，電視黑了，說：「後半夜了，還發什麼神經。——瞧這滿屋子的煙氣，討厭！」說完，脫衣睡了。

亥生望望冬妮，掐滅了煙頭，起身去衛生間。他仔仔細細地洗浴了，就光著身子出來，竟爬到冬妮的床上。冬妮緊緊被子說：「滾，滾自己床上睡去！」

亥生涎皮涎臉地說：「今晚……今晚我們睡一起吧？我們都有三個月不在一起睡了。」

冬妮說：「我睏了。我想睡了。」

亥生冷笑一聲說：「妳想睡了？妳睡得著嗎？」

冬妮說：「你什麼意思？」

亥生說：「什麼意思？那還用問嗎。」

冬妮說：「我哥的話不准足，你也信？」

亥生說：「妳不也信嗎？」

冬妮說：「我不信。」說不信，口氣有些猶豫，有些失神。

亥生笑笑說：「是嗎？可我動了心了。冬妮，我們聊聊吧。」

冬妮扭過臉去說：「我真的睏了。我要睡了。」

亥生說：「好吧，我也睏了。我哄著妳睡。」說著就去扯被子，要往裡鑽。

冬妮伸出一隻手猛地一推，就把亥生掀翻到地上，吼道：「你煩不煩你！——去，滾自己床上去！」

亥生不由得勃然大怒，他一骨碌從地上爬起來，狠命向冬妮床上撲去。冬妮卻比他還要快捷，她噌一下從床上躍起，跳下床，飛快地穿衣跋鞋要出房去。她邊跑邊說：「你鬧，我讓你鬧！」

亥生見她這樣，一下沒了主張。他趕緊回身搶到房門口，攔住冬妮，低三下四地說：「別，別別。我不煩妳。我不煩妳，行了吧？」

亥生好容易將冬妮勸回到床邊，自己真的上了自己的床。冬妮脫下剛穿上的衣服往矮櫃上一扔，重新鑽進被窩，說：「豬玀！」

七

仲春的夜晚涼颼颼的。沒有被褥睡不了覺的丑生，忽然想起十五年前他在杭州車站過夜的情景，就笑了笑。那一回他不聽勸說，直接從監獄出走，沒回含村。可是到了杭州他才明白，居無定所，

意味著前路渺茫啊。好在他的包裡有九百五十六元錢，那是一熟春蠶蠶花廿四分的收入，是冬妮她爹長松替他糶的繭子。後來在南方，就是靠了這筆錢起家，他才一點一點把生意做大的。

這麼想著，他刷乾淨剛煮過番薯的那口鐵鍋，注上一鍋水，又找來幾塊硬柴，把灶燒旺，然後坐在灶門前當燒火凳用的一個老樹根上，取著暖預備打盹。

熊熊的火光如同怪獸在丑生臉上身上舞動跳躍，丑生閉上眼卻是毫無睡意。人說一個水，一個火，因為波的流動，最易引發回憶，丑生的回憶之門就此自動開啟了。

十五年前，也是這樣一個夜晚，他和冬妮在哪兒呢？對了，在含山西山坡一棵巨大的板栗樹下。一彎新月像個銀鉤兒就掛在板栗樹的枝梢，彷彿一伸手就可以摘到似的。四野裡靜靜的；長風吹起含山塘的細浪從遠處趕來，拍擊山腳幾處罅穴，涵澹澎湃，發出窾坎鏜鞳之聲。花點子英國公狗搖著尾巴站在近邊，一聲不吭。

冬妮依偎著丑生，說：「丑生，你怎這麼膽小？你怎就不敢上我家呢？」

丑生兩個手扯著一根牛筋草的老莖說：「妳爹他不待見我。」

冬妮說：「怎麼會呢？從打你媽死了，後來你爹又死了，我爹可沒少照顧你啊。」

丑生說：「是的。可妳爹他打心眼裡不待見我。」

冬妮眼波一橫，說：「是麼。我怎沒這感覺？」

丑生說：「妳自然感覺不到的，可我感覺到了。」

冬妮說：「知道什麼原因嗎？」

丑生說：「不知道。大約是我跟妳好，他不樂意。」

冬妮不免有些奇怪，說：「那是為什麼？」

丑生說：「我也摸不透。興許因為我窮吧。」

冬妮大約回味起什麼了，一噘嘴說：「我不管。我就要和你好！」

丑生說：「我沒根底，沒背景，又沒錢，妳跟了我要受一輩子窮的。」

冬妮說：「我不管，我就跟你好。」

丑生說：「妳嫁亥生算了。亥生家底子厚，他爹又是隊長。」

冬妮把丑生的胳臂一掀說：「你就這麼看我啊。」說著站起身來就走。丑生沒去拉她，她自己停下了，帶著哭腔說：「該死的，怎不拉住我啊。」

丑生就走過去拉她。還沒拉上，冬妮一回身兩個手扣住了他的脖項，把腦袋挨著他厚實的胸脯不住地摩擦。

丑生說：「亥生看上妳了，妳難道沒一點感覺？」

冬妮說：「那是他的感覺，關我屁事！」

丑生說：「可情份是一回事，婚姻又是一回事。妳跟亥生肯定能過上舒心日子，跟我就難說……」

沒等丑生說完，冬妮像呼喊似的說：「我不在乎！我不在乎！」

她不在乎，是不在乎亥生家的舒心日子呢，還是不在乎跟丑生受窮呢？都不在乎吧？都不在乎。

丑生說：「真不在乎？」

冬妮把丑生摟緊了，仰起頭望定他的眼睛說：「你要我怎麼說你才信啊！」

　　丑生一低頭，吻住了冬妮的嘴，兩個人就此翻到地上變成了一個人。

　　過了好久，冬妮坐起身，一邊理著鬢髮一邊說：「喂，明兒不是清明軋蠶花嗎，我倆正好趁此機會公開關係。」

　　丑生說：「公開關係？我倆的關係還不夠公開啊？」

　　冬妮說：「我是說，在眾鄉親面前敲定我倆的關係。」

　　冬妮說著起手在丑生胸乳上輕輕一掐，丑生就明白了冬妮的意思，心裡不禁又驚又喜又有些害怕。

　　原來蠶鄉的清明節又兼作蠶花節。這蠶花節的起源原是為了敬神，敬三隻眼的蠶花菩薩，祈求蠶繭有個好的收成，也就是所謂蠶花廿四分。其次，清明時節風和日麗景色宜人，又是農忙前夕，蠶農們也要預先給自己輕鬆輕鬆，所以於敬神的同時舉辦一些娛樂活動，諸如踏排船啊，拜香凳啊，經蠶肚腸啊。還搭臺請來專業劇團演《碧玉簪》啊，《何文秀》啊，《沉香扇》啊。這一下自然帶動了商機，這一天外來的各種鋪子，糕餅鋪啊，點心鋪啊，水果鋪啊，廣貨鋪啊，就擺滿了街頭巷尾。

　　在這一片熱鬧場面裡，軋蠶花是最最亮麗的一道風景。軋蠶花的主角是青年婦女，配角自然是青年男子了。所謂軋蠶花，就是青年婦女頭上戴了自做的彩色紙花，胸間揣了一張布子即蠶種，名義上去廟裡給蠶花菩薩燒香，實際上主要是遊春軋鬧猛。那遊春軋鬧猛又為何要胸揣布子呢？說起來近乎荒唐可笑。是這樣的：早年間蠶種都是土種，催青用的是一種極原始的方法，就是將布子成日成夜地焐在女人的胸口，因為女人的胸脯厚實柔潤，體溫特別適宜蠶

種孵化。這種人性化的催青方法最終釀成一個人人歡喜的陋習：揣了蠶種的婦女的胸脯如經男子摸捏，那她飼養的這熟蠶寶寶一定健壯，蠶繭一定豐收，蠶花一定廿四分。這應了一句口彩，叫作「捏發，捏發，捏了就發」。事實上這為青年男女的性嬉戲提供了一種民間的默許和支持；女人們樂於這麼幹，男人們更樂於這麼幹。有蠶歌唱道：「奶子捏到烏青青，蠶花才得七八分。」即此可以見得軋蠶花摸奶子是一樁天經地義的事情。怪不得那一天天南地北的人都興致勃勃地趕來呢。

這習俗流傳到今天業經現代文明的修剪；現在男人們已無權對任何村姑動手動腳了，但餘風猶存，比如戀人啊，未婚夫妻啊，以致喪偶的孤男寡女啊，這些人在蠶花節上的的摸奶行為還是得了人們的寬容乃至縱容的。一些受家庭反對的青年男女，也會抓住這個時機，以這種方式來確立關係，爭取婚姻的權利。所以冬妮說的敲定關係，意思就是在明天的蠶花節上讓丑生公開摸她的胸乳。這雖然沒什麼不可以，但丑生不願出此下策，而且他也有一種臨陣的膽怯。

丑生說：「這，不太合適吧？」

冬妮說：「這有什麼不合適的！」

丑生說：「這風氣有年頭不興了。」

冬妮說：「我們就再來興他一興。——哎，對了，去年張渚的坤泉不是摸了我們村的雪珍了？」

丑生說：「坤泉是個愣頭青，雪珍一般的就惱了。」

冬妮吃地一笑，說：「你知道什麼，惱是做給人看的，其實雪珍心裡一點不惱。倒是這一摸，雪珍的爹娘莫可奈何，只得同意他們了。」

丑生說：「妳爹不比雪珍爹娘；妳爹脾氣犟。萬一他犯起倔來……我不待見妳受委屈的樣子。我明白他心裡是吃煞亥生的……」

冬妮不等他說完搶白道：「你少提亥生！」

丑生歎口氣說：「冬妮，還是從長計議吧。」

冬妮冷笑一聲說：「這麼說，你是不在乎我的了。」

丑生說：「怎麼會呢？我非常在乎妳。我這一生只在乎妳一個。」

冬妮說：「那你是膽小，不敢？」

丑生說：「我有什麼不敢的。我是擔心妳……」

冬妮說：「我不用你擔心。那就說定了，明天我等你……摸。」

……

丑生望著灶膛裡熊熊的火焰一邊想著往事，一邊心內突突，渾身上下燥熱得腳底手心都出汗了。

八

窗前青黑黑地橫著一枝板栗樹粗獷的枝椏。微風陣陣，那枝椏就輕輕搖動，發出老人打鼾一樣的響聲。有星光從枝葉間灑下來，落到櫻桃木的樓板上，好像鋪了一地細細的黃沙。

冬妮沒睡著。她剛才與亥生強辯，說不信她哥的話，但她清楚，酉生雖是個白癡卻最是「眼見為實」，從不打誑胡說的。這麼說，真是丑生回來了？

十五年了，死活一點音訊也沒有，卻突然在蠶花節的前夕回來了，這是純屬碰巧，還是刻意的選擇？如今他又是怎生一副形景呢？

發財了？落魄了？要是發財了，幹嗎要無聲無息地偷偷進村？看來是落魄了，在外混不下去了。丑生，丑生，你就該死在外面啊，又何必回來丟人現眼呢？

冬妮的怨恨使她回到了十五年前那個受辱的日子。

她記得很清楚，那天她起得特別特別早，天還烏青青的沒亮。因為昨晚在含山栗樹坡和丑生鬧了一通彆扭，回來沒情緒了，她的一件新衣的鎖扣尚未完工。其實幾個紐洞紐扣花不了她多少工夫的，根本用不到起那麼大早。但是冬妮經了一夜的情緒過濾，心頭已溢滿了喜悅，起得早一點，好有多一點的時間來醞釀快樂。果然，沒一頓飯工夫，新衣全部完工，冬妮就站到鏡子前去試穿。

這是一件棗紅底小白花偏襟貢呢夾襖，肩省胸省兼用，小的琵琶紐配蘋果綠杏子型玻璃扣子，穿在冬妮身上，越顯得腰肢婀娜，胸乳堅挺秀美。冬妮對著鏡子左看右看，差不多要為自己的美麗傾倒了，哪禁得拿出布子塞進衣襟去時又想起丑生來！她的臉臊羞得比桃花更紅了。

其實冬妮上街時太陽升起老高，已相當遲了。她說不清為什麼要磨蹭到這般時候才上街市。她走出屋子，站在平壩上向山上望去，只見漫山漫坡爬滿了人，上的下的，嗡嗡如一群蜂；山頂上煙霧騰騰，香氣一直飄落到壩上都是。冬妮走下平壩，穿過山腳兩幢破院之間一段陰濕逼仄的青石小道，匯入到塘河邊熙熙攘攘的軋蠶花人群中。

冬妮的模樣是很扎眼的，許多人都停下來朝她望。冬妮知道人家看她，她只是笑微微地走路。將要上橋時，只覺肩頭被人打了一下，一回頭，見是一個圓臉姑娘和一個瘦高挑姑娘。那圓臉姑娘半

嗔半笑地向她扁嘴道:「好啊,放我們斷線鷂啊。害我們在岩頭癡癡地好等!」

冬妮見是她的兩個小姐妹,這才記起前幾天原和她倆約好一同軋蠶花的,昨晚因與丑生一段故事,便混忘了。因說:「春娜,秋奴,對不起,我因為別的事一打岔,就⋯⋯」

圓臉姑娘春娜說:「別的事?什麼事?什麼事比軋蠶花還要緊?」

那個瘦高挑姑娘秋奴掩起嘴笑,說:「八成是約下丑生了吧。」

冬妮來不及分辯,春娜說:「不成不成,蠶花娘娘要翻臉的。」說著,生怕冬妮逃跑似的一手抓住她的手臂,一手摟住她的腰上橋過河。

三個姑娘在橋上走著,橋上的人讓開一些看三個姑娘。看三個姑娘,勝過看桃花,看梅花,看杏花。春娜得意地唱起越劇〈蠶姑娘〉:

> 姐妹雙雙高興啊,
> 抖幾抖幾去燒香。
> 手拎香盤往前搶,
> 含山廟頭拜蠶娘。
> 六啊工啊噯上六啊,
> 四工合合四工來乙上尺。
> ⋯⋯

太陽升起兩竿子高,街上是越見得熱鬧了。頭戴蠶花、胸揣布子的姑娘媳婦成群結隊,嘻嘻哈哈地湧過來又湧過去,有意無意在

展示各自的女性風采。她們衣著不同，身材不同，腴瘦不同，膚色不同，花容不同，氣質姿態不同，可青春相同，笑靨相同，真真魅力無窮啊！何況街上起了羅嗊，說去年最美的三個含村姑娘上村街來了。於是，看演出的，看踏排船的，看拜香凳的，看小熱昏的，看錄像、聽說書的，就都潮水一樣湧到街上來了。

春娜秋奴冬妮三朵花旁若無人，一路走一路說笑；因為人聲嘈雜，也聽不清她們在說些什麼。日高的時候，她們坐在了一個豆腐花棚子裡吃豆腐花。這個豆腐花棚子因陋就簡搭在一棵香椿樹下。這棵香椿樹又瘦又高，渾圓銀白的樹幹，疏疏的幾莖枝條上才發了紫色的葉芽。棚子簡陋，一時卻成了巫山陽臺，一群後生圍在棚邊看她們吃豆腐花。看著白白嫩嫩的豆腐花吃進白白嫩嫩的嘴裡，後生們就認為，這豆腐花應該專為姑娘們預備，別的人種是不配享用的。他們一眼不眨地看著，她們張嘴他們也張嘴，她們吞咽他們也吞咽。三個女子見了覺得好笑，春娜就恨恨地罵道：「賊腔！」

人群後面有人小聲喊道：「春娜！春娜！」

春娜沒聽見，秋奴推推她說：「妳的那位喊妳呢。」

春娜見了站起身，向那人招招手。那人擠進來，站到春娜跟前說：「吃豆腐花啊。」

春娜說：「也來一碗？」

那人說：「不不。——我來買單吧。」說著搶先把錢付了。

春娜有些得意，她望望四周，對著那人把胸脯一挺說：「你想怎麼樣是吧？」

那人臉一下紫漲，囁嚅地說：「我……不……不不……」

春娜說：「怎麼，不敢？」

那人朝眾人看看，說：「我……我……」

春娜咯咯笑了，說：「這男人他就會假正經。——背地裡你倒是那麼性急呀！」

那人到這時候才老實承認說：「我倒是想這麼來著，就怕妳不願意這麼來著。」

春娜說：「好了好了，別婆婆媽媽了，我想的可是蠶花廿四分啊。」

那人聽春娜如此說，一下子勇氣倍增，就伸出兩個手去摸春娜的胸脯。手指快要碰上乳峰時，春娜躲了一下，說：「該死的，真摸啊。」那人勇氣已經過剩，好像發出去的一支箭，收不回來了，兩個手直奔那兩個高聳的乳房。但心裡到底有些發虛，再說春娜的乳房大而且飽滿，穿的又是薑黃黑花的緞子夾襖，很光滑，那人剛握住半個乳房就打個滑脫，春娜就笑了。這笑是譏笑，也是鼓勵，那人就再接再厲，第二次伸手去摸。這回不僅兩個手將兩個乳房滿滿地握住，還尖起嘴，在春娜光滑的額頭吻了一下。

四周響起了劈劈啪啪的掌聲和怪叫聲。

春娜將那一推，嗔著說：「好了好了，摸起來沒完了！」

四周又是一片掌聲和怪叫聲。

冬妮也笑了，卻把腦袋轉來轉去地張望。

這時另一個青年後生從人叢中擠了進來，站到了秋奴跟前，說：「秋奴。」

秋奴故意冷淡他，板起臉說：「怎麼，你也來湊熱鬧啊。」

那青年一臉熱烈，說：「盼個蠶花廿四分嘛。春娜姐，妳說是吧？」

春娜笑著說：「要幹你就幹，別借腳上階沿。」

那青年臉上僵了一下，扶起秋奴，訕笑著將一個手伸向秋奴的胸脯，秋奴就紅著臉躲躲閃閃地用胳膊去阻擋，卻沒能阻擋住，她的一個鴨梨樣的小乳房就穩穩地抄在了那青年的手中了，秋奴的嘴因此咧了一下，立即狠命地去推開那青年，說：「要死啊，——你弄疼我了！」

這麼一副形景，引得眾人哄的一聲笑起來。

春娜拍拍那青年的手背說：「喂喂喂，一口鮮嚐嚐也就是了，怎麼下這麼大的死力？團頭團腦的，走吧走吧。」

那青年鬆了手，朝春娜的男朋友望望，兩個男子就得意揚揚地擠出人群，走了。

三個姑娘繼續吃豆腐花，全當沒有剛才的事情。春娜對冬妮說：「丑生怎麼了，到這般時候還不來呢？」

冬妮也有些焦慮，但她說：「他會來的。」

……

「他會來的。」這是冬妮十五年前說的。這麼有信心的話，十五年後仍能勾起冬妮的一段深情。可是……冬妮翻了個身，背對著一片淡淡的月光，把眼睛閉了起來。

九

一聲雞啼從深遠處發生，緊跟著村裡所有的雄雞也都此起彼伏地打起鳴來。通紅的曙光油浸浸地從窗櫺的縫隙透進來，屋內的桌

椅板凳，牆上架空的水車，樑間掛著的鐵鉤都在張燈結綵似的蓬塵裡朦朦朧朧地浮現出形體。一切均是那樣的熟悉，又是那樣的陌生。

灶裡的火漸漸暗淡了；倦意慢慢襲擊丑生，他閉上眼，想打個盹。可是曙光刺激他的眼皮，由眼皮直達腦髓，一下又使他清醒過來。今天是清明，也是蠶花節。除了冬至、年節，含村最盛大的節日就是清明了，這一天要軋蠶花。

軋蠶花歷來是這一帶青年男女非常響往的活動，主要因為它與青春和性緊密相連。在這一活動中，青年男女的性意識憑藉一張布子的遮掩，可以舒展開來。青年男子通過手的觸摸，可以釋放對性的渴念，得到一部分性的滿足；而姑娘們也不再羞澀，她們的乳房因為異性的撫摸變得空前的發達和成熟。但對於丑生，十五年前的蠶花節並沒有為他帶來應有的愉悅；相反，由於靦腆和膽怯，那個節日留給了他不堪回首的痛心疾首和綿綿不絕的惆悵怨恨。

他是日上三竿的時候才猶猶豫豫上街的。那時候春娜和秋奴他們的戲謔劇尚未開演。他按昨晚冬妮和他約定的地點，一上街就直奔香椿樹下的豆腐花棚子。但他走到離豆腐花棚還有幾十步路時又躊躇起來，於是折到河邊的一棵大樟樹後面，一面朝棚子那邊張望，一面拼命給自己打氣。就在這時，春娜和秋奴他們的愛情肥皂劇上演了。

當豆腐花棚那邊傳過來一陣又一陣哄笑聲的時候，丑生終於攥攥拳頭咬咬牙，打算趁熱打鐵走向冬妮。

他離開大樟樹，向愛進發，一步兩步，走得既忐忑又堅定，卻是未滿五步路，就叫斜刺裡伸出來的一隻青筋直暴的粗手拽住了。丑生一回頭，見是冬妮的父親牛眼長松，臉一下就黃了。

長松說：「丑生，我有話跟你說。」

丑生懷疑地望望老長松說：「叔，有話您就說。」

長松說：「你跟我來。」

他們來到附近一條小衖。這衖也真叫小，小到僅容一人可以通過；如果有兩人相對而行，必須同時側身方能勉強交會。而衖的兩邊都是高牆，不到正午見不到太陽；若是陰雨天氣，這衖就顯得特別的幽黑，有些陰森怕人。真弄不懂這衖為什麼搞這麼窄小，據說過去男女在此交會時，都有女人被親嘴摸奶吃了虧的。天長日久，這衖就被叫作摸奶衖。好像上世紀五十年代吧，有一年春天，北京美院的幾個學生來含山寫生，嫌這衖的名字不雅，就隨口將它改成莫內衖。後來縣地名普查時，就採納了這個改名，所以現今衖口牆上釘的藍地白字的搪瓷牌上端端正正印的三個正楷字便是：莫內衖。本世紀初又有一批北京美院學生來此地寫生，他們見到「莫內衖」三個字就哇的一聲驚叫起來，斷定這地方與十九世紀著名的印象派畫家莫內有些瓜葛。畫畫之餘他們去訪問村裡的一些老人，老人們都有些莫名其妙，說，摸奶衖就是摸奶的衖呀！說現如今摸奶不限在摸奶衖了，山上、街頭到處都成啊。說著把頭搖得差一點從脖子上滾下來。

老長松領著丑生走進摸奶衖底一家小酒館，揀了一個小單間，要了四樣菜：一盆咖喱鱔片，一碗紅燒肉，一碟炒豌豆苗，一箸殼臭豆腐，外加一斤糯米黃酒。

菜到酒到，長松為丑生斟上酒，也替自己滿上，打個手勢說：「請吧。」

　　丑生記憶裡，這長松好像還沒請誰喝過酒，今天破例請他，而且特地到酒店這麼破費的地方，還客客氣氣地用了個「請」字，就知道不會有什麼好事情了。果然，一口酒下肚，長松就開門見山說：「丑生，你跟冬妮的事我不同意。」

　　丑生估計他會這麼說，真說了，還是愣住了。

　　長松瞪著一雙牛眼說：「知道為啥嗎？」

　　丑生當然知道，但他還是搖搖頭。

　　長松歎口氣說：「其實你跟我家冬妮很般配的，村裡人說那才叫郎才女貌。他們這麼說，我的心裡特別像刀銼一樣。」

　　丑生說：「叔，這不怪您。誰叫我沒爹沒娘還窮啊。」

　　長松說：「村裡人也這麼替你可惜。其實窮又有什麼關係？」

　　丑生覺得奇怪了，說：「那為的什麼？」

　　長松說：「原因只我一個人知道。可我……可我不願意說，實在不願意說啊。」

　　丑生見他如此，心裡反而平靜下來，他站起身說：「叔，您不願說，我也不問了。我從小得了您許多照顧，也敬重您。既然您不同意我跟冬妮，那我跟她分手好了。」說著要走。

　　長松說：「你等等，坐下。丑生，既是你這麼明白，叔一定得把原因告訴你。——來，先喝酒。」

　　長松說是要把原因告訴丑生，卻只顧一杯一杯地灌酒。丑生也不催他，就一口一口陪他喝。長松原是不會喝酒的，三杯酒下肚臉就紅了，一對牛眼水汪汪地好像要滾出眼眶來。忽然他一拍桌子，

傷心地大哭起來。酒店老闆不知以為發生什麼事了，推開門說：「長松，你怎麼了？」

長松把眼一瞪說：「關你屁事，滾出去！」

酒店老闆望一眼丑生，搖搖頭，縮轉身把門拽上了。

長松擤了把鼻涕說：「丑生，我，我與你家有仇啊！」

丑生大吃一驚，擎著酒杯呆住了，半晌說：「不會吧？我們……」

長松把杯中的酒喝乾又滿上，說：「你爹，你爹他是個畜生！」

丑生說：「我爹不是早死了嗎？我連他長什麼樣兒也記不得了，他怎麼得罪您老人家了？」

長松說：「你爹這個畜生，他害死了我的親妹妹。」

丑生嚇了一跳，說：「是嗎？是這樣的嗎？」

長松說：「他偷了我妹妹，還把她給害死了！」

丑生說：「他不是有我娘嗎？」

長松說：「你娘早死了，一生下你她就死了。你爹這個畜生，他千不該萬不該去勾搭我妹妹。我妹妹已是訂過親的人了。這兩個賤人竟在軋蠶花時公開摸捏上了。」

長松一仰脖子，又把一杯酒喝乾，然後將酒杯往牆上狠命摔去。只聽叭的一聲，青花薄殼酒杯從牆上反彈回來時成了一束白色的粉末。

酒店老闆的小平頂腦袋又出現在半開的門縫裡；長松吼道：「滾！」

酒店老闆這回連屁也不放一個，連忙把門拽上了。

傷心的長松又大哭起來，說：「我爹媽死得早，妹妹是我一手拉扯大的，我沒臉見人啊。男家又不肯退親，叫我怎麼辦！就在這時，你爹這個畜生竟丟下你，偷偷帶上我妹妹離開了含村。三個月後，吳興織裡傳來消息，有一男一女被人殺死在河灘上，從男屍身上一張爛紙留的字跡知道，兩人是含村人。我和你嬸子趕去一看，果真是他兩個。嗚嗚……」

丑生的感覺像是聽一段別人家的故事，他低下了頭，說：「知道是被誰殺的嗎？」

長松說：「不知道。有說是自殺的，有說是正好兩家造反派幹仗被誤殺的。總之是死掉了。當時又沒有法制，死掉了也就死掉了。我妹妹鮮龍活跳一個人，才二十出頭啊。你爹個畜生！」

說到這裡，長松用衣袖擦擦眼淚說：「所以，我怎麼能讓姑娘進你家的門呢？丑生，叔知道你是個好後生。從你爹死後，叔扛著壓力也沒少照應你，這你應當知道。但叔不能同意你跟冬妮的事，你要理解叔。」

話說到這份上，也就推車撞壁了。丑生想了想說：「聽說您要把冬妮嫁給亥生？」

長松說：「是的。亥生人長得不及你，但他家富裕，冬妮嫁過去有好日子過。你說鄉村人指望什麼呢？不就是過上舒坦日子嘛。但這也不是最主要的；主要是亥生家祖輩都規矩正派，清清白白。」

丑生說：「叔，我明白了。您是說，我家窮，爹又是個賤種。」

長松就瞪起牛眼望丑生，不說話。

　　丑生說：「好吧，叔，我答應你，不再去找冬妮了。」說完站起身來要走。

　　長松隔著桌子一把拉住丑生，說：「好侄兒，既如此，你就別忙走。」又扯高嗓門對外面說：「再來一盆炒雞丁，兩斤黃酒！」

　　這時街上傳來一陣「好啊！好啊！」的羅喝。憑感覺，丑生猜想一定是豆腐花棚子那邊發生什麼事了。他甩開長松，一口氣跑到街上。跑到離豆腐花棚子不遠的地方，他怔住了。只見亥生像一條瘋狗，一個手死死地摟定冬妮，另一個手輪換著摸捏她的兩個乳房，一張闊嘴就拼命去啃吃她的臉頰。冬妮呢，就像死去了一樣，閉著眼直挺挺地靠在椿樹幹上。

　　丑生見了，直起喉嚨叫道：「冬妮！」

　　冬妮彷彿起死回生一般睜開雙眼，她一揚手，給了亥生一記耳光，一下衝出豆腐花棚子。眾人見她衝過來，紛紛讓出一條人衖，冬妮就直撲到丑生懷裡，哇的一聲哭起來，一邊哭一邊攢起嬌小的拳頭捶打他的肩頭，一邊委屈著嘟嘟囔囔地說：「你……上哪兒……去了嘛你！你怎麼……怎麼到現在……才來嘛你！……嗚嗚……」

　　丑生禁不住也淚流滿面，他緊緊地摟住冬妮說：「冬妮，對不起。對不起，對不起……冬妮！」

　　這麼說著時，他突然把她一推，罵道：「賤貨！妳見鬼去吧。」

　　丑生罵完掉頭就走。冬妮先是一愣，接著就像天塌一樣號淘大哭起來，並且一下癱倒在地。春娜和秋奴連忙跑過來勸慰。亥生沒眼色，也過來安慰，叫春娜一頓臭罵趕跑了。

……

丑生想著十五年前這些往事，喃喃自語說：「冬妮，我對不起妳。我真的對不起妳啊。我那時實在是太混蛋。我，我管那麼多幹嘛？我他媽管那麼多幹嘛呀！可是……」

可是什麼呢？

十

天亮的時候，冬妮睡著了。細微的鼻息，熱被窩滋潤出來的兩頰紅暈，醞釀成一種美麗女人特殊的妍媚睡態。亥生站在妻子床前，近乎癡迷地凝視妻子的睡容。他就這麼癡癡地望著，十五年前娶妻的情景慢慢來到眼前。

亥生認為，自己一生的好脾氣是從娶妻那一刻修成的，就像俗話說的，妻子是他的「一帖藥」。他在她面前生活得不像個人，但他樂意。他慶倖自己最終得到了冬妮，而得到她是應當付出代價的，這個代價就是，他在她面前不應當像個人。

可以這麼說吧，追溯起來，他從小就仰慕她，甚至可以說垂涎她。他記得上小學時，他就迷戀她，千方百計接近她。他送給她筆鉸，送給她粘花紙，送給她香的橡皮，甚至送給她抓來的花野雞。中學的時候，他倆不在一個班，放學時他就在校門外等她一同回家。稍大，她漸漸不願意和他親近，他就遠遠地跟著她。長大後，他常常有事無事去找她，希望能天天見到她。自從冬妮和丑生好上後，他既妒忌怨恨，又心灰意冷，卻仍然不放過任何接近她的機會。二

十年前像含山這樣的深鄉下，資訊不靈，人們的思想較為保守，作為一村之長的亥生他爹領頭辦起了村裡第一家製衣廠，一年下來，居然成了萬元戶。亥生就讓他爹去找冬妮的爹長松提親。長松其實早看上亥生了，一說就成。偏是冬妮不願意，亥生也只有乾瞪眼沒法子。

亥生到現在也未曾弄明白，到底是什麼原因使得冬妮最終回心轉意同意了這門親事。因為打從蠶花節在豆腐花棚子裡他搞了突然襲擊之後，冬妮恨死了他，見面不給他好臉子看。他也很後悔，覺得對不起冬妮，打算放棄了。恰在這時，村婦女主任跑來報告說，冬妮同意嫁他了。那時他正在家裡無精打彩地採繭子，聽到這個消息根本就不信。婦女主任說，愛信不信，說完要走。女方的介紹人來了，說冬妮要和亥生見一面。亥生這一高興非可形容，他把手裡採著的繭子望空中一拋，繭子就成了白色的流星，滾得滿地都是。亥生著急地扯住介紹人的衣袖問：「她在哪？她在哪？我這就見她去！」

他和冬妮也是在摸奶衖底那家小酒館裡見面的。亥生不顧冬妮反對，叫了一桌的酒菜。望著滿桌子冒著香氣的美味，冬妮一動不動。

亥生用筷子指指說：「冬妮，我還不知道妳愛吃什麼，妳就自己揀吧。來，吃，吃！」

冬妮端端正正地坐著，眼睛卻望著窗外。窗外有一棵千年長不大的瘦骨嶙峋的黃楊樹。

亥生說：「吃甲魚吧？這甲魚營養成分高，也好吃。」說著揀了塊腿子肉要往冬妮碗裡放。

冬妮冷冷地說：「我不吃甲魚。」

亥生說：「對，甲魚黑鐵鐵的怪嚇人，都有女孩子不愛吃的。妳不吃甲魚，我記住了。——那吃塊走油東坡肉吧。不肥不膩，怎麼樣？」亥生放下甲魚又去揀了塊東坡肉。

冬妮說：「我不吃東坡肉。」

亥生只好放下東坡肉，笑笑說：「東坡肉也不愛吃，我記住了。那麼油爆蝦？炒子雞？醬鵪鶉？鱸魚燉蛋？香菇……」

冬妮把目光從窗外收回來，盯住亥生說：「不吃不吃我不吃！」

亥生臉上的肌肉僵住，笑意就徒有了虛表。他訕訕地說：「怎麼，都不吃啊？」

冬妮說：「沒胃口知道嗎？我沒胃口！」

亥生一下氣餒了。確切地說，他一生的好脾氣從這一刻發了端。他低三下四地說：「冬妮，妳別這樣。只要妳答應和我結婚，我什麼都依妳；今後家裡一切大大小小的事兒，妳一口定。」

冬妮又去望窗外那棵長不大的黃楊樹，然後說：「亥生，你說的是心裡話嗎？」

亥生指天劃地發誓說：「這話從我心裡長出來已經一千年了。」

冬妮說：「那麼你要記住這話。」

亥生說：「我要有一刻忘記這話，不得好死！」

冬妮再次把目光收回來，盯住亥生笑了笑，就站起身出了小酒店。

亥生先還愣著，冬妮一瞬間的笑容在他眼裡成了永恆。過後他甦醒過來，抑制不住一陣仰天長嘯，然後飛快地奔出酒店，趕上冬妮。他有千言萬語要對冬妮說，可他只是說：「冬妮，冬妮，這滿桌子的菜，我們多少總得吃一點啊！」

好像為了印證蠶花節亥生等人摸奶的吉利，那一年含村的蠶繭特別豐收，可以說是蠶花廿四分。糶完繭子後，亥生冬妮對了帖子。不久又合婚、對親，鄭重其事叫了三親六眷擺了對親酒。等到這年的秋後，他們就水到渠成地舉辦了婚禮。

婚禮是在亥生家剛剛落成的三層樓房裡舉行的。新樓就建在西平壩東頭，離冬妮家的老屋很近，為的是日後好照顧冬妮她爹長松。老長松當然就特別的心滿意足。

那天婚宴的排場很大。因為亥生家富，請的人特別多。兩家的親戚朋友不用說，村上但凡是個人，不管大人小孩，統統請到，而且言明不收禮；即使推不掉一時收了，事後也悉數——紅封筒退還。有人統計，那天分散在幾處的酒席總共有三十八桌。因為桌數多，新郎新娘敬酒都敬不過來，乾脆擎著酒杯馬不停蹄連軸轉。到最後一桌時，亥生已喝到要人攙扶的田地了，還一股勁地往口裡倒酒。他是高興透了啊。他大著舌頭開玩笑，說自己的喉嚨成下水道了。

亥生的酒量本來不怎麼樣，這一天他喝下去總有五六斤黃酒，臉紅到脖根，走路就寫開大字了，可他進入洞房尚能堅持不倒頭呼呼睡去。他倆坐在床沿上，亥生就對著冬妮嗨嗨地傻笑。冬妮說：「亥生，你還記得你在小酒館發過的誓嗎？」

亥生說：「怎麼……不……記得！我……銘記在……心。我什麼都……依妳，家裡的，家外的，一切……都由妳……作主。」

冬妮說：「很好。那就請你到沙發上去，我要睡了。」

亥生瞪大一雙滴酒的眼睛說：「什……麼？妳妳妳……讓我睡……沙發？」

冬妮說：「怎麼，不可以嗎？」

亥生的酒頓時醒了大半，並且立刻垂頭喪氣。他無可奈何地說：「好吧，我聽妳就是。我睡沙發。」說著捧起被子睡到沙發上。

冬妮見亥生睡下了，這才脫了衣服鑽進被窩。一鑽進被窩，她就把燈拉滅了。

亥生的酒徹底醒了，不免躺在沙發上唉聲歎氣。心裡想，原以為熬到今夜總算修成正果，不料還是被輕輕巧巧一句話擱置到沙發上，依然是被單褥冷受淒涼。又後悔自己不該發那鳥誓；即便發誓，也要把夫妻生活那一塊剔除在外啊。唉，現在說什麼都晚了。這樣的日子還不知何日是頭呢！

正自怨自艾地胡思亂想，只聽冬妮說：「沙發上涼，來床上睡吧。」

這不啻是一聲驚雷，又是一聲綸音佛語。亥生起初還不相信自己的耳朵，就一動不動地怔著。

冬妮說：「怎麼，不願意睡床上？」

亥生像囚犯遇到大赦，歡呼著說：「願意！願意！一千個願意！一萬個願意！」聲音大得好像要向全世界聲明。

亥生連鞋也顧不上穿，一個箭步就躥到床上。到了床上，他不忘記開燈。嗒的一聲，床頭那盞紅紗臺燈亮了，桃紅的燈光把整一間新房變成一處亥生從未到過的蓬萊仙境。

正自得意，只聽冬妮說：「把燈滅了。」

亥生笑笑，商量地說：「還是開著吧。我想好好瞧瞧妳。」

冬妮冷冷地說：「滅了。我說滅了就滅了。」

亥生生怕變故，連忙說：「好好好，滅了滅了。」

亥生說歸說，到底有些不甘心，但他還是把燈滅了。只不過在滅燈之前，他迅速地瞄了一下冬妮半埋在被窩裡的臉蛋。那半個臉上的表情讓亥生捉摸不透，不像是喜，不像是恨，不像是熱，不像是冷，不像是激動，也不像是悲憤；只能算是平靜吧，可也不能算平靜。

猜不透就不猜吧。燈滅之後，亥生就連猜的念頭也迅速摒除了，而那個黑暗世界也一下子變得豐富起來。片刻，只聽身邊那人說：「來吧，今天要怎麼樣我都依你。」

這話除了聲氣是冬妮的，它的平靜冷淡彷彿是另一個女人。儘管如此，在亥生已經盡夠了；他適時地激動了起來。

冬妮說完那句話後將被子掀開，亥生就見到了一個豐滿光潔白膩柔軟的女體。這女體朦朦朧朧又真真切切，同時還有一股細細的幽蘭一樣的香味。這香味好像有形似的，呈一縷一縷的淡藍狀，它們嫋嫋地鑽入亥生的鼻孔，亥生便禁不住「啊」了一聲，並出現了一陣短暫的暈眩。

他的手向女體伸去，免不了抖抖瑟瑟的；它的首選當然是乳房。回想幾個月前，在豆腐花棚子自己邁出的那一步，實在是太大膽、太冒失了，想不到竟會有如此圓滿的結局。可見有時候大膽和冒失是必要的。在豆腐花棚子那回因隔著幾層衣衫，只感覺到乳房的形體以及它的硬度；現在去掉了衣服，除了形體、硬度外，有了更為重要的質感，那就是滑凝、柔軟和彈性。這滑凝、柔軟、彈性嚇著了亥生，剛一觸碰便迅速逃離了。但是到底不足，他的兩個手又抖抖地撫了上去。這時只聽冬妮低低地叫了一聲。

亥生聽不清她叫了什麼，他只顧得上調動自己全身的快樂細胞來享用這千金一刻的美妙。這時冬妮又叫喚了一聲。這回他聽清了，——美妙的延伸和持續讓他聽清了冬妮的叫喚。冬妮叫喚的是：「丑生，我要……」

亥生的美妙一下打了折扣，就好像演奏一首動人的樂曲突然斷了弦，吃一頓佳餚忽然燙了舌。他不知道該怎麼辦；揉搓著乳房的手就僵住了。

冬妮接連叫道：「丑生，丑生，我要……死！」

亥生知道自己該怎麼辦了。他用嘴堵住冬妮的嘴，將身子貼緊了她的身子，含混不清地，或者有意混淆地說：「冬妮，來吧。讓我們來吧。」

……

亥生望著熟睡的冬妮，想起這十五年來，每次與她親熱，她總要叫喚丑生的名字，也不知是情不自禁呢，還是有意如此。但亥生不去計較，他想，妳心裡想著他吧，想著也沒用，妳的身子實實在在地摟在我的懷裡；妳的身子屬於我，這就夠了。亥生不想去糾纏有關靈與肉的問題。他認為美麗女人的肉體本身已足夠帶給男人無盡的精神享受了，為什麼還要自添煩惱地去追求什麼靈肉的統一呢？

想到這些，亥生突然春情勃發。他彎下腰在冬妮的額頭吻了一下，又吻了一下。冬妮被弄醒了，猛地睜開一雙驚恐的眼睛。見是亥生，她厭惡地嚷了句：「你搞什麼亂！」翻個身，用被子把頭蒙了起來。

十一

　　丑生站在自家屋前那棵櫻桃樹下。這櫻桃樹還是他爹年輕時栽下的，都快四十年了吧，主幹依然細細瘦瘦，這十五年倒是長出了許多的枝椏。這會兒細碎的樹葉綠茵茵的在晨風裡搖曳，發出呢喃一樣的沙沙聲。

　　十五年前的那個晚上，丑生就是在這棵樹下把冬妮趕走的。如今想起來他還感到非常的內疚和後悔。

　　那天，在豆腐花棚子，他罵了冬妮，事後想想覺得自己有些太過分，正自後悔，春娜來了。春娜埋怨了丑生一通，丑生也無言以對。春娜臨走告訴丑生，冬妮在老地方等他。可是他沒去；他思前想後覺得還是不去為好。傍晚的時候他感到分外的孤獨，在屋裡待不住了，只好跑到門外。他就站在這櫻桃樹下，承受痛苦的煎熬。當天漸漸黑下來的時候，他叫一個人從背後給抱住了。隨即，那人發出了嚶嚶的哭聲。不用猜，是冬妮。

　　冬妮哭著說：「丑生，你真這麼絕情啊？」

　　丑生的行動與他的內心十分矛盾。他扳開冬妮的手，上前幾步，依然背對著，沒吭聲。

　　冬妮說：「是不是我爹跟你說什麼了？」

　　看來她知道長松找過自己了，但丑生仍然不吭聲。

　　冬妮說：「是不是我爹讓你離開我？」

　　丑生還是不說話。

　　冬妮走上來又抱住丑生說：「你別聽他的。只要我倆好，誰也礙不著我們。」

　　冬妮說的「誰」，很明顯並不單單指的她父親長松，這，丑生心裡清清楚楚。但是冬妮越多情，丑生心裡越膩煩，他又要去扳冬妮抱住他的手。可這回冬妮抱得很緊，他扳不開，於是就冷冷地說：「妳以為我倆還能好嗎？就像這含山塘的石橋改成了水泥橋，它還改得回來嗎？」

　　冬妮聽他這麼說，怔了一下，隨即鬆開手冷冷地說：「我明白了，你這是嫌我髒了。」

　　冬妮這麼說，是想得到丑生的否定，可是丑生沒接口，這就是說他嫌了。冬妮就哭起來，說：「這個畜生，他……他搞突然襲擊。他搞突然襲擊，他……不是人。嗚嗚……」

　　丑生禁不住冷笑一聲說：「他搞突然襲擊？那妳為什麼連一點反應也沒有，就盡著他這麼胡作非為？」

　　這話讓冬妮非常傷心，她說：「我自己也不知道。我是被嚇傻了吧？對，我一定是被嚇傻了。這個不要臉的痞子，流氓！嗚嗚……」

　　不管怎麼說，冬妮的誠實已經感動了丑生，他滿肚子的怨氣像煙霧一樣在一絲一縷地消散。他慢慢地回過身子，一下摟住了冬妮。於是兩人緊緊抱住哭成了一團。

　　半晌，冬妮拉丑生進屋，說：「他狗日的能搞突然襲擊，難道我們就不能來個先斬後奏？」

　　丑生明白冬妮說的「先斬後奏」指的什麼，一顆心不由得劇烈地顛蕩起來。

　　從櫻桃樹到屋子只隔一個小小的稻場，可對於此刻的丑生彷彿是千山萬水。他的身子突然痙攣一樣地戰慄起來，兩條腿哆嗦得不聽使喚。

　　也許同樣的緊張加上害羞吧，半道上冬妮放掉丑生，一個人率先飛奔進屋。跑到門邊，她回頭朝丑生瞥了一眼，然後很快消失在門洞裡了。

　　丑生面對黑洞洞的屋子面對了一個艱難的抉擇。

　　一會兒，屋裡亮起了燈光。這燈光穿過幾重關隘轉彎抹角地彌散開來，濃濃淡淡地透著神秘。這種滿含著性的神秘氣氛，是丑生以前沒有真切體驗過的，他感到了從未有過的刺激和恐懼。他一步一步向這神秘走去。他跨過一道門檻，又跨過一道門檻；當走到自己臥房門邊時，他驚愕得差一點背過氣去。

　　在丑生那張狹狹的單人床的床沿上，偏著身子坐著一個光滑柔美的女體。因為逆光，這女體整體白花花的有些模糊；而她的外沿，尤其頭頂、肩臂和兩個高聳堅挺的乳房的輪廓卻非常鮮明，熠熠生輝。

　　一霎時，由於這女體的招引，丑生全身起了相應的生理反應；他變得氣短起來。但奇怪的是，幾乎同時，一股厭惡的情緒從膽邊升起，並且迅速蔓延到全身。終於，厭惡之水澆滅了青春的亢奮，他的周身漸漸呈現為一種地獄般的冰冷。

　　女體站起開始向他走來了。她張開雙臂，作出飛翔的姿態，像一隻美麗的蝴蝶。她說：「來吧，丑生，讓我們來吧！」聲音像一片飄動的樹葉。

　　冬妮帶著她的熱烈奔放，帶著她的不顧一切，像一隻嚮往交配的蠶蛾向丑生撲去。已經完成了由亢奮向冰冷轉換的丑生一下將冬妮掀翻到床上，自己卻轉身奔到了屋外……

　　十五年後的今天，丑生怎麼也搞不明白當時自己究竟搭牢了哪一根筋？

　　冬妮惱了。當然惱了，怎麼能不惱呢？離開時，她丟下一句話：「丑生，你記住，你會後悔的。」

　　是的，丑生後悔了。可是後悔已經來不及了。現在漫長的十五年，後悔早已演變成仇恨。丑生狠狠地拍著櫻桃樹瘦小的樹幹，咬牙切齒地說：「亥生，我操你八輩子的祖宗！」

十二

　　亥生知道，這一天冬妮不出門，起床也肯定遲。每年清明的蠶花節冬妮都不出門，起床也都遲。自從十五年前那個蠶花節之後，她再沒軋過蠶花。亥生就替她準備好早點：兩個豆沙玉米小麵包，一個白焙雞蛋，半塊薄荷鬆糕，一碗香糯粥，用微火悶在一隻紫砂氣鍋內。菜是：一小碟油氽花生米，一小碟薺菜香乾絲，一小碟打成片的鹵乳瓜，半個松花蛋。

　　做完這些，亥生出門了。

　　如今，他已是含村的村長。蠶花節歷來是含村村長一年工作的開場戲，也是重頭戲，不能出一點點紕漏的。

　　冬妮沒賴在床上。其實她也不慣賴床的。亥生走了不多一會兒，她就起床了。在衛生間梳洗時，電話鈴響了，她沒搭理。她對著鏡子洗臉，只見鏡子裡那張臉有些蒼白，兩個眼圈微微有些青黑。電話很固執，振鈴不止，冬妮只好撂下毛巾去接。她想撥電話這樣牛，一定是亥生，心裡正沒好氣，電話裡傳出的卻是一個女孩子嬌氣十足的聲音。女孩說：「媽，妳怎麼不接電話啊。我知道妳今天在家的。」

　　原來是讀寄宿中學的女兒。女兒變換一種口氣說：「媽，學校組織去諸暨五泄春遊，快出發了，大客車就停在校園裡。妳聽，隆隆的馬達聲！媽，妳給我哼兩句《西施浣紗》以壯行色怎麼樣？媽，妳聽見沒有？媽，妳給我哼兩句吧，這樣我會很開心的。媽！」

　　冬妮笑了，說：「寒豆，妳自己要小心，不要太貪玩啊。」

　　寒豆說：「我知道。媽，妳快哼兩句。就兩句。媽！」

　　冬妮拗不過女兒，只好清清嗓子唱道：「旭日東昇鳥雀飛，鄉村女子步忙移。」

　　寒豆說：「真好聽！再唱兩句。」

　　冬妮接著唱道：「出身本是越國產，越國都城名諸暨。」

　　寒豆說：「再唱兩句。」

　　冬妮還唱道：「奴名兩字喚光叫，每日浣紗度日計。虛度光陰十六歲，人說我美貌世無比……」

　　寒豆笑著說：「媽，妳就是那西施。——要開車了，謝謝媽。再見了！」

　　冬妮說：「寒豆，小心別累著。寒豆！寒豆！」

　　電話早已掛了。冬妮望著手裡的聽筒笑笑說：「這孩子！」

　　冬妮開始吃早飯。她打開氣鍋，就有一團白氣沖上來。熱騰騰的早飯其實感動了冬妮。說實話，十五年來亥生對待自己那真是無話可說，色色周到，用體貼入微無微不至來表述，那是一點也不誇張的。可自己不知道為什麼，老疙疙瘩瘩的愛他不起來。平心而論，實在有些不應該。

　　大約天真的女兒帶給了她愉快，她吃著包子和雞蛋吃出了些許愛的滋味。正這麼吃著，電話鈴又響了。冬妮望望電話機，拿起來放到耳邊。

　　這回是亥生打來的。電話裡的亥生陪著小心說：「冬妮，妳起床了吧？也梳洗了吧？妳在吃早飯吧？我聽得出妳在吃。我正陪客人在街上轉呢。今天軋薑花的人真多，鬧猛極了。妳聽——」電話聽筒裡傳來嘈雜的市聲。亥生又說：「冬妮，兩位老總想見見妳。」說著壓低嗓門：「他們嘴不離妳，稱讚妳，仰慕妳。我知道妳不願意見他們，就扯個謊說妳身子有點不爽，他們卻著起急來，嚷著要買禮物來看妳，總算叫我穩住了。——冬妮，冬妮，妳在聽我說話嗎？」

　　冬妮心裡剛剛滋生的愛意消失了，她有些厭煩地說：「我聽著呢。」說了這句就把電話掛了。掛了電話，她又有點內疚。

　　亥生的電話不知怎麼勾起了她對十五年前那個黑夜的記憶。那夜她是蒙受生平從未有過的羞辱離開丑生家的。她胡亂穿上衣服，

心裡滴著血，一路啼哭著磕磕絆絆回到西平壩自己家中。她爹長松在堂屋裡等她，見她如此形景，心裡明白了大半，倒高興了起來。冬妮也不理她父親，把自己關進房裡就號啕大哭。長松本想過去勸解的，走到半道上改了主意，折回自己房裡睡下了。

過了不多一陣，冬妮也就停止了哭泣。她直起身子，盯著桌上丑生的一幀小照出了一會神，眼一閉，突然就冷靜下來了。她開始反思自己跟丑生的這一段感情。其實除了兩情相悅這一條，她更相信丑生的能力。她深知丑生是那種能幹成大事的人，只要這個世界提供他適當的機會。但正因為這樣，他在愛情上就有可能始亂終棄；一旦事業有成，沒準便會移情別戀。像這樣的例子，生活中見得還少嗎？現在既然他主動嫌棄自己，使她贏得了一次冷靜抉擇的機會，她還有什麼理由單方面地戀戀不捨呢？

這樣想著，他把丑生的照相按倒了。就在這時，房間那扇木窗被輕輕叩響，隨即傳進來丑生的聲音。丑生說：「冬妮，冬妮，我錯了。我不該那樣對妳。」

冬妮本來已經想清楚了，丑生的出現又使她迷糊起來。她又哭了。

丑生說：「冬妮，妳開開門，容我進來向妳解釋。」

冬妮沒站起來開門，她哭得更傷心了。

丑生著急了，說：「冬妮，妳開門，快開門。我要跟妳解釋，我……」

冬妮哭著說：「你走吧，我不聽解釋。我不聽！」

丑生說：「冬妮，我打小到如今沒求過人；我今天求妳了：冬妮，妳原諒我吧，我知道我錯了！」

冬妮說：「你沒錯，錯的是我。我賤，我……賤！」

丑生敲敲木窗說：「冬妮，別說氣話了。總是我一時糊塗，我不該怨妳的，我⋯⋯」

冬妮說：「算了，算我白跟你相知了一場。」說著又哭。

丑生說：「冬妮，我現在知道錯了。知錯了還不容許改嗎？」

冬妮說：「你沒錯。我已經髒了，我的胸脯已被人摸了。我⋯⋯」

丑生說：「冬妮，別再提這事了。別再提了好不好？我現在明白了，那不能怪妳。怎麼能怪妳呢？要怪就怪亥生這畜生！」

冬妮冷笑一聲說：「你也不用再解釋，我全明白了。算了，你走吧。」說著把燈滅了。

窗外的丑生還一個勁地捶窗叫喊，可冬妮再也不理他了。就在這時，他的肩上落下一隻重重的手掌，只聽一個噴著刺鼻煙草味的重濁的聲音說：「丑生，走吧。」那是長松，冬妮她爹。

丑生走了；冬妮又傷心地直哭到天亮。

⋯⋯

想著這些不愉快的往事，松糕和糯粥都沒有了滋味，冬妮就把碗一推，不吃了。

十三

丑生站在櫻桃樹下。太陽慢慢從含山東平壩崖嘴上冒出來，就有千縷萬縷的紅光抹在了櫻桃樹上，櫻桃樹新發的嫩葉好像浸泡在淚水裡一樣，晶瑩剔透，細微的葉脈纖毫畢現，像淚眼中滿布著的縷縷血絲。

　　丑生就這麼呆呆地站著；這時遠遠的起了市聲。今天是清明軋蠶花，十五年後丑生又置身在含山蠶花節浪漫的鄉風中了。他笑笑，轉身回進屋裡。他不去軋蠶花，他不去。他該把屋子裡裡外外打掃一遍，把生活設施搞齊備：修補一下柴灶，湯罐壞了，得換一個新的，再添置一些鍋碗瓢盆；最最要緊的是床，床上用品，被褥、床單、枕頭都得買。現在他才明白，準備一個家也千頭萬緒啊，一個人實在忙不過來呢。他習慣地掏出手機，摁出一連串的數字，電話就通了。電話裡立刻響起了小魏廣東普通話的聲音。

　　小魏說：「董事長，是您嗎？回家的第一晚過得怎麼樣？感覺挺好吧？您有什麼指示？喂，喂，董事長……」

　　丑生把手機關了。他忘了，他現在已不是什麼董事長；他是丑生。丑生到屋後竹園裡砍了一支竹，在竹稍上縛了些稻草，開始撣房梁上、椽子上的長腳蓬塵。蓬塵太厚太密，一掃就落了一地。忽然，他發現灰黑的蓬塵裡有一串灰白的鳥蛋一樣的東西，拾起來一看，原來是幾個繭子。繭子很大，是所謂的龍繭，但都破了殼了。這是十五年前這屋裡飼養的最後一熟春蠶。這幾個繭子顯然是採摘後落剩下又出了蛾子的。望著手裡這幾個破繭子，十五年前他離開含村時的一幕又來到了眼前。

　　那天晚上他離開冬妮窗下後，一直沒再見到冬妮。冬妮一直躲著他。這事表面看似乎已經結束，丑生也收起心來幹活，因為不久蠶事開始了。

　　那年丑生看了一張半蠶種。他一個人又要忙裡又要忙外，不像往年總有冬妮過來幫他，他這才感到沒有了冬妮他是多麼的孤單。

倒是冬妮的小姐妹春娜秋奴看不過，抽空來幫幫他。她們有時候一起來，有時候間錯開了單獨來。有女人在身邊，生活就有了色彩，這使得丑生非常後悔。但他更多的時候是怨恨；怨恨亥生的無恥，怨恨冬妮的薄情，怨恨自己的貧窮。歸根結底是自己太窮吧，否則，亥生他怎麼可能膽大妄為乘虛而入呢？

轉眼蠶寶寶大眠已過，就要上山了，丑生家的桑葉卻短出許多。幸虧春娜和秋奴兩家勻給他幾擔葉，才使他到手的豐收不致泡湯。

那天晚上，春娜幫他餵最後一次葉。夜已深了，春娜說：「丑生，你怎麼這麼蠢呢？難道你到現在還不明白冬妮她是真心跟你好的嗎？要不是她跟你好」春娜頓了頓說，「我就跟你好了，你信不信？」

春娜這麼說不是輕浮，而是陳述一段過去了的感情。其實春娜對丑生一直非常有好感，曾暗暗單戀過他幾年，後來得知他跟冬妮好了，她只好放棄。雖然她後來有了男朋友，但對丑生始終情意綿綿。現在見他與冬妮弄成這樣，不免替他難過。

丑生說：「說到底，總是她看不起我啊。」

春娜望他一眼說：「你說這話小心天打雷轟。」

丑生說：「妳不知道，她雖然跟我好了這幾年，但骨子裡還是看不起我的，這我能感覺到；她嫌我窮，沒出息，真的。」

春娜說：「我不信。說她爹嫌你窮我信；說冬妮嫌你窮，那是你神經過敏。」

丑生歎口氣說：「愛信不信吧。反正我能感覺到。」

春娜說：「既這樣，那你怎麼還⋯⋯」春娜覺得後面的話不好說，就狠狠地瞪了他一眼。

春娜不是那種特別秀氣的女孩，但她另有一種憨憨的女性魅力，是丑生以前沒體會過的，丑生一時就有些癡癡呆呆。

春娜說：「不管怎麼說，人家冬妮都那麼樣待你了，你倒嫌人髒了。」

丑生被春娜揭到骨子裡，一時沒了言語。

春娜說：「男人啊都是寵不起的東西！你不給他吧，他死乞白賴地猴你；你給了他吧，他又嫌你摁上門，沒分量。——咦，八成你幹不了那事吧？嘻嘻！」

看著這女孩嬌憨若癡的樣子，又聽她這麼說，丑生一時性起，猛一把將她摟住說：「幹不了？幹不了我幹給妳瞧瞧。」一邊說，一邊騰出一隻手作勢要扯春娜的褲子。

春娜急了，反手給了丑生一記耳光，說：「丑生，你個豬頭！人家冬妮原汁原味摁上門來，你嫌人家賤，這會子又這熊樣。我也叫人摸過了，你就不嫌髒了？告訴你，我還真開過苞了。一支櫓配一條船，我禁受不起你。豬頭，哭去吧！」

春娜說完，扔下手裡的桑條走了。

其實春娜心裡還是蠻開心的。她的離開是身不由己和心慌意亂的結果。往深裡說，也是那個名叫道德約束的力量在起作用。她怕有風言風語傳到張渚村未來的婆家。

春娜走了之後，蠶房裡一下暗了許多。丑生呆呆地望著粗如手指的蠶寶寶發瘋似的吃葉，忽然抄起手左右開弓打了自己好一頓嘴巴。

沒過幾天蠶寶寶上山了。就在這時傳來消息說，亥生和冬妮訂婚了，訂婚酒宴設在新近開張的五福樓大酒店。事後，傳來的資訊說訂婚宴排場大，很隆重，請的人很多，從鎮上縣上的領導，親戚朋友，到鄰里鄉親，無論老人孩子，凡請得到的都請了，請不到的也請了。很顯然，亥生是要告訴人們，他娶到美女冬妮了，他如願以償了。

　　丑生自然也被邀請了，而且是亥生親自跑來邀請的。亥生不敢露出高興的樣子，他只是誠心誠意地希望丑生能夠賞這個臉。但是丑生只說了兩個字：不去。

　　這件事對丑生的傷害實在太大了。這一天他沒出門，整天和吐絲作繭的蠶兒待在一起。聽著蠶房裡嗦嗦作響的聲音，他忽然想起上中學時讀過的兩句詩：春蠶到死絲方盡，蠟炬成灰淚始乾。他哭了。長大成人之後，這是他第一次哭泣，哭的很傷心，幾乎泣不成聲。

　　這天他冷屋冷灶，一天不做飯，天一黑就索然睡了。他躺在床上抱怨冬妮，拍著床沿高聲痛罵亥生。怨著罵著，渾身就像著了火一樣的灼痛。半夜的時候，他忽地坐起身，披衣趿鞋走到屋外。

　　雖然已是初夏天氣，深夜尚有些許寒意，他不由瑟縮了一下。抬頭望望天上，數不清的星星閃閃爍爍，好像也在擠眉弄眼地奚落他。他拔上鞋跟來到路上，向北，又沿山腳折向東，跳過一個溪坑，再走一段路就上了東平壩。不久，他就站在亥生家山石壘砌的院牆跟首了。

　　亥生家的老房子半年前剛改建過，雖然仍是平房，臺基加高了，牆的底部一色青石扁砌；門窗一部分是舊房的木料，一部分是新添

的松段，經過幾個月時間了，依然散發著好聞的木質香味。丑生知道，朝南向陽一間是亥生的臥房，丑生就走到亥生臥房的窗下。

直到此時，他還不知道自己為什麼要到這兒來，來這兒幹什麼；他問自己：這麼傻傻地站在別人的屋前有意義嗎？

房後貼得很近就是那座叫作含山的山了。因為貼得近，山就黑壓壓地遮去半個天空，使得這裡的環境陰森森的有些鬼氣。丑生就歎口氣，垂頭喪氣地準備回家。剛轉過身，只聽背後吱的一聲門響，一個人跌跌撞撞地踩著鞋皮出來。丑生猜測那人是亥生，回身一看，果然是！

亥生走出屋門打了個呵欠，睡意朦朧地走到屋腳東邊一塊大青石上。原來亥生家東邊是一段崖壁，為省磚，那裡的院牆只砌到半人高。院牆下天然有這麼一塊大青石，亥生從小到大習慣站到青石上往山下小便。現在他就一邊打著呵欠，一邊掏出傢伙往崖下撒尿。大約酒宴上喝多了，又憋得久，從星光下望去，那一柱尿又粗又亮又持久。由那柱尿，丑生聯想起排這尿的器官。那根醜陋的東西不久將要放入冬妮的身體內，這是無法讓丑生接受的。想到此間，一股憤怨騰地升起，他飛快地奔到大青石邊，伸出雙手按住亥生的屁股，一用力，只聽「哎喲」一聲慘叫，青石上立刻就空空蕩蕩了。

結果可想而知，丑生因犯故意傷害他人罪，第二天早上被縣公安局銬走了。

丑生被捕那天，整個含村沸騰了。當那一輛呼嘯著的警車進村的時候，很快就招引來了全村男女老少。他們跟著警車來到丑生家

院子，使得一向冷落的河灣濱底這所破敗小院，立刻成了人的海洋，就連稻場邊碗口粗的櫻桃樹上也爬上了兩個小孩。

警車停在院子的中心。剛停下，就從車上下來三四個全副武裝的員警。員警們很快進入丑生的破屋。照含村人的想法，丑生會很快被帶出屋子押上警車。可是奇怪，他們等了半個多鐘頭，還不見帶出人犯。有人嘀咕說：「莫非有規矩，犯人被抓走前要招待員警吃一頓酒水？」

丑生屋裡非常平靜；因為他孤身一人，也就沒有生離死別的麻煩。但公安局抓走一個人也並不十分簡單，說抓走就抓走，得有一定的法律程式，例如宣讀拘捕證，簽字，搜查等等。這天來執行逮捕的刑警比較文明。在執行過程中，他們問丑生有何要求，丑生想了想說：「請你們盡可能安靜一些，因為我一屋子的蠶寶寶正上山呢。」所以當員警銬了丑生押他上警車時，沒有再鳴警笛。

丑生上囚車時含村百姓沒見到他有什麼恐懼或者懊喪，而是一臉的平靜。丑生沒看人群；對於那麼多人不自覺地來為他送行，他視而不見。臨上車的一剎那，他最後看了一眼他的破屋，以及稻場邊那棵被兩個小孩吊彎了腰的櫻桃樹。

其實丑生這次的主觀犯罪行為並不很嚴重，只是結果較為嚴重：亥生的右腿股骨骨折了，又值「嚴打」，為此，他被判了一年零六個月有期徒刑。出獄那天他記得清清楚楚，是個晴天，太陽很豔，卻飄著柳絮一樣的雪花。這是冬日裡很難見到的氣象奇觀，紛紛揚揚的雪花染著陽光就像是無數金色的甲蟲滿天飛舞。丑生穿一身牛仔衣褲，背一個牛仔筒包，跨出監獄大門，他就被這塊麗的景色迷

住了。他伸出一個手去接受雪花，雪花在他手上不到一秒鐘便化了。他眯起眼望著朦朦朧朧的太陽，太陽透過雪花也在望他。他對太陽說：「親人啊！」

他就這樣久久地站在監獄的大門外，領略自由在這一刻的分量。他不回含村了，不願；甚至一想到含村這兩個字就要嘔吐。那他該上哪兒呢？他不由得按了按上衣口袋。上衣口袋裡有一張小紙片，紙片上有一個人名，一個地址。這是一年半牢獄生活唯一的收穫：他認識了一個死緩犯。這個死緩犯捕前是南方一家大服裝公司的董事長，因為在此地犯了一樁命案而進了監獄。死緩犯很同情丑生的遭遇，一半也是惺惺相惜的意思，他決定幫助丑生，就給了他這個人名，這個地址。丑生沒把握這人名地址會不會真管用，但他沒有別的路，只有去試一試了。

就在他轉身離去時，不遠處的一棵泡桐樹下傳過來一個男人蒼老的聲音。那聲音將他喚住了，說：「丑生！」

丑生懷疑地扭過臉去。他有點不相信自己的眼睛，呼喚他的竟是冬妮的父親長松。長松的身後跟著流著口水的白癡酉生。長松走過來了，步子沉重，灰撲撲的老臉掛落著，本來很大的一對牛眼耷拉成一條縫。他慢慢走到跟前說：「丑生，大叔我接你來了。」

長松這個舉動多少讓丑生有些吃驚，也有些奇怪，但稍稍一想也就是很自然的事了。他說：「叔，你不必來的。」

長松歎口氣說：「丑生，你恨大叔我知道。可我……」

丑生說：「都過去了。我已經不恨你了。」

長松抬起頭，兩個牛眼盯住丑生說：「是嗎？真不記恨我了？」

丑生冷冷地說：「是的，不記恨了。」

長松兩眼一暗說：「不管你恨還是不恨，大叔來接你了。我們回村吧。」說著要為丑生提包。

丑生擋了擋長松的手說：「我不回村了。我外出打工去。」

長松一頓，隨即笑了，說：「也好。外出打工也好。——那你打算去哪？」

丑生說：「一個難友介紹了個地方。南方吧。南方。」

長松說：「南方好。我聽說那裡遍地的金元寶，只要有能耐去撿。」

不知為什麼，丑生忽然厭煩起來，他說：「叔，那我走了。」

丑生說完扭頭離開，卻又叫長松喊住了。長松說：「你等等。你這麼身無分文的，怎麼上路？」

丑生口袋裡有七元三角錢，那是進監獄時由監獄代為保管的他的全部財產。這七元三角錢連去杭州的車錢也不夠啊，可他還嘴硬說：「沒關係的，我有辦法。」

長松說：「你能有什麼辦法？」說著，從隨身背的婆簍裡翻出一個灰格子土布手巾包，遞過去說，「這是九百五十六元錢，你拿上。」

丑生疑惑地望望長松說：「這麼多錢。這是……」

長松笑笑說：「這是你自己的錢。你走時那一屋子的繭子，我和冬妮，還有酉生，我們一家替你採的；賣了個好價錢，八百十七元，當時就替你存入銀行了，加上一年多的利息，一共九百五十六元。你點點。」

丑生聽長松這麼說，一時有些百感交集，接錢的手就有點哆嗦。他喃喃地說：「蠶花廿四分。是蠶花廿四分啊？」

長松不明白或者沒覺察丑生此刻的情緒變化，他點點頭說：「是啊，蠶花廿四分。丑生，你也別記恨冬妮了。」

這時白癡西生插進來說：「丑生，你去，干窯，可要，早點回——來。遲了，就來不——及了。」

丑生當時不明白西生說的什麼，以為那是白癡的胡話。現在望著手裡那幾個灰黃的破殼繭子，想起往事，真有一種如夢的感覺。他把手裡的繭子往門外一扔，打算繼續撣掃簷塵，不想繭子正好砸在一個走進門來的人的身上。那人像挨了石子一樣「哎喲」了一聲。

十四

冬妮吃過早飯打算去屋後山根的竹園挖幾支筍，剛要出門，春娜和秋奴來了。

春娜秋奴一直是冬妮的要好姐妹。十五年前她倆錯前落後嫁到五裡外的張渚村，如今也早已各各有了兒女拖累，來往少了，但姐妹情份未變，一有機會便來相會。三人裡春娜年最長，都四十出頭了，並且發了福，一副標準中年婦女的樣子。秋奴居中，也有三十六、七了，卻依然纖瘦，乾乾的皮膚已失去青春的潤澤，人就顯得有些粗硬。

春娜不改她的爽直脾氣，一進門就一屁股坐到沙發裡嚷嚷道：「渴死我了，討杯茶喝！」

冬妮笑笑，從冰箱裡取出兩罐鮮奶遞過去，說：「還沒燒水呢。」

春娜說：「我不喝這勞什子，甜膩膩的嗆喉嚨。」

冬妮又取出一瓶礦泉水說：「犯賤。」

春娜接過礦泉水，仰起脖子咕嘟咕嘟一氣喝下大半瓶，然後抹抹嘴邊的水漬說：「媽呀，真是渴死我了！」

秋奴一邊用吸管喝奶，一邊譏笑春娜說：「還是這麼沒有魂靈，莽莽撞撞，怪不得妳男人……」說到這裡，知道說漏嘴了，趕緊剎住。

冬妮關切地說：「阿德最近怎麼樣？」

春娜滿不在乎，說：「還能怎麼樣！賺了幾個臭錢朝南朝北也不分了，還是跟那野雞不清不爽。──算了，不提那畜生了。今天蠶花節，難得開開心心。」

冬妮歎口氣說：「真是料不到啊，當年他那麼一個心眼追妳。」

春娜說：「早知道，那趟軋蠶花不讓他摸。讓他摸了，吃了定心丸就把我看輕了。這個畜生！」

秋奴說：「不說他了。都是我不好。姐妹們好容易見面，說些開心的。」

冬妮說：「春娜，今年妳家看幾張蠶種？」

春娜說：「今年黑了心了，看了三張半。阿德這死屍又不管，兩個老的又病病歪歪，主要靠我，怕忙不過來呢。」

秋奴對冬妮說：「勸她少看張把，她偏不肯。妳這不是自討苦吃嗎？」

春娜說：「我怎比得妳？妳家開了那麼大一個廠子，公爹又有兩千多元的退休工資，就是坐吃也篤定泰山。」

秋奴聽春娜這麼說她，眼睛陰了一下，笑容也僵住了，說：「篤定個僵蠶，眼看就垮臺了！」

冬妮、春娜說：「這話怎麼講？」

秋奴眼淚也流下來了，說：「阿明這個僵蠶他好賭。」

春娜說：「是聽說他喜歡賭。可現在有幾個老闆不賭的？」

秋奴說：「他不只喜歡，而是發瘋！半個廠子都讓他賭掉了，還勸不醒。非但不聽勸，還打人。」說著捋起衣袖，只見她瘦瘦的胳臂上青一塊紫一塊的傷痕。

春娜歎口氣說：「看起來我們三姐妹，冬妮，妳才是真福氣呢。你們家這麼富，亥生待妳又這麼好，他不賭不嫖不偷親家母，現如今這樣的男人哪兒找去！那一年，妳讓他摸這一把是摸著了。」

聽春娜這麼一說，多年的疙瘩似乎一下解開了。這一刻冬妮才看清，自己嫁亥生是嫁對了，就笑著說：「好是好，可心裡總不愜意，不知為什麼。」

秋奴說：「我知道為什麼。——還想著丑生吧？唉，女人啊總是太過癡心。」

春娜說：「這花花世界又複雜又多變，其實你吃煞的男人未必是好的。可女人就是死心眼。哎，我聽說丑生昨天回含村了？」

冬妮拿抹布擦了一下桌上的水漬說：「我沒見，聽我哥說的。他昨天傍晚見著他了。」

春娜說：「都十五年了，這麼悄悄兒回來，我怕他沒混出人樣來吧？所以冬妮，妳跟了亥生是老天給妳算定的福分呢！」

秋奴心眼好，她對冬妮說：「冬妮，丑生好歹是妳愛過的男人，他要是有難處，妳能幫總要幫他一把的。當然，前提是亥生他不犯酸。」

春娜說：「酸恐怕總要酸一些的。但冬妮這樣的美女給他當了十五年老婆，就衝這，他應當有這個肚量。」

　　說了半天，春娜忽然一看表說：「喲，時候也好早晚的了，街上一定很熱鬧了，我們快走吧。我聽說從上海來了一家化妝品公司呢。」

　　冬妮說：「妳們去吧，我不去了。」

　　春娜說；「別做個繭子自己鑽，都十五年了；況且丑生也回來了。——對了，說不定軋蠶花能碰見他哩。」

　　冬妮說：「要是這樣，我越發不去了。」

　　春娜就上來拉她，說：「這有什麼！碰見了就碰見了。我倒要看看，十五年後這個丑生變成啥樣了？他見到妳又會是怎樣一副嘴臉？」

　　春娜一邊說，一邊不管三七二十一拉了冬妮就往外走。

　　其實冬妮也不是真不想見丑生。自從昨晚知道丑生回合村後，十五年前丑生的樣子一直在她眼前晃來晃去，只是沒有理由沒有題目去找他。十五年前，當她父親長松攥著近千元錢糴繭款，帶了哥哥西生去監獄接丑生時，她也想同去，但她知道父親肯定不會同意的，她就決定在村裡等他。她先在丑生家場院的櫻桃樹下等，可是不知道為什麼，那天路過那裡的人特別多。人們用異樣的目光打量她，她只好離開那裡到村口。可是一個人站在村口也很顯眼，她就只好裝作走路的樣子。就這麼走一陣停一停，走一陣停一停，走著走著，不知不覺來到了監獄，遠遠地躲在一棵泡桐樹後面。當丑生告別長松轉身離去時，冬妮聽見自己喉嚨裡咕嚕一響，手一伸就要衝出樹去。但事實上她沒離開一步，只是一把抱住樹幹，人就慢慢坐了下去。

　　十五年了，正像春娜說的，她的生活應當說非常不錯的了，可是愛情渴念這種東西真的說不清楚，它讓冬妮這樣的女子內心創傷沒法子平復。現在丑生回來了，因為他是悄悄回來的，冬妮就有理

由找到撫平內心創傷的機會了，所以她是該去見一見丑生的。這麼一想，她的腳步就輕快了許多。

十五

白癡酉生口袋裡揣了一大把鈔票跌跌撞撞地穿行在熱熱鬧鬧的含村村街上。他的身後緊跟著一輛黃魚車，踏黃魚車的是個來此打工的貴州人。

蠶花會一如既往地熱鬧非凡。今年因為來了上海、杭州、南京等地的客商，娛樂節目準備得比往年更充分，更有地方特色。村長亥生認為，這些大地方來的老闆見慣了歌舞、電聲音樂這些現代藝術，你搞得再高檔，怕也是吃力不討好；相反，倒是一些土玩藝兒也許更能吸引他們。於是他收羅了一批民間藝人，挖掘了一些土生土長的娛樂形式，比如「三跳書」、「花鼓戲」、「踏排船」、「拜香凳」，甚至帶有玩命性質的「提香燈」和「三丈吊」也用上了。果然，那些城裡人看得驚心動魄，連聲叫絕。

對於蠶花會，白癡酉生一概不聞不問。他在人流中擠擠挨挨磕磕碰碰地走，一邊流著口水罵罵咧咧，嫌人撞了他或者推了他。他不是軋蠶花來的，而是採購物品來的。他的手裡有一張白紙，紙上開列了一長串要買物品的名字。因為他是村長的大舅子，店主不敢欺負他。不多一會兒，他身後那貴州人拉著的黃魚車上已堆滿了被褥床單、衣服鞋襪、牙膏牙刷、鍋碗瓢盆、液化氣鋼瓶和氣灶，簡直開了一個雜貨鋪子。

　　有本村人見了覺得奇怪，說：「酉生，買這麼多東西，你爹給你娶老婆了？」

　　白癡嘿嘿一笑，對那人說：「我，和你媽，結——婚。」

　　那人討個沒趣，又不好發作，就說：「那你買這麼多東西給誰？」

　　白癡說：「給誰，不要你——管。」

　　另一個閒人說：「酉生，你哪來那麼多錢買那麼多東西？」

　　白癡說：「我有，那麼，多錢，不要你——管。」

　　先說那人報復白癡了，他說：「你回答不上，說明這錢是偷來的。」

　　白癡聽了頓時滿臉紫漲，他瞪起眼珠，口水嘩嘩地罵道：「你，你，你亂……嚼舌——根！你，你烏龜老……鱉！你斷子……絕——孫！你……」

　　那人趕緊討饒，說：「爺爺，算我瞎說。算我瞎說好不好？——那究竟是誰讓你買那麼多東西的？」

　　白癡爭回面子，抹了抹口水說：「丑生，從干窯回——來了。可是他，來晚了，冬妮嫁給，亥生了。」

　　大家辨不清白癡這話是清話還是濁話，見牽扯上村長，就哄笑著走開了。

　　白癡酉生領著那一車雜貨終於鑽出矗花盛會。這會兒，他們已經走在了塘河北岸那一條狹小的水泥路上。因為路面窄，黃魚車的半邊輪子常常要滑到路邊的泥地上。滑出去時，車子格登一震，車上的東西便稀哩嘩啦一陣亂晃。白癡說：「摔壞了，要你——賠的。」

　　就在這時，冬妮春娜她們迎面走了過來。

冬妮一下摸准丑生真的回來了，就聽春娜驚訝地問：「酉生哥，買那麼多東西幹麼呀？」

酉生雖說是白癡，年紀到份上了，見了女人隱隱的有了嚮往感。他嘻嘻一笑說：「丑生，從干窯，回──來了。」

春娜說：「是他讓你買的這些東西？」

酉生對他妹妹說：「他從，干窯，回──來了。冬妮，已經，成親了。」

冬妮把臉一別；春娜說：「丑生怎麼不自己去買啊？」

酉生說：「丑生撿，到了，兩個繭子。兩個，雙工繭呢。」

三個女人沒聽懂白癡的話。白癡押著車走遠以後，春娜說：「不軋蠶花了，走，去濱底見見丑生去。」

冬妮一時非常矛盾，她猶豫了一下說：「不去吧，還是不去的好。妳們要去妳們去，反正我不去。」

春娜望著冬妮對秋奴說：「這麼著，秋奴，妳陪冬妮去軋蠶花，我一個人先去找丑生。」

冬妮說：「我也不想軋什麼蠶花了。我還是回家吧。」

站在一邊一直沒開口的秋奴說：「是啊，既如此，這個蠶花軋著也沒甚意思了。我還是陪冬妮回家等妳的消息吧。」

於是三人原路返回。走到去西平壩的叉道時，冬妮略略遲疑了一下。這麼一個細微的情緒變化，叫心細的秋奴覺察到了，她對冬妮說：「要不我們一起去濱底？」

冬妮苦笑一下，搖搖頭說：「算了，還是春娜姐一個人去吧。」說完顧自折上了回西平壩的小路。

　　春娜秋奴對視一下，秋奴輕輕歎口氣跟了上去；春娜就一個人沿河繼續往東走，走到一棵一抱粗的老樟樹時，塘河伸出一條支流即小濱，沿小濱拐向東北，不多時便到了濱底丑生家那個破敗的小院子。

　　走進院子時，只見白癡和那個貴州人正在卸車。春娜一時不知該如何上場，就站在那棵瘦瘦的櫻桃樹下想主意。也不知站了多久，黃魚車上的東西都搬空了，貴州人踩著空車往回走，走到春娜身邊時他曖昧地朝她笑笑，說：「要得，要得。」

　　春娜覺察出了貴州人的意思，她也笑了，說：「要得，要得，要得你個狗屁！」

　　罵完這句，春娜的主意也定了，她就朝堂屋走去，邊走邊喊：「丑生！丑生！你好啊，回了含村也不出來照個面。」

　　丑生正在房間鋪床，聽見外面的嚷嚷聲，一下猜出了是誰。他略一考慮，就放下手裡的活兒走到堂屋，隔老遠就說：「喲，是春娜啊。快，快進屋。我這不是昨晚才回來嘛。原想安頓好了就去看妳的，怎麼，這消息一夜工夫就到了張渚？」

　　春娜一屁股坐到椅子上，用懷疑的目光望了一下丑生，說：「丑生，出息了啊。十五年不見，學會嘴上抹蜜了。」

　　丑生說：「真是這麼打算的。」

　　春娜一撇嘴說：「今天不是蠶花節嗎，我是軋蠶花來的。」

　　丑生聽了眼睛一亮說：「那妳怎麼知道我回含村了？是冬妮告訴妳的吧。」

　　春娜說：「你還好意思提冬妮！——不是冬妮告訴我的。」

　　丑生笑了，說：「分明是她告訴妳的。除了她，誰會這麼快告訴妳？告訴我，她是怎麼告訴妳的？」

　　春娜臉一板說：「跟你說不是冬妮告訴我的。不是！冬妮即使知道了也不會跟別人講的。她對你早沒有興趣了。」

　　丑生依然笑嘻嘻地說：「是嗎？是這樣的嗎？不過春娜，妳對我倒好像滿有興趣的。」

　　春娜露出不屑的神情，一邊轉著腦袋高高低低地看剛剛收拾出來的屋子，一邊說：「丑生，出去轉了一圈，長進不少啊。從前是懶狗扶不上牆，推著打著也不行；現在是死乞白賴，油炒枇杷核一顆。不錯，我對你倒是滿有興趣。十五年了，我還記著那天晚上我幫你餵蠶你想扯我褲子的事呢。」

　　真像春娜說的，如今的丑生不比從前了，聽春娜如此說，他不覺得有什麼難堪，只是說：「春娜，我感激妳在我最困難的時候幫了我。妳說吧，要我怎麼報答妳？」

　　春娜收回看屋子的眼睛改看丑生。她上上下下地看了他有三分鐘，然後鼻子一哼說：「你以為我來找你是圖你報答？丑生，說句不怕傷你的話，我看你也沒混出什麼人樣來，報答二字就免提吧。」

　　丑生笑笑說：「那妳說，我要怎麼樣才能求得妳的原諒？」

　　春娜已緩過氣來，她一臉真誠地說：「丑生，一個人的情感生活是最最重要的；情感破碎了，再努力也修補不起來啊。」

　　丑生一聽不由得興奮起來，但他只高興在心裡，臉上反而裝出沉重的樣子說：「妳是說，冬妮她一直生活得並不愉快？」

　　春娜一眼看穿丑生的心思，她一笑說：「我不是說冬妮。冬妮她生活得很滿足，亥生待她非常非常體貼，他們家大事小事基本都是冬妮說了算的。我是說我自己。我真的命苦呢，當初那麼一個心眼跟定他，如今他有了錢就歪刺上別的女人。」說到這裡，春娜禁不住眼淚汪汪了。

　　丑生想不到話題會引到這裡，就懷疑春娜此來的真正目的；但他很快否定了。他拿來一盒面紙遞給春娜，說：「那妳就這麼忍著？」

　　春娜揩著眼淚說：「不，我正鬧離婚呢；可阿德這個僵蠶偏又死活不肯離。但我肯定得離，不離不行。」

　　丑生說：「那妳……」丑生是想問春娜心裡有沒有合意的人選，又覺得不妥，就打住了。

　　春娜歎口氣說：「女人總是命苦啊。我們三姐妹裡，秋奴的景況也不好，她男人好賭，好容易掙來的一份家業快敗光了，還橫勸豎勸勸不醒。唉，臭男人怎麼全一個德性？賅了幾個臭錢就時辰八字也忘了，不是賭就是色。丑生，幸虧你沒賺大錢，否則，你也難說。倒是亥生，真正難得，不嫖不賭，一個心眼守住冬妮。可冬妮她……」

　　春娜知道說漏嘴了，趕緊把話打住。這回丑生揪准了機會，他說：「春娜，妳就別替她打掩護了；我知道冬妮生活得並不開心。她直到現在還惦記著我。」

　　春娜覺得奇怪，望了丑生一眼說：「你怎麼知道的？」

　　春娜這麼問，等於證實了丑生的猜測，他笑笑說：「這還不簡單，因為我也惦記著她啊。」

　　春娜被感動了，說：「你說得對，冬妮是還想著你。可又能怎麼樣？看你現在這副形景，八成……唉，丑生，你，你還不如不回來呢！」

聽春娜如此說，丑生心裡一陣衝動，就想把自己的真實情況告訴她，但話到嘴邊還是鎖住了。丑生已不是從前的丑生了。他說：「這不惦記她了嘛。回來了總還能時常見著她。」

春娜說：「這見得著，夠不著的，不更難受嗎？」

丑生心裡油然生出一股得意，說：「總比千山萬水地相思強吧。再說……」他想說，再說也不一定夠不著；我非但要夠著，還帶她走呢，你信不信？但他再次把話鎖住了。

這麼說了半天，白癡酉生從廚下走來。他流著口水說：「丑生，飯——熟了。」

隨著他的話語，一股帶著焦糊味的飯香在屋裡彌漫開來。

十六

丑生決定先去找冬妮的父親長松。

長松已是六十開外的老人了，因為這十多年他的日子過得舒心，瘦肉型的身板就特別的硬朗，精神。他常說自己生了個好女兒，又招了個好女婿，有福氣，即使上天懲罰給了他一個白癡的兒子，他對生活也沒什麼可抱怨的了。因此，他的心地空前地善良起來。他經常義務幫村裡幹些好事、善事，用他自己的話說，叫做：白吃飯，白磕頭。女婿現當著村長，平頭百姓有事找村長，就常常先來找他；他呢，能幫一把一定幫一把。所以如今含村人一提起牛眼長松，都是一口一個稱讚；甚至竟有當面喊他二村長的，老長松雖嚴肅地制止人家，但幫起忙來更加鞠躬盡瘁了。

　　長松不愛軋鬧猛，不愛看電視劇，不愛旅遊，不愛打牌搓麻將，卻愛看戲，並且只看越劇。尤其愛看越劇老戲，越老越喜歡；對草創時期小歌班的幾個唱段特別癡迷。他到處托人買越劇盒帶和光碟。他積累的越劇盒帶和光碟放滿了兩個紙板箱子。這天吃過早飯，他在堂屋裡打箬殼草鞋，一邊放聽《街坊賦子》。一邊放，一邊還跟著錄放機哼唱：

> 一本萬利開店當，
> 二龍搶珠珠寶行，
> 三鮮海味南貨店，
> 四季發財水果行，
> 五顏六色綢緞店，
> 六來能開大米行，
> 七星高掛古董店，
> 八字門上……

丑生進門說：「長松叔，打草鞋啊。」
老長松搖頭晃腦地唱道：

> 八字門上開茶坊，
> 九巧玲瓏江西碗，
> 十來字格街呀……

丑生走到長松跟前說：「長松叔，好興致呀！」
老長松閉起眼唱道：

　　十來字格街呀格坊呀格開格開洋行哪行。

　　呀格吟哦伊吟哦……

　　丑生只好大點聲說：「長松叔！你聽戲還不閒著。」

　　老長松一睜眼見是丑生，驚奇得周身一激靈，手裡打著的半隻草鞋也掉到了地上。他關掉錄放機，站起身說：「丑生，是你？你回來了？哦，快坐，快坐。——你是幾時回的含村？」

　　丑生幫長松拾起草鞋，很隨便地在一把竹椅子上坐下，長松就泡出來一碗碧綠噴香的熏豆茶。這茶是含村人專為敬客的，丑生因為離開久了，久別回鄉，長松就拿他當客人待了。

　　丑生喝了一口茶，嚼著熏豆說：「前天傍黑回含村的。昨天收拾屋子幹了整整一天。——十五年不住人了，屋子快成娘娘廟了。」

　　丑生說著把兩盒點心當作禮物遞了過去。

　　長松什麼都明白了，就說：「你來看我已經蠻好了，還買什麼禮物。」

　　丑生一副謙卑的樣子說：「也不算禮物，只是表表我的心跡，很難為情的。」

　　長松接過點心，睜大一雙牛眼上下打量丑生，搖搖頭說：「丑生，你跟十五年前沒多大變化呀！」

　　丑生明白，長松是說他沒混出人樣來，心想，真真有眼無珠啊。但他要的就是這效果，就笑笑說：「沒辦法，所以還是回家鄉來了。」

　　長松把丑生的笑看成為苦笑，就同情地說：「回家鄉好，回家鄉好。如今在含村，混口飯吃是不成問題的。——在外打工不容易吧？」

丑生說：「挺難的。」

長松說：「那這幾年你掙下了有……萬兒八千？」

丑生又笑笑說：「掙是掙了些，說不成的；餵個肚飽腸滿吧。所以，想想還是回來算了。」

長松說：「那你回來打算怎麼辦？」

丑生說：「我想把我的承包地要回來，再讓村裡幫幫忙，勻給我一張半張蠶種。我想趕上看這熟春蠶。」

長松說：「這大概沒問題吧。不過，你不想進工廠嗎？現如今像你這樣的青壯年都進廠子了，廠裡頭收入高啊。」

丑生說：「不，我不想進廠，只想養蠶。我因為想養蠶了才跑回來的。」

這句話長松就聽不懂了，但他說：「那好吧，我幫你跟亥生說說，讓他給你安排安排。——你知道吧，亥生他現如今是含村村長了。」

丑生說：「我聽說了。就是不知他肯不肯幫我這個忙？」

老長松手一擺說：「我想應當沒有問題的，都過去十外年了嘛。再說冬妮……」

長松的意思是，為了一個冬妮，你們雖然結了仇，但冬妮最終嫁了亥生，亥生就是勝利者。你又吃了一年半官司，又是這麼一副形景回來，他又是村長，自然會有這個肚量的。

丑生就又笑了笑說：「但願如此就好。」

又說了一些別的話，丑生就站起來告辭。長松送他出門時說：「丑生，你也三十好幾的人了，在外面也沒成家吧？等消停一段日子，大叔給你介紹一門親事，成一份正經人家好好過日子。」

　　丑生就謝過老長松，長松便滿意地回屋繼續聽他的越劇打他的草鞋去了。

　　丑生從長松家出來，走到壩口，先不忙下山。他站在石級上側身向東，望著那一幢上世紀九十年代建造的三層樓房。丑生記得這樓房外牆原本抹的土黃色的塗料，現在卻改貼了淡藍的馬賽克，那顯然是後來重新裝修過的；但馬賽克也已失去了光澤，這裡那裡沾染了一些灰跡和污漬。

　　正這麼望著，山頂的一朵流雲馱著陽光從樓房上空經過，這樓房就搖盪著生出許多柔軟的觸角。一時，丑生的兩眼迷離起來。

　　像小時候讀過的神話故事一樣，畫面上忽然出現了一個仙女。仙女手捧一束鮮花，從樓房後面的拐角處走出來。如同受了驚嚇，丑生不由閉起了雙眼。當他再次睜開眼睛時，仙女變成了凡女，她手裡捧著的也不是鮮花，而是幾支沾著濕泥的紫殼春筍。那女人低著頭走得很慢，很隨便，因而很輕盈很詩情畫意。丑生一下怔住了。與此同時，那女人走到離丑生約有十來步路的一株含笑花下。彷彿受到感應似的，她停住了腳步並且忽地抬起了頭。這一抬頭，也怔住了。他們倆就這麼默默無言地對視起來。半晌，丑生動情地喚了她一聲：「冬妮！」

　　冬妮就扭過臉去。

　　丑生說：「冬妮，冬妮，妳……好嗎？」

　　冬妮彷彿遇見了兇神惡煞，她有些慌張地轉身就走。丑生快步離開石路，奔過去用手一攔企圖將她攔住，冬妮就用手裡的春筍把他擋開，一轉身進了一道側門。丑生跟過去時，門已闔上。丑生拍著門說：「冬妮！冬妮！我有話要跟妳說。冬妮！」

可是那扇上了桐油的本色木門已經閂死。丑生叫不開門，就勢在青苔斑駁的臺階上坐下來。他掏出煙來點上，才抽了一口，發現身邊多了一條狗，一條漂亮的花點子英國公狗。他拍了拍狗的腦袋，那狗就訓良地蹲伏了下來。

十七

丑生與冬妮西平壩邂逅一幕，恰好叫提早回家的亥生撞上了。一時，亥生心裡打翻了五味瓶子，什麼滋味全有了。

這兩天村裡沸沸揚揚傳著丑生回來的消息。有說丑生在外頭髮了一筆小財，打算回來安安靜靜過日子的；有說丑生在外面混不下去了，悄悄回來是為了躲債的；有說丑生在外混了這麼些年，女人見過不少，卻沒一個中意的，因為他心裡始終惦記著冬妮，這回回來要跟亥生拼命的。這些謠言使得亥生心裡七上八下，又沒見著丑生，他有點坐臥不安了。今天上午他把廠裡的事情早早了結，對助理說了聲有事，就開著助動車去了濱底。他把車停在遠遠的一叢粽竹邊，就拖著一條瘸腿朝丑生家那幢院子走去。他完全可以把車直接開到丑生家場屋前的，但他故意要走這麼長一段路，主要是要顯示他這條病腿，這是他與丑生見面採取主動的一個策略。

如今的亥生已然是村裡的一個人物了，但他對丑生不知為什麼有一段天生的軟弱和害怕。這會兒他忐忑地走近丑生的院子，走到那棵瘦瘦的櫻桃樹下時，他就感覺到了丑生存在的氣息。

亥生站在櫻桃樹下考慮了約有三分鐘時間，便朝堂屋走去。走到門邊，一隻腳跕著門檻，人就朝屋裡探頭探腦，說：「屋裡有人嗎？」

屋裡靜靜的，沒有回答。亥生提高嗓門又說：「丑生！丑生在家嗎？」

東屋的灶間有響動了，走出來的卻是白癡酉生。酉生見是亥生，咧開嘴笑了，說：「你來，便……飯啊？」

亥生一邊進屋，一邊問白癡：「酉生，你怎麼在這兒？」

白癡說：「不客氣，便……飯有——肉。嘿嘿。」

亥生在屋裡東張西望，說：「丑生呢？」

白癡突然臉一沉，過分利索地說：「我不告訴你他找老長——松，去了。」

白癡向來不管自己的父親叫爹，他叫他老長松，好像長松是他的兄弟似的；即使當面，他也是老長松長老長松短老長松頭上頂個碗，長松和村裡人都習慣了。

亥生說：「他找爹幹什麼？」

白癡嘿嘿一笑說：「要——地，要——葉，要——蠶種。」說完，眼睛一翻回灶間了。

亥生放心了，他簡直要笑出聲來。他覺得他主動上門來找丑生實在是多此一舉；幸虧沒碰上，否則白白輸了一段尊嚴。現在他反而應當避免見到丑生，他得讓丑生上門找自己。他肯定丑生最終得找上門來；只要他找上門來，他一定加倍地滿足他。這麼一路想著，亥生就回西平壩自己家了。剛上平壩，他就遇見丑生冬妮相遇對視那一幕。他本想衝過去的，卻身不由己躲到路邊的一棵松樹後面，

同時一顆心怦怦跳著懸在了半空。直到冬妮轉身進了側門，他才長長地籲口氣，心也穩穩當當地放回到肚子裡。

亥生不回自己家，他先到長松的平屋裡。老長松已關了錄放機，躺在一張破籬椅裡閉著眼睛好像在養神。亥生一聲不響在一把竹椅子裡坐下。

長松沒睜眼，說：「這麼早就回了？」

亥生說：「爹，丑生來找過你了？」

長松說：「你在路上碰見他了吧？」

亥生說：「他向你提起要地，要葉，要蠶種了？」

長松說：「你認為他這些要求過分嗎？」

亥生說：「他怎麼不提出去廠子呢？」

長松笑笑說：「這下你放心了吧？」

亥生說：「我有什麼不放心的？」

長松說：「說說，丑生的事你幫是不幫？」

亥生笑了，說：「他既然這麼回來，我能不幫嗎？」

這翁婿說話有個習慣，能用疑問句儘量用疑問句。這不單是個談話形式，也表明兩人之間的一些微妙關係。話說到這裡，長松睜開眼坐了起來。他說：「很好。你們村委會抓緊商量一下，儘量滿足他的要求。」

亥生說：「地和桑園都不成問題；蠶種可是各家各戶預訂的，也許有些麻煩。不過也不是完全沒辦法，動員一、二大戶勻出一張半張也就是了。——只是丑生怎麼不要求進廠子呢？現在的青壯年誰還願意臉朝黃土背朝天在土裡刨食了？」

長松說：「誰知道！也許他在外面幹厭了。各人有各人的想法，誰知道！比方說冬妮，她就不喜歡待在工廠。不是嗎？」

長松是隨便說說的，亥生心裡卻格登一跳，就好像丑生不要求去工廠是和冬妮約好了似的。不過他立刻發覺自己太神經過敏，太可笑了，於是他說：「那這樣吧，爹，你告訴丑生，讓他過個三四天去一趟村委會，我給他准訊。」

長松想了想說：「還是你親自上一趟濱底告訴他吧。我認為這樣比讓他上村委會好，你說是也不是？」

亥生瞅瞅長松，明白了岳父的意思，就說：「這樣也好。那就這樣。」

亥生在長松這兒耽擱了一會，回到家已是午飯時候了。冬妮正在廚房哧哧拉拉地炒菜；飯桌上已放著三個菜：一碗甲魚夾肉，一碗鱸魚燉蛋，一盆油燜春筍。亥生見了不免眉開眼笑，因為這幾樣菜都是他喜歡吃的。他伸出一個手去撮一片春筍嘗鮮，卻叫端了一碗炒青菜出來的冬妮喝住了。冬妮嗔著說：「洗手去！」

亥生嘻嘻笑著去衛生間洗手。洗完手出來，見冬妮已為他倒了一杯啤酒。於是夫妻對坐開始吃飯。

亥生喝一口啤酒，誇張地咂一下嘴，又把四個菜挨個兒嚐一遍，說：「冬妮，妳的手藝越來越高了，色香味都好。嗯，好吃，好吃，比廠裡食堂的飯食強多了。那兩個廚師還說是在星級酒店裡修練出來的呢，他們只配給妳打下手。」說著瞅一眼冬妮。

冬妮只管自己扒飯，說：「你少甜言蜜語的，小心噎著。」

冬妮這樣搶白亥生，亥生一點不感到不高興，反而有點皮鬆骨軟。剛結婚那陣子冬妮搶白他，他也曾經惱恨過，尤其見她對別人

都很溫和柔順；但後來他想通了：她之所以搶白他，是因為他倆是夫妻。夫妻間這種搶白是外人享受不到的，搶白就有了甜蜜的滋味；亥生想，這就是愛吧？他認定這就是愛，或者說這是他和冬妮之間傳遞愛的特有方式。為此，有時亥生還故意去招惹冬妮，引誘她給他一頓搶白；事實上，很多時候冬妮自己覺得有點過份，搶白之後就會吃的一笑。這一笑，在亥生這方面就是最大的獎賞了。

現在聽冬妮這麼搶白自己，亥生就笑笑說：「冬妮，丑生他真回來了呢。」

亥生這麼說，好像是報告冬妮一件消息，其實他是在試探。冬妮沒有反應。亥生又瞅她一眼，說：「他上平屋找爹去了。」

這回冬妮有了反應，但那反應也是淡淡的。看得出真是很淡，不是故意裝的淡。亥生就喜歡了。

冬妮說：「他找爹幹啥。」

亥生說：「要地，要葉，要蠶種。」

冬妮說：「這麼說，他這一回來是要一心一意種地了？」

亥生小心地瞅一眼冬妮說：「大概是吧。我問爹了，爹說丑生不願意進廠子，就願意種地。爹還說……」

冬妮用筷子撥著筍塊說：「爹還說什麼？」

亥生本想說，爹還說丑生跟妳一樣不願意進廠子，話到嘴邊想想不妥，煞住了。他說：「爹還說，人家現在這麼著回來，我們能幫就盡可能幫幫他。」

冬妮就不言語了；她繼續吃飯，但吃飯的速度減慢了，明顯摻入了心猿意馬的成分。

亥生能理解她，但他故意說：「爹要我幫他解決好生產上的問題，我是村長，冬妮妳說，我能不幫嗎？」

冬妮三口兩口扒完剩下的飯，把碗筷一放說：「幫不幫的，你看著辦，跟我沒什麼關係。」

冬妮說完去衛生間洗臉，洗完臉進了房間。亥生判斷不出冬妮心裡起了什麼變化，但有一點可以肯定，她與丑生的確已經疏遠。她畢竟與他分開十五年，而與自己做了十五年的夫妻，並且還有了寒豆這麼一個聰明乖巧的女兒。當然亥生也提醒自己，切不可麻痺大意；他得提防著點，因為舊情就像死灰中的火星，只要遇上一陣好風，死灰也會重新燃燒的。那麼用什麼辦法才能最有效防止死灰復燃呢？他望著衛生間的門，突然就找到了這種辦法。

他收拾好碗筷且不洗刷，徑去衛生間點燃燃氣熱水器。不一會他就往浴缸裡放熱水，一邊開始脫衣服，同時一顆心怦怦地亂跳。

亥生洗完澡，就這麼一絲不掛地進了房間。

冬妮側著身子在床上假寐，亥生過去扳她的身子，她就睜開眼來。睜開眼見他這副模樣，不由嚇了一跳，說：「你這是要幹什麼？」

亥生笑笑說：「妳說我要幹什麼？」

冬妮臉上騰地一紅說：「你哪根經搭牢了？這大白天的！」

亥生說：「我自己也懷疑我哪根經搭牢了，可我真想了。說真的，我們還真沒在大白天幹過。」

冬妮翻過身去說：「不行。」

亥生把她的身子又扳過來，說：「行。我說行就行。——我記得清清楚楚，我們還是去年12月27日來的，都三個月零八天了！」

　　冬妮從未經歷亥生這麼強橫過的，就氣挫了一下，說：「晚上吧。今兒晚上一定，行不行？」

　　亥生說：「不行。我就要現在。現在！」

　　如果說亥生第一次扳她的身子，冬妮多少感到有些莫名其妙的話，現在她已經讀懂他了，並且從強橫中讀出了虛弱和膽怯。她有些可憐起他來，於是她說：「好吧，你鬆開手，讓我自己脫衣服。」

　　這樣一來，亥生倒覺得身在夢中了。他遲遲疑疑地鬆開手，瞪著兩個失神的眼睛退到了一邊。

　　冬妮理理鬢髮開始脫衣服。她一顆一顆解著紐扣，解得很冷靜，也很麻利。她剝去外衣，剝去中衣，剝去內衣，最終將自己剝成一團柔白的慾望。亥生見了彷彿被一個雷電擊醒，喘息著撲了上去。

　　這一回的白晝宣淫在他們十五年的婚姻史上是絕無僅有的，卻是出乎意料地成功。在亥生的記憶裡，這是冬妮最為配合的一次；事實上在這次性事中，冬妮自己也達到了從未有過的高潮。這是她在以後漫長的日子裡一直無法解釋的。為此，亥生感到非常驕傲，與此同時，他對妻子冬妮充滿了感激之情；他認為他們的婚姻得到了空前的鞏固。

　　完事之後，亥生像個孩子似的偎在冬妮胸前哭了起來，邊哭邊嗚嗚咽咽地說：「冬……妮，冬……妮，妳，妳……太……好了！」

十八

　　三天後亥生把丑生的承包地塊、桑園以及蠶種等問題全部落實了。落實好之後他親自去了一趟濱底丑生家。去之前亥生作了充分

的思想準備，設想了丑生可能會有的種種態度以及自己如何應對的
辦法，但去了之後發現種種準備都用不上了。丑生很客氣，也很禮
貌，好像他把從前的事情都忘光了。亥生因此想，雖然他落魄回來，
畢竟見過大世面了。轉而又想，要是他發了財回來又會怎樣呢？這
麼一想，不免有些幸災樂禍的得意。得意之餘，憐憫之情也油然而
生了。但這兩種情緒他都沒有表露出來；他只是顯得很熟慣，很熱
情，還表現出一個村長、一個擁有上百萬資產的鄉村企業家應有的
肚量和作派。這樣，無形中兩個人似乎走攏了許多。

　　由於得意和憐憫，臨告辭時亥生畫蛇添足地說：「丑生，離開含村
十五年了，我怕你有些農活手生了吧？尤其是養蠶。這麼著，冬妮現在
是村裡的蠶桑委員，以後養蠶栽桑方面有什麼問題，你盡可以去找她。」

　　丑生笑笑說：「好的。謝謝了。」

　　5月1日是發放蠶種的日子。這天含村派去縣蠶種場接蠶種的
一輛拖斗車一大清早就出發了，押車的是冬妮和幾個臨時從廠裡抽
調的小夥子。近晌的時候蠶種接回來了，這時各村民組的蠶事負責
人早已等候在村部的稻場上，車子一停下，冬妮就按訂單一一分發
蠶種盒子。分完之後，再將自己組的蠶種按戶分發給各家。要不了
一頓飯工夫，車空人散，蠶種就分發完了。現在她手中還存有兩份
蠶種：一份是自家的，兩張半布子；一份是丑生的，一張半布子。
兩份蠶種分裝在白紗布包裹的木盒子裡。

　　拖斗車開走以後，冬妮又在村部的稻場邊等了一會，卻不見丑
生來領取，心裡就犯起了嘀咕。看看已是午飯時候了，蠶種是耽擱
不起的，冬妮想，看來只好親自給他送去了。

　　冬妮先回自己家處理好自家的蠶種，又找出一件自己的紫絳色燈芯絨背心，把丑生的蠶種盒子嚴嚴實實地包好，用一個塑膠袋裝了，然後出門抄小路去濱底丑生家。

　　冬妮此時的心情很是複雜。如果把這複雜的心情比成一朵突然開放的重瓣桃花，那它的花心就是熱切。就在剛才她決定親自給丑生送蠶種那一刻，這種想見到他的熱切產生了。那天在自家屋腳邊猛然見到他時，她幾乎有些不能自持，而躲避其實不是她的本意。她不知道自己為什麼要躲避，事後想想也覺得好笑。事情過去都十五年了，她已經做了別人十五年的妻子，並且又是一個孩子的母親，應當說他們之間已沒有了任何瓜葛；現在，她與他只是鄉里關係，從小一起長大的關係，至多是老朋友的關係。此外還有什麼關係呢？再沒有什麼關係了。所以，她實在沒必要躲避他。這樣一想，她為自己此刻的熱切作了這樣的解釋：她純粹是出於對一個外出歸來的鄉親、一個從小到大的夥伴、一個多年失去聯繫的朋友的關心，僅此而已。

　　冬妮這樣想，其實又是一種逃避，也是一種提醒，或者更是一種自我界定。當她真的走進丑生家的院子，站在那棵瘦瘦的已掛滿瑪瑙一樣果子的櫻桃樹下時，從前的情景就像死滅的草灰遇到了春風，呼一下又燃燒起來。她不免有些後悔了，覺得還是不該到這兒來的。現在沒有退路了。她把提著的蠶種從這個手換到那個手，又從那個手換到這個手，不知道上前好還是退回去好。正自趑趄，她哥哥酉生捧著個陶缽從廂屋出來倒水。白癡看見冬妮就嘻嘻地笑起來，他流著口水說：「妹子，妳——來了？」

　　白癡這麼說時，廂屋裡又走出來一個人。這人是丑生。丑生手裡拿著一條正在收拾的大鯽魚。鯽魚已開膛，滿身是血，還一個勁地扭動。丑生笑著說：「是冬妮啊，快，快進屋，一會飯就好。」

　　聽他說話的口氣，好像他跟她約好了似的。冬妮一時不知該如何答話：分辯呢？推辭呢？還是接受呢？都無法開口。丑生就走過來說：「冬妮，還愣著幹嗎，進屋啊。亥生去縣上開會了，妳就在這兒便頓飯，有什麼要緊？」

　　午飯時候讓上門的別人便一頓飯，這在含村是再平常不過的事情。但是此刻的冬妮很難接受這種常情，她扭開臉說：「你怎麼不來領蠶種啊？難道不知道今天分蠶種嗎？」

　　丑生說：「知道是知道的，只是剛回家，屋裡屋外一攤子事撒抹不開嘛。」

　　冬妮聽他如此說，不由抬臉望了他一下。丑生趕緊抓住這機會，用目光引導她進屋。用眼睛說話是丑生的本能，十五年了，這個本能沒有喪失。就是這熱切而又固執的目光使冬妮不由自主接受了丑生進屋的邀請，她有些猶豫地向本來很熟悉的屋子跨出了第一步。之後，丑生用身體的示範幫助她完成了進屋的全部過程。

　　在椅子裡坐下後，冬妮有些埋怨地說：「蠶種是一刻也耽誤不得的，再怎麼忙也得去領。」

　　丑生放低聲音說：「不是有妳替我送來了嘛。」

　　丑生說著望定冬妮。冬妮雖然不看丑生，但能感受到他的目光，臉一紅說：「還愣著幹嗎，快去拿蠶簞和桃花紙啊。」

　　丑生說：「都正午了，妳一定餓壞了。我們先吃飯吧？」

冬妮說：「放屁！先收拾蠶種。」

冬妮這話等於說願意在此便飯，這讓丑生一塊石頭落了地。他笑著去廚房放魚洗手，又去西屋拿來蠶篁、桃花紙。

冬妮說：「鵝毛呢？」

撣種入篁，鵝毛是必備的工具。

丑生說：「我沒有鵝毛。妳不是有鵝毛嗎，借來一用。」說著就伸手去取。

冬妮的鬢髮上插著一支鵝毛，這在冬妮走近丑生家時，丑生就注意到了。其實丑生有鵝毛，但他剛才取蠶篁和桃花紙時，故意將它撇下了。

丑生的動作很快；但就在他的手指快要觸碰到冬妮的鬢髮時，冬妮將腦袋輕輕一偏，避過了。她說：「還是我來撣吧，你們男人家手重。」說著拔下了那支鵝毛。

那是一支經過精心挑選的蠶用鵝毛，不像一般蠶娘隨隨便便拔一根就是。那支鵝毛不粗不細，毛管兩側的毣毛排列緊密，一絲不亂；毛的尾端隱隱有幾縷淡墨色的波狀花紋，好像是畫家描上去的一抹遠山。這鵝毛插在冬妮鬢上也很好看，不像一般村婦插得尖尖翹翹像一門炮，而是平平伏伏半藏在青絲裡，遠遠望去就像綰著一支玉簪。

丑生將蠶篁置放到方桌上，鋪好桃花紙，冬妮便開始撣拂蠶種。她半倚著桌子，先將裹著種盒的燈芯絨背心揭去，接著豎起纏著白紗布的種盒，使盒子上留著的一個圓孔對準蠶篁，然後輕輕地搖動種盒，就見青黑色的蠶卵細沙一樣灑落到蠶篁裡了。冬

妮一邊搖落蠶種，一邊用鵝毛將它們輕輕拂開，拂勻，拂成薄薄的一片。

丑生認為，看冬妮撣拂蠶種是一種美的享受。搖和拂這兩個動作被和諧地統一起來；同時，反過來又使得瑩潤的手臂、柔弱的腰肢、豐滿的胸乳、渾圓的肩頭、雪白的頸項在一種近乎癡迷的動態裡創造出舞的意境。尤其是那一張臉，儘管已不再年輕，眉梢眼角也有了明顯的皺紋，還透著一絲冷漠，但是那種嫵媚的氣韻怎麼也遮掩不住，就在離她周遭三分三厘的地方流轉著。丑生不免大大的吃驚，情不自禁「啊」了一聲。

這一聲「啊」擾亂了冬妮的工作，她停下活兒，側過臉疑問地打量了一下丑生。這一打量又使她產生了新的疑問：十五年在外，肯定吃過不少苦吧，可他的容顏怎麼一點沒變呢？這麼想時，她也不由得發出一聲驚歎：「啊！」

丑生自以為捕捉到冬妮驚歎的內涵了，他心一激動一把扶住冬妮的手腕說：「冬妮！」

冬妮好似受到了電擊，她掙脫一下說：「丑生，別這樣。看把蠶種撒了。」

冬妮這麼說，看似拒絕，實際等於是接受；丑生的膽子陡然大了許多，舊情也就在這一刻裡熊熊地燃燒起來。他沒有鬆開手，反而一把將它拽緊了，說：「冬妮，冬妮，我……」他的喉頭噎滿了話語，卻是被一隻無形的手扼住。他乾噎著說：「冬妮，我——好後悔呵！」

冬妮放下種盒，捧著臉扭過身去低低地哭了起來。

丑生挨近身去，準備有進一步的動作，白癡西生端著一個熱氣騰騰的大砂鍋進屋來了。他說：「妹子，晚了，這黃芪燉，母雞，燜成——泥了。」

十九

應當說故意不去村部領蠶種，是丑生回含村整個行動計畫鏈中很關鍵的一鏈。對此，他開始是沒有太大把握的，畢竟隔了十五年的無情歲月啊，不料竟這麼成功，舊情居然一下就點燃了。丑生不免有些得意。從而他對此後的行動，以及事情的走向和圓滿結局充滿了信心。他很開心，比做成一筆大買賣還要開心。他急於要把這開心告訴給別人。可又有誰可以告訴呢？想來想去，除了一個人誰也不合適。於是當晚他撥通了助理小魏的電話。他當然不會告訴小魏開心的具體內容；他只告訴小魏他的事情進展順利，告訴小魏他此刻的喜悅心情。老闆高興，作為最忠實最貼心的助手，小魏當然更加高興。小魏在電話那頭說：「董事長，這麼快就初見成效，足見您具有何等的魅力！我怕是要不了兩個月，事情就可搞定吧？」

丑生信心百倍地說：「那也難說。不過我警告你，千萬不能輕舉妄動，一切等待水到渠成。到時我會給你指令的，你只要密切配合就成。」

小魏說：「董事長，我明白了。」

丑生又說：「公司最近情況如何？俄羅斯那宗生意談得怎麼樣了？」

小魏說：「公司運轉一切正常。俄羅斯方面已基本搞定；美國方面的業務也有了眉目。董事長放心，形勢好得很哪！只是……」

丑生說：「只是什麼？」

小魏說：「只是麗麗、媛媛和娟娟她們老來查問董事長的行蹤。」

丑生說：「你告訴她們我在談一筆重要的業務不就完了。」

小魏說：「我是這麼告訴她們的，可她們不信。尤其麗麗，這小娘們精的很哩！」

丑生笑笑說：「你要想辦法穩住她們，別讓她們給我添亂。」

小魏討好地說：「董事長放心，我知道該怎麼去做。」

通完電話，丑生對著那部翠綠色手機發了一會呆。手機綠瑩瑩的小小螢幕上，輪翻出現三張女孩發嗲的粉臉。丑生忍不住笑著罵了句：「婊子！」罵完，啪的一下把機蓋闔上了。

自從那回上門送蠶種之後，有好多天丑生都沒見著冬妮，他不免有些失落，有些焦慮。不知有意還是無意，那天冬妮把她用來包裹種盒的紫絳色燈芯絨背心落下了，現在丑生整天把它抱在懷裡。他抱著它，想她，念叨她。

他自己也搞不懂，十五年都過來了，現在與她近在咫尺，思念之情倒更難遏止了。

像冬妮這樣的鄉村美女被男人羨慕，這是極其正常的一件事情。我們這個民族對美女素有研究。比如李漁就認為，女子的美麗不唯表現在容貌上，更體現在態度上氣質上。所謂美和媚，他更傾向於媚。他說，尤物維何？媚態而已。又說，媚態之在人身，猶火之有焰，燈之有光，珠貝金銀之有寶色，是無形之物，非有

形之物也。而媚態是即時性的，非當事人不能領略。容貌的美麗可以借助美容，態度氣質是自然生成，無法再造。這就是為什麼天下漂亮的女人那麼多，真正的美女又那麼少的原因。現代社會女子美容可謂層出不窮，選美運動也在世界各地風起雲湧，可真正當得起美女的又有幾人呢？如今的丑生，像這樣用現代美容手段調教出來的女人見得多了，也親身歷練了一些，因此他越來越懷念起遠在家鄉農村的冬妮。他現在才明白，像冬妮這樣不事雕琢的鄉村尤物，那一種天然的風流態度，在當今已屬鳳毛麟角。他也明白了，埋沒在鄉村的美女冬妮，其實是為他丑生準備的，可惜他覺悟得太遲太遲，以致本該早就屬於自己的寶貝，十五年以後還得千山萬水地去重新爭取。他因此想，當十五年前那個夜晚，他將冬妮像轟鴨子一樣轟走的時候，上蒼一定躲在雲層裡暗暗地譏笑他吧？

　　烏娘出齊了，蠶事上了軌道；切葉，餵蠶，起沙，起早落夜，丑生已不慣養蠶的辛勞。但是為了冬妮，他認為苦得值得。正因為如此，他對冬妮的想念與時俱增，卻是無有機會再度親近芳澤。一些日子來他也碰見過她，在村部，在街上，在地頭。可是看得出她在回避他；本來迎面走來的，一抬頭見是他，她就拐了彎。白癡酉生倒是天天跑來幫忙的，而托他帶話帶信又很不可靠。想不到一個很好很順的開頭卻難以繼續推進，丑生就有些洩氣，也有些急躁了。可是急躁也沒用，蠶寶寶日長夜大，差不多過不幾天就要分區，一分二，二分四，四分八，到後來一、二十隻蠶區全用上了，擺滿了四個大蠶臺。走進蠶房，只聽見沙沙沙一片吃葉聲，好似下起了稠

密的細雨。三眠、出火以後，吃葉量猛增，附近桑園的桑葉剪盡了，丑生就上濱對面較遠的桑園。

一天傍晚，丑生挑著空葉擔剛轉過濱底，就見遠遠的桑園邊站著一條狗，一條花點子英國公狗。那狗也同時瞧見了丑生。它伸起一條前腿搔搔狗頭，一轉身進了園中的一條地壟。丑生朝狗走去，走到狗剛才站立的位置，就見地壟裡走著一個女人。那女人背著滿滿一筐桑葉，低著頭慢慢地走來，走到跟前猛一抬頭，是冬妮！冬妮見是丑生，趕緊抽身退了回去，並且迅速拐進另一條地壟。丑生將肩上的擔子一撂，夾腳追了進去，一邊追一邊喊：「冬妮！冬妮！」

喊聲越來越近，冬妮知道躲不過了，就站住了身子。她沒放下葉筐，也不轉過身來，等丑生走近了，冷淡地說：「丑生你別這樣。你讓我安安生生過日子好不好？」

這真是個聰明的女人！丑生想，其實她什麼都知道了。可妳躲什麼呢？妳用不到躲，妳也躲不了。妳躲得了嗎？我既然回來了，妳就躲不了了。妳明知道躲不了妳還躲，有意義嗎？

丑生說：「我怎麼了？我做什麼了？我什麼也沒做，怎麼就不讓妳安生過日子了？」

冬妮說：「還用我說嗎？」

丑生說：「那好。妳既明白，我就……」

冬妮截住他說：「你別說。你離開吧！」

這個「離開」，可以指眼下的桑園，也可以指含村。丑生望著女人的背影不由一陣心酸，他說：「冬妮，十五年了，妳還這麼記恨我嗎？」

　　聽了這話，冬妮慢慢轉過身來。一轉過身，丑生就見到她滿臉的淚痕，一下驚呆了，也喜傻了。他急忙上前幫她卸下葉筐，說：「冬妮冬妮，妳不是一樣還惦記著我嗎？我知道妳還惦記著我。我……」

　　丑生說著要替她擦眼淚，卻叫冬妮推開了。冬妮說：「丑生，我早已是別人的妻子了，還有了他的孩子。你就死了這條心吧。」

　　丑生咬咬牙說：「不。我不！」

　　冬妮說：「你不就為的一雪摸奶之辱嗎？」

　　丑生說：「我承認有這個因素，但也不僅僅為這個。我主要為的是愛！」

　　冬妮搖搖頭說：「那又能怎麼樣？」

　　丑生兩個手從胸前捧起，作成捧著一顆心的樣子，要把他的計畫向她和盤托出，這時狗慌慌張張地奔過來，桑園外也響起了冬妮她爹長松的聲音。只聽老長松說：「冬妮，妳跟誰扯閒篇哪，蠶寶寶都等著妳的桑葉下肚呢！」

　　冬妮低聲說：「你快走吧，我爹來了。」說完背起葉筐推開丑生走出地壟。

　　丑生頓了一下，立刻又緊追上去說：「今夜我在山上仙人潭等妳。」說完也不等冬妮回答，鑽進桑林不見了。

<h1 style="text-align:center">二十</h1>

　　仙人潭是含山山頂蠶王廟前的一個池塘。這池塘呈如意形，不過半畝面積，也不深，卻是終年池水清冽，大旱不乾，大雨不滿，

於是相傳叫作仙人潭。這仙人潭清明軋蠶花那天最最風光了，蠶娘們戴了蠶花上山，先去蠶王廟燒一炷香，祈求蠶花菩薩保佑蠶花廿四分，然後去仙人潭洗手。在仙人潭洗過手，手就乾淨了，還沾上了仙氣，蠶花廿四分就更有了安全係數。洗過手還要撿一塊小石子投往潭水的中心，潭水中心有一股活泉向上奔突，誰要投中泉心，誰家這一年肯定蠶繭豐收。有蠶諺說：「擊著仙人泉，回家養龍蠶。蠶花廿四分，謝謝蠶神仙。」

仙人潭邊有數棵垂柳和桃花；桃花正怒放，都是重瓣的，血一樣的殷紅。春天的仙人潭，水清花秀，不光是占卜蠶事的聖地，也是青年男女談情說愛的好地方。從前，丑生和冬妮就常來這兒。今天丑生又約冬妮來這裡，是想讓冬妮回憶起從前，從而讓從前來帶動今天，使自己的計畫能較為順利地一步步完成。

晚上，丑生餵過一遍蠶，又叮囑了酉生幾句，說有事出去走走，就跑了出來。白癡端個花瓷大碗靠在蠶臺邊吃煨芋頭，說：「別惹，妹子，生氣哦。」

丑生已走到門口，聽酉生如此說，心下不免納罕，不由得回過臉去朝他望望，心想，這白癡通仙啊？

丑生是由東山坡上的山，那兒人家少，僻靜。半個月亮伴他上了山，沿窄窄的山道折向北，過斷堨橋，向西，走過破破爛爛的山神廟，又繞過一座掉了頂的小寶塔，穿過一片楓樹林，來到了蠶王廟。蠶王廟這時候特別的冷清低矮，黑烏烏的好像隨時要趴下。廟前不遠的仙人潭落了一潭的星星，潭水搖盪，那些星星就發出叮叮咚咚的聲音。

　　丑生在潭邊的一塊石頭上坐下，坐了一會就俯身用手去撩潑潭水。水很清冽，捧起喝一口，是甜的。丑生做著這些動作，不時望望幾條通往這裡的山道；山道寂寂，唯有草叢間幾隻昆蟲在低低地吟唱。丑生掏出煙來抽了。他抽了一根又抽一根，不一會腳邊就積起了七八個煙頭，同時他的信心在一點一點流失。他沮喪地想，看來這一晚他是白等了。他點燃第九根煙準備起身下山，這時南面那條山路上幽幽地上來一個人，丑生認定是冬妮，心裡不由一陣得意。可是那人走近了，不是冬妮，是冬妮她爹長松。丑生的得意立時化作怨恨。

　　老長松在近邊的一塊石頭上坐下說：「丑生，這不好。你不該這樣。」

　　丑生說：「為什麼？」

　　長松說：「還用說嗎？她已經結婚了，而且結了十五年了。」

　　丑生說：「可她原本應該跟我的。我們是被生生拆散的。」

　　長松說：「不錯，拆散你們的是我。可這又能怨誰？如今冬妮她過得挺不錯的；而你……你又不是重回寒窯的薛平貴。你說你這不是犯傻嗎！」

　　丑生就冷笑一聲說：「我要真是薛平貴呢？」

　　長松聽他這麼說，不由瞪起兩個牛眼死死地瞅了他半晌，然後仰天哈哈大笑起來。笑了好一陣才收住，說：「那你是有了代戰公主了？──好了好了，丑生，棒槌當不來針的。你省省這份閒心，先把這熟蠶看好是正經。我答應過你，我一定會幫你說上媳婦的。」

　　丑生知道一時半刻無法跟老長松說清，就說：「叔，總有一天你會明白我的。我知道冬妮心裡還有我，我們可以重新開始的。」

長松沒聽出丑生話裡的意思，他站起身，拍拍屁股上的灰土，說：「丑生，少說夢話了。你白想想，冬妮心裡要真還念著你，今晚她能讓我上山來支應你？」

老長松說完，背著手下山去了。

長松最後這句話算是黑虎偷心，丑生這一晚睡不著了。一番思來想去之後，最終把冬妮不來踐約歸結為思想不夠開放。是嘛，含村這種地方畢竟太過閉塞，跟不上時代的節拍，這不能怪冬妮。他決定另找機會使她開竅。

不久之後，這樣的機會終於來了。

含山村石橋改建配套工程的前期工作一直進行得相當順利。上海某設計院的圖紙經過論證也確定了，投資兼施工方杭州某建築工程公司的顧老闆也親自跑來實地考察了，投資合同雖未正式簽訂，但經過多次磋商基本條款也已達成共識。可是就在正式簽訂合同的前一天，不知什麼原因，投資方突然變卦了。這一突變對亥生的打擊太大，他必須得儘快找到新的合作夥伴，否則已投下的二十多萬元前期資金就打水漂了。但是對於含村這樣的偏僻小鄉村，另找合作夥伴又談何容易呢？

丑生在得到這個資訊後，第一反應是記起了他曾對冬妮說過的一句話。他說：「我倆還能好嗎？水泥橋還能改回成石拱橋嗎？」那是十五年前那個晚上丑生回絕冬妮時說過的一句絕情話。想不到這句話現在倒成了黑夜裡的一盞明燈，把通往預定目標的道路照亮了。

這天晚上，丑生第一次給小魏發出指令，讓他迅即趕赴杭州，通過關係摸清情況，然後找到那家建築公司，儘快把石橋配套工

程接過來。就這樣，在不到一星期的時間內，即在蠶兒出火（三眠）之後的某一天，小魏在杭州那家建築公司老闆顧某的陪同下來含村了。

　　石橋改建配套工程忽然起死回生，而且條件又相對比原先優厚，亥生差不多要跪下來給小魏磕頭了。事情談妥之後，亥生在五福樓宴請了小魏和他的兩名「助理」小姐。席間，小魏對亥生說：「村長，合同的基本條款我們都談妥了，但我還得向我們董事長彙報，最後由他確認。要不這樣，請村長三天後去杭州，我們就在杭州正式簽訂合同，同時讓雙方放鬆放鬆，遊遊西湖。不知村長以為如何？」

　　亥生這會兒只要把合同簽下，慢說去杭州，就是去火星他也願意，就連連說：「沒問題，沒問題，一切由魏總決定就是。」

　　小魏說：「那村長方面都有誰去啊？」

　　亥生想了想說：「我當然要去的。另外嘛，村財會去一個，具體負責這項工程的村委去一個。」

　　顧老闆笑咪咪地望一眼在座的冬妮說：「還可以多去一些人，這樣顯得隆重一點。我建議，村長夫人也一同去。」

　　亥生說：「這不合適吧？」

　　顧老闆說：「這有什麼不合適的！這也是人性化的一種現代商業行為，它可以緩解商戰帶來的疲勞。何況你們夫妻在一起，有什麼情況也好隨時商量啊。——魏總，你說是吧？」

　　小魏就說：「顧總說的有道理。我代表公司正式邀請夫人，請夫人賞臉。」

亥生雖然對色迷迷的顧老闆有些反感，但與冬妮一起出去走走是他多年來的一個夙願，又有魏老闆這麼熱情的邀請，他就用商量的口氣對冬妮說：「怎麼樣，不要辜負二位老闆的一片心意吧？」

在這樣的情勢之下，冬妮縱然一萬個不願意，也不好推辭了。她笑笑說：「那就謝謝魏總了。」

二十一

簽訂合同的具體地點在杭州之江飯店，這也是丑生刻意選定的。之江飯店離西湖較遠，這對遊湖相對帶來不便，但對丑生的行動絕對便利。亥生他們住下後，小魏先安排他們遊玩，且不談簽合同的事，推說董事長忙，一時顧不過來。這樣住了三天，湖上近一點的景點都走到了。第四天上，小魏告訴亥生，合同草稿董事長已經過目，基本同意，正式文件已送飯店文印中心製作，明天上午舉行簽約儀式。然後安排這一天遊玩西溪的日程。因為大功即將告成，亥生的遊興更加高漲。可是冬妮累了，一心只想歇著。其實也不是真累得動彈不了了，而是她的素性決定的。冬妮這人喜歡靜，不喜歡動，三天遊玩在她已經出了格了。這一點，丑生再清楚不過的。

亥生見冬妮不願出去，本來也只好陪她不去，但架不住小魏的熱情攛掇，還特地請了兩位「助理」小姐來陪同，就對冬妮攤開兩手說：「冬妮妳看，魏總他……」

冬妮就漠然地說：「不要拂了魏總的好意，你就去吧。」

　　兩位陪同小姐一邊一個拉住亥生的臂膀，笑著說：「夫人發話了，村長您還猶豫什麼！走吧走吧。」說著，就把他生拉硬拖拽走了。

　　亥生走了之後，冬妮覺得輕鬆了許多。這種輕鬆又因為遠離含村，而成為身輕如燕想為所欲為的那種。這讓冬妮感到好生奇怪。她因此想，看來這次來杭州是來對了，以後每年是該出來走走，放鬆放鬆的。

　　這麼想著，一個侍應生給她送水果來。侍應生很熱情地對她說：「這麼好的天氣，小姐怎不下樓去走走？咱們賓館環境設施不錯呢。」

　　第一次被人稱作小姐，冬妮心裡很是新鮮受用。從冬妮住的十三層樓朝下望，可以望見飯店的庭院。庭院深深，佳木蔥蘢，一些亭臺水榭，就掩映在花樹叢中。受了侍應生友善態度的縱容，冬妮一喜歡，決定下樓去走一走。

　　冬妮關了電視，出房間下樓。樓道裡很安靜，幾乎碰不見人。電梯間相對的四部電梯全都亮著「1」字，顯然這會兒無人使用。冬妮很容易摁上來一部，一路也沒人加入，就這樣很快到了底層。到了底層她不知道哪條道通庭院，正在嘀咕，過來一個侍應生，侍應生說：「小姐，您需要服務嗎？」冬妮不好意思地說出自己想去庭院走走，侍應生就禮貌地一抬手，說：「小姐，請跟我來。」

　　侍應生引導冬妮順通道拐了兩個彎，拉開一扇門，說：「小姐，這就是本店的庭院。小姐請便。」說完點一下頭，離開了。

　　這庭院面積不大，但確是十分精緻。冬妮因此想，有錢真是不壞，有錢就能買來這麼好的服務。怪道有錢人張口閉口賓館酒樓；

賓館酒樓的確又省心又舒服。冬妮走下石級，繞過一棵翁翁郁郁的玉簪樹時，見有個人從亭子裡出來，朝她望了一下，轉身進了另一道樓門。冬妮懷疑自己看錯了，她明明看出，那人好像是丑生。可要是丑生，他怎麼又不跟自己打招呼呢？看來還是自己看錯了，這世上相貌酷肖的盡有呢。這麼想著，她進了亭子，在一邊的坐凳欄杆上坐下。

庭院四面都是高樓，有看不見的小鳥在樹的濃蔭裡一提一歇地囀鳴。漸漸近晌的時候，一脈陽光從一邊的車庫頂棚上落下來，落在那棵繁茂的玉簪樹上，這樹就像著了火一般亮成了翡翠綠。一時，冬妮就看見了舊時代養在深閨的一位太太或者小姐；這位太太或者小姐此刻就附著在她的身上。意識到這上頭，她難以為情地笑了，輕輕地罵自己一聲：「不要臉！」

正這麼不著邊際地瞎想，只見小魏從她剛才下來的那道門出來，走近了說：「喲，哪兒找不到，夫人在這兒啊。」

冬妮說：「魏總有事嗎？」

小魏笑笑說：「是有事找夫人，不過不是我，是我們董事長。」

冬妮有些奇怪，說：「你們董事長？找我？」

小魏說：「是啊，是我們董事長。我們董事長找夫人。」

這位董事長一直沒有露面，現在突然要找含村的人，而且找的是冬妮，冬妮很自然聯繫到簽合同的事，就很警惕地說：「有什麼事等亥生他們回來再說吧？」

小魏說：「夫人請放心，董事長找夫人沒別的事，只是想請夫人吃頓便飯。」

冬妮又是一驚，說：「這怎麼可以！不合適吧？」

小魏說：「夫人是我們請來的客人，不該冷落。董事長請夫人吃個便飯，這很正常。」

冬妮心想，這也許是他們生意場上的規矩，不能太違拗了，就說：「那，太不好意思了。」

小魏笑笑說：「沒事。夫人請！」

小魏陪著冬妮來到二樓小餐廳。他們在釘著「喜雨軒」門額的一間包廂前停下，小魏說：「夫人請吧，我們董事長在裡面恭候夫人多時了。」說著，他將門把手輕輕一轉，門無聲地推開了。

門一開，冬妮驚愕得怔在了門邊。站在門內恭候多時的不是別人，竟是丑生！只見他西裝革履，笑容滿面，不是丑生，卻是哪個！

冬妮睜著一雙迷茫的眼睛回過頭去問小魏：「你們的董事長是——他？」

小魏認真地點點頭說：「夫人，他就是我們公司的董事長。夫人，請！」

小魏說完立刻離開了，丑生就向冬妮招招手，親切地說：「冬妮，進來。快進來！」一邊說一邊過來讓冬妮。他護著冬妮的腰肢進房，順手把門掩上了。

丑生把冬妮讓到餐桌邊的一張椅子裡，自己就在她的對面坐下。這時一個侍應生推門進來，丑生對他說：「上菜吧。」

丑生知道冬妮不太會喝酒，為她預備了高級香檳。他為她倒了半杯酒，又替自己滿上，然後端起酒杯說：「冬妮，來，為我們在此相會，乾！」

　　冬妮這會兒的心情複雜極了。這種複雜心情不斷衝擊她的上顎部，聚集成一股水流以眼淚的形式奪眶而出。她擎起那杯酒，笑著說：「丑生，這麼說，你當真出息了？」

　　丑生喝乾酒，將杯底一亮說：「怎麼，妳以為我只配受窮的命？冬妮，方卿在《前見姑》裡是怎麼唱的？富的哪有富到底，窮的哪會窮到根。是這樣唱的吧？」

　　冬妮一仰脖子也把酒喝乾，就趴在桌上哭了起來。

　　丑生料到會有這麼一幕，他走過來拍著冬妮的肩膀說：「我知道我對不起妳。我這次就是為補過才回來的。」說著扯了一張面紙遞給冬妮。

　　冬妮聽明白了丑生的弦外之音，她一邊擦淚一邊說：「那你預備怎麼樣？」

　　丑生覺得一切水到渠成了，就說：「我希望妳能跟我離開含村。要是妳同意，今晚我就跟亥生攤牌。」

　　這是冬妮在這一刻裡願意聽到的回答，但她還是吃驚不小。她慌亂地連連說：「不行不行不行。你得容我好好想想。」

　　丑生回到自己的座上，兩眼直視冬妮的兩眼，說：「那好吧，我可以等妳到蠶罷，也就是寶寶上山。寶寶上山，不就是春蠶到死嗎？我就等到寶寶上山吧。」

　　冬妮聽出丑生話裡的多種成分。其中主要是愛吧？不錯，主要是愛。但還有一點點怨，一點點恨。還有什麼？對了，還有憐憫，還有居高臨下的最後通牒。她的心裡因此就有了一絲不快。

　　這一頓飯儘管山珍海饈極盡奢侈，但兩個人都沒吃出多少美味來。吃完飯，丑生邀冬妮去他房間喝茶，冬妮猶疑了一下，還是同意了。

　　丑生的房間在飯店的後樓。那裡的房間全是高級套房；級別夠不上總統房，但說它是准總統房，大概也沒什麼語病了。那種奢華、舒適、乾淨、溫馨，一下使冬妮看呆了。她摸摸薄薄的秋香色緞被，發覺手指沾了一抹甜香，便一歪身在床沿上坐下了。

　　丑生站在冬妮跟前，看著她烏黑的髮頂說：「怎麼樣，這房間還可以吧。」

　　冬妮抬起臉望一眼丑生，說：「這兒住一夜得多少錢？」

　　丑生說：「不算太貴，千把塊吧。」

　　冬妮搖搖頭說：「太鋪張了！」

　　丑生說：「是啊，不就七尺身子嗎，哪兒不放平了？可我有錢了。有錢為什麼不消費呢？」

　　冬妮說：「可有錢不該浪費吧？」

　　丑生笑笑說：「這算浪費了嗎？就算浪費吧，那也值。」

　　冬妮望著他說：「值？」

　　丑生說：「為妳啊。」

　　聽丑生這麼說，冬妮一下站起身要走，卻叫丑生拉住了。丑生拉得猛了些，冬妮一個失腳撲進了他的懷裡，丑生就勢摟住冬妮就發瘋一樣地吻起她來。

　　冬妮好一陣掙扎才掙脫了丑生。她遠遠地站在梳粧檯邊，一邊梳理著弄亂的鬢髮，一邊氣喘喘地說：「丑生，你，你這算什麼！」

　　丑生有點羞愧，有點尷尬，也有點怨恨甚至憤怒。他說：「冬妮冬妮，難道妳真這麼無情無義了嗎？我來問妳，妳憑良心說說，妳和亥生過得幸福不幸福，舒心不舒心？妳要說聲幸福，說聲舒心，那我是混蛋，我立馬走人！」

　　冬妮就哭了，說：「丑生，你不要逼我。這跟幸福不幸福是兩碼事。」

　　丑生見她這樣，就走過去說：「這怎麼會是兩碼事呢？一碼事，它就是一碼事！冬妮，知道嗎，為了妳，我到現在還沒有結婚。十五年了，老天對我懲罰得還不夠嗎？」

　　此情此景觸動了冬妮的傷痛之處，一直以來硬撐著的拒斥心理到此時已土崩瓦解了，細細想來自己不也有錯處，混處，薄情處嗎？她一下撲在丑生懷裡嗚嗚地哭了起來。

　　丑生緊緊地摟著冬妮，禁不住也淚流滿面，說：「冬妮，妳知道我這十五年是怎麼過來的嗎？我撿過垃圾，拉過煤車，跑過保險，擺過地攤，做過營銷，後來慢慢自己開店，辦公司，一步一步走到今天。我打過架，鑽過狗洞，蹲過監獄。傳說地獄有十八層，我哪一層不去滾爬熬煉過！可不管我在哪一層，我的心裡始終惦著妳。是妳給了我活下去的勇氣；想著妳，哪怕再難再苦我都能對付過去。」

　　冬妮哭得越厲害了，她哽咽著說：「丑生，對……不起，都是……我……不好。我……我……」

　　丑生說：「冬妮，如今我終於熬出來了，我們的情緣也該續上了。妳說是也不是？」

冬妮說：「可是，已經……來不及了。」

丑生說：「為什麼？」

冬妮說：「我哥雖是個白癡，可有句話他說得不錯：你回來得太晚了。」

丑生說：「晚是晚了點，但還來得及。來得及的，冬妮，來得及！」

丑生這麼說時，就把冬妮抱了起來。這時候就算冬妮再清醒再理智，在這樣一種情勢之下，她的身子也只好成了一個空殼。她任由丑生將她平放到床上，並且把她身上所有的遮蔽全部揭去了。

這樣一具充滿誘惑力的柔白女體，一具不事鉛華展露著自然本真的美麗女體，十五年來一直在虛無中為丑生的慾望所控制；現在虛無變成了實在，丑生卻發覺有什麼地方出了問題。但這只是一瞬間的感覺，猶如電光石火，稍縱即逝，隨後激情就如後續的風暴，一下子將兩個人都吞沒了。

二十二

杭州回來後，亥生的情緒一直很好。儘管他五音不全，卻常常把《在希望的田野上》這支歌叼在嘴上，出來進去唱個不停。由於他的幹練，拆橋、建橋的前期工程緊張有序地進行，石料、河沙、鋼筋、水泥，堆滿了含山塘兩岸；散落在村裡各處的原橋的一些構件，三塊橋面，兩截橋欄，半段拱券，也都被搜尋了回來。尤其那半段拱券特別的珍貴，因為雖只半段，那上面「重建含山塘橋」六個隸書大字和「光緒乙亥冬月」一行小字還一筆無

損地保留著。此外，必須的舊橋構件也已派員外出收購，並且已陸陸續續運回來了一些。只等蠶事一結束，重建工程就可正式啟動了。

一天，亥生在工地上忙到很晚，又值一場大雨，滯留到天黑，就和幾個負責的在外面吃飯，還喝了酒，所以回家遲了。一進家門見冬妮還沒睡，也不看電視，而是兩手抱著膝蓋坐在床上發呆。十五年來像這樣的情形亥生已經歷過許多。他一邊脫衣服，一邊陪著小心說：「冬妮，想什麼哪。寶寶就要上山了，石橋改建的前期工程也已就緒，魏總的大部分資金也到位了。眼見你們的願望很快就要實現，妳還有什麼可愁的呀？」

亥生這麼說主要是逗冬妮開心，同時自己也高興，稍帶著還有些賣弄的得意。不料冬妮狠狠地白了他一眼說：「你說清楚，『你們』？什麼『你們』？」

亥生笑笑說：「曬，今兒怎麼了？火氣這麼大。『你們』嘛就是『你們』，還有誰們呢？」

冬妮呼一下從床上跳起，直衝到亥生跟前說：「你說清楚，『你們』究竟指的是誰？」

亥生大概上了酒了，沒覺察出事態的嚴重，他依然嘻嘻笑著說：「這還用問嗎，『你們』嘛，自然指的妳和丑生啊。」

冬妮得到明確回答以後並沒有更激烈的動作，她只是冷笑一聲重新回到床上，說：「亥生，你這麼說話是要後悔的！」

亥生從冰箱裡取出一瓶礦泉水，擰開蓋子喝了一口，說：「冬妮，妳今兒是怎麼了？沒準妳真想跟丑生這臭小子重修舊好？」

　　自從丑生回來後，他們夫妻像這樣的談話也有過幾次，每次亥生不是挨罵就是挨揍。挨罵也好，挨揍也好，在亥生都像浴了桑拿，渾身有說不出的舒泰。可是今天冬妮沒罵也沒揍，她撲倒在床上哭了起來。

　　這下子亥生覺出問題嚴重了，他大驚失色地說：「怎麼，這小子真動妳的壞腦筋了？」

　　冬妮哭得更厲害了。

　　亥生奔過去，有些發抖地摟住冬妮說：「冬妮，我知道不會的。冬妮，丑生這小子他沒這個能耐。他潦倒了回來他絕對沒這個能耐！以我現在的經濟實力和十五年的婚姻基礎他沒法跟我爭。他沒法跟我爭的！再說我們已經有了寒豆這麼一個可愛的女兒；女兒都上中學了。啊，不會不會，肯定不會。冬妮，我以後再不開這種無聊的玩笑來刺激妳了。我這不是自尋煩惱嗎？」

　　亥生口上這麼不停地否定著，他的心裡卻在進行另一番肯定的猜測：丑生這小子一定是在外頭發了。他發了卻故意裝窮回來報復。照這麼看起來，他們已經見過面了；非但見過面，還不止一次兩次，說不定都已經商量定了。我怎麼，怎麼就跟個死人似的，一點感覺都沒有呢？

　　冬妮還在不停地哭泣。她的哭泣好像一場沒有希望的梅雨，到後來把亥生心裡殘存的一縷陽光哭滅了。於是他放開冬妮，坐到椅子上，說：「這麼說，丑生他真的發了？」

　　聽他這麼說，冬妮停止了哭泣，半晌，說：「你知道石橋改建配套工程的投資方是誰嗎？」

　　冬妮這麼說，當然已不問可知，但他禁不住還是要問，他說：「不是南方房地產開發有限公司的魏總經理嗎？」

　　冬妮說：「這家公司的董事長是丑生。他有百分之七十九的控股權。」

　　這樣的回答應當能推測到的，但還是讓亥生大大的吃了一驚。他張大的嘴巴，半天也合不上來。

　　冬妮說：「亥生，我們……我們離婚吧。」

　　亥生像一顆洩了氣的皮球，帶著哭腔說：「冬妮，還有挽回的餘地嗎？」

　　冬妮搖搖頭說：「我們……我們已經……」

　　亥生估計她要說「我們已經合計好了」，心裡不禁猛生了一股強烈的忌恨和怨憤。他冷笑一聲說：「你們已經上過床了吧？」

　　亥生連自己也不清楚他竟會說出這樣的話來。話一出口，他非常後悔，想立刻找話來挽回。可是冬妮一點也不計較，她反而有了說開後的輕鬆，她說：「不錯，我們已經上過床了。但是亥生，你認為你有資格質問我們嗎？」

　　亥生明白，自己沒多少資格可以質問他們，因為十五年前他在她毫無準備的情況下強先摸了她。他歎了口氣說：「其實我應該知足了。十五年，人這一生有多少個十五年啊！何況還是嫩花花的十五年。我真的應該知足了！」

　　亥生這麼說，冬妮反而又哭了。她說：「可是亥生，不管怎麼說，我們畢竟做了十五年的夫妻，又有寒豆這麼一個孩子，表面看來，家庭生活也算美滿。但是你也知道，結婚以來我的內心一直非常痛苦；我活得一點也不開心。我為什麼不可以重新活成開心呢？」

亥生也流下淚來，他說：「老裡人說的對，是你的總是你的，不是你的總不是你的。——我這該死的一摸啊！」

亥生說著舉起兩個手癡癡地看著。看著看著，忽然夠過身去取桌子上的一把水果刀。冬妮見了，立刻跳下床來。可是已經遲了，亥生的一個手的手心已經戳了一個不知多少深淺的窟窿，殷紅的鮮血滴滴答答流了一地。

二十三

亥生的自戕對冬妮造成了一定的心理壓力，但反過來倒促成她下定決心與丑生遠走高飛。決心一定，她立時心急起來，狠不得馬上去找丑生，把自己的決定告訴他。她將亥生送進醫院後，天下起了大雨。好容易挨到第二天早上，雨停了，她不待醫生查房，就隨便找個理由走了出來。

她一路水濕回到家裡，準備換件衣服去濱底。自從杭州回來以後，冬妮的心理發生了微妙的變化，她彷彿回復到了姑娘時代，又講究起衣著穿戴來。要去見丑生，她發覺沒一件合身的衣裳，挑挑揀揀了半天，最後還是決定穿十五年前那一次軋蠶花穿的：上身是棗紅地白花偏襟小琵琶紐貢呢夾襖，下身是水磨布牛仔褲。穿好後在鏡子前轉來轉去地看，看來看去就看見了十五年前的自己，她的臉頰慢慢泛起了紅雲。心裡想，幸虧一場大雨，天氣回復到寒冷，不然真就沒衣裳穿了。

冬妮換好衣裳就要開門出去，手剛觸到門把，門卻吱的一聲開了。門外站著亥生。亥生那只受傷的手由雪白的繃帶吊在脖子上，

臉色非常難看，又白又灰，大概跟死人的臉相去不遠了。見到冬妮，他的膝關節一鬆，撲通一聲跪到地上，說：「冬妮，看在十五年夫妻的份上，看在女兒寒豆的份上，看在外人眼裡我們一家子美滿幸福的份上，妳別走好不好？」

冬妮把臉別到一邊，沒有吭聲。

亥生說：「冬妮，我不計較妳跟丑生杭州的那一次。只要妳以後不再跟他來往，這一次就算是對我十五年前那一摸的報復吧。這下我和他丑生扯平了。」

冬妮回過臉狠狠地瞪他一眼，又把頭別到了另一邊。

亥生說：「冬妮，妳瞭解現在的丑生嗎？他既然有了這麼大一份家業，他能不成家？即便不成家，他能沒女人？我聽說現在都有不願結婚卻是三天兩頭換女人的。我不信他丑生真就那麼純潔。大老闆我多少接觸過一些，哪個不是吃腥的貓！冬妮，妳可得想仔細了！」

冬妮的胸脯起伏起來，出氣也粗了許多。

亥生說：「冬妮，別走吧。從今往後，我們好好過日子。這個家所有一切還由妳作主，裡裡外外都聽妳的，妳說圓它就是圓，妳說方它就是方；妳說過西我決不過東，妳說過東我決不……」

如果說開頭冬妮對亥生多少還有愧怍之心的話，在聽了他這一番半是懇求半是規勸，規勸中還潛藏著輕蔑和譏諷的話之後沒有了，有的只是厭惡，從未有過的強烈的厭惡。她不再答話，像繞過一堆臭狗屎一樣繞過直橛橛跪著的這個與自己生活了十五年的男人，匆匆下樓去了。

　　亥生對著空蕩蕩一所房子跪了許久，心想，完了，無法挽回了。但當他扶著門框慢慢站起來時，他的心裡又萌生出一線希望，因為他瞥見了牆上掛著的一幅照片。那是他們一家三口唯一的一張合影，是今年春節過後送女兒去寄宿學校，在學校的校園裡照的。亥生記得清清楚楚，是寒豆的班主任幫忙照的。她讓亥生和冬妮並肩站著，讓寒豆就站在他倆的中間。按下快門的那一刻，那位熱情的女教師說了一句玩笑話，他們一家三口全笑了；女兒的笑容尤其燦爛。現在亥生就是從女兒燦爛的笑容裡依稀看到了一絲殘存的希望。

二十四

　　冬妮找過丑生以後，丑生知道自己十拿九穩了，不免很是得意。他對白癡酉生說：「這世上一還一報是不爽不錯的。」白癡聽了，只乾瞪起一雙有些女性化的漂亮眼睛，同時張大了嘴巴，一條口水就像蠶絲一樣掛下來，掛了一尺來長，不斷。

　　丑生已勝券在握，但他畢竟是含村人，血管裡流淌的是含村祖輩的血液；奪人妻孥，這在含村歷來和忤逆不孝相提並論，是被視作最不道德、最傷陰騭的。丑生就和冬妮商量，定下在寶寶上山之後的某一天午夜，兩人悄悄離開含村。

　　一切都很順利。似乎寶寶也很聽話，到了該上山的時候它們就都爭先恐後上了山。一時，滿屋的柴龍傳來漸漸瀝瀝細雨過山一樣的吐絲聲。這聲音時而高時而低，時而湍急似激流過灘，時而緩慢

如魚翔淺灘，聽起來真真不亞於一場琵琶音樂會呢。就這樣，預定離開的這一天在蠶兒作繭聲中來到了。

出走的一切準備工作都已安排得妥妥貼貼，黑夜也降臨了。離子夜還有將近一個小時的時候，丑生忽然煩躁起來。他從屋裡走出來，在稻場上兜一圈又回進去，再出來兜一圈又回進去。第三次出來後不兜圈子了，他走到西半個稻場，伸長脖子朝西平壩方向眺望。可他什麼也看不見，除了黑暗還是黑暗。不一會手機響了，他打開接聽，是小魏打來的。小魏報告說，按董事長的指示車子已過了縣城，大約二十分鐘後可以到達含村。他請示具體的停車地點，丑生就告訴小魏，可以將車停在一個多月前他送他來含村時停車的地方。他還告訴小魏，那地方名叫天花蕩，天花蕩是吳越交戰的戰場，越王勾踐就兵敗在那裡。

丑生剛剛關機，就見一個人影從濱底幢幢樹影裡過來，嫋娜纖巧，是個女人，不問可知一定是冬妮了。丑生心裡高興，就趕緊迎了上去。

冬妮走近了卻是一臉愁容。

丑生不知以為出了什麼事，就問：「冬妮，妳這是怎麼了？」

冬妮說：「丑生，我就這麼跟你走了？」

丑生見問的這個，就笑了，他一把攬過女人，貼著她的耳根說：「可不就這麼走了！一切都已安排妥帖，車在天花蕩等著了。」

冬妮說：「可我總覺得心裡頭七上八下地不落實啊。」

丑生說：「這很正常，熱土難捨嘛。好冬妮，別擔心，我是董永，妳是七仙女，我們這是夫妻雙雙把家還咧。」

　　冬妮的確有些擔心。她本來一個心眼要跟丑生走，也想不到擔心上，即使亥生向她指出過可以擔心的事實，她也把它當成是亥生的嫉妒忽略掉了，直到今天下午春娜從張渚趕來找她，她才把這擔心擔在了心上。

　　今天後半晌冬妮從蠶房出來，頂頭撞見急急走來的春娜。春娜一把將她拉到塘河邊的柳樹蔭下，劈頭就問：「妳要跟丑生去南方？」

　　冬妮被春娜的氣勢嚇著了，一時就沒敢說實話。她支支吾吾地否定說：「沒有沒有，哪有這事。」一邊心裡盤算，這事很機密的，村裡人包括她爹長松都還蒙在鼓裡，春娜怎會知道？再一想，肯定是亥生去找過春娜了。

　　果然，春娜接下來說：「那我聽說丑生這次回來，目的就是要把妳帶走。」

　　開頭既然已經否定，也只好硬著頭皮否定到底了，冬妮說：「丑生是想跟我重續舊好的，他這次回來的確是想帶我離開含村，但是我不曾答應。」

　　春娜聽她說得入情入理就相信了，她拍拍自己的心口笑了，說：「唪唪，嚇了我一大跳！不曾答應就好，不成曾應是對的。」然後埋怨亥生，「這個亥生見風就是雨，大約是怕妳真會舊情復發長翅膀飛走吧？」

　　春娜又勸冬妮，讓她好好跟亥生過。她說：「年紀都不輕了，過去的事不必老像根門閂橫在心中。」又說，「放開來看，亥生這人其實是挺不錯的。這些年來連外人都看得出，他一心都在妳身上。況且，你們又有寒豆這麼一個七竅玲瓏心的女兒，一家子美美滿滿的，妳還要怎樣？」又說，「我倒是跟我家阿德真心戀愛上的呢，現在又

怎樣？還有秋奴，也是自己看對的，那個死坯昏天黑地地賭，連一句勸也不肯聽。不聽不說，勸毛了還動手打人。現在一份家業輸得精光，還把自己輸進了監獄，可秋奴思來想去還是等他。冬妮，十五年時間已足夠證明，亥生是個靠得住的男人。可他丑生還是個未知數呢！也許他會待妳好的，但只是也許。照他從前的樣子，不是我嚼舌根，還真有些讓人擔心的。他除了模樣俊俏，真有多少好嗎？他脾氣臭，動不動就給臉子看。這樣的男人，妳一旦成了他屋裡人，包不定就把妳當成路邊草了。不錯，他是發了。發了又怎樣？說不定脾氣就更見長。再說男人一有錢，能有幾個不吃著碗裡看著鍋裡的？這是自古皆然的事情。我懷疑丑生就不是什麼好鳥。十五年了，為什麼到今天才回來找妳？冬妮，其實妳只瞭解他的昨天，妳不瞭解他的今天。」

一席話說得冬妮眼也直了，但她表面只好說春娜瞎操心，絕對沒有的事。

春娜放下心回張渚了，冬妮的心卻提了起來。現在見丑生這麼真心對待自己，雖然還有點將信將疑，也只好賭一把了。

丑生說完上面這些話，就摟著冬妮進屋。走到廊下時，冬妮說：「丑生，那我就跟你走吧。不過，這事我一直沒跟我爹說，現在要走了，我得跟他說一聲。」

丑生說：「說一聲應該的，只是我怕妳爹這人脾氣倔，節骨眼上會不會把事情弄糟？是不是現在暫時先別說，等以後回來再跟他老人家賠禮，妳看好不好？」

冬妮很堅決地說：「那不行，我得跟他說去。我現在就去說。丑生你放心，我告訴一下就走，絕不會有問題的。」

　　丑生見拗不過，只得說：「那好吧，不過妳得快些，車已在天花蕩等著了。我想我們最好天亮前離開含村。」想了想又說：「要不這樣，我先去天花蕩，妳從妳爹那兒出來直接去那裡。我們不見不散！」

　　冬妮點點頭說：「那就這樣。不見不散。」

　　冬妮說完要走，丑生說：「等等。」說著，從口袋裡掏出一部小巧精緻的翡翠綠手機，遞給冬妮說：「上面有我的電話號碼，也好便以聯絡。」

　　冬妮稍一猶豫，接過手機放入隨身帶的手提包裡，就抄小路回西平壩了。

　　丑生望著冬妮的身影消失在樹叢裡，便返身回到屋裡。他裡裡外外轉了一圈，覺得也無甚好留戀的，就打開了蠶房也就是堂屋的門。門一打開，眼睛不由一亮，只見滿屋裡一片耀眼的銀白，——連房梁上都結滿了繭子！這很自然地讓他聯想起十五年前離開含村的情景。那一回也是滿屋滿梁雪白的繭子啊，造化真會弄人呢！想到這些，丑生再次得意地笑了。

　　丑生採了兩個繭子放進隨身背的皮包裡，大約算是留作紀念吧。然後關了屋門走到了稻場上。他站在那棵櫻桃樹下，最後望一眼自家這幢歪歪斜斜的老屋，轉過身，頭也不回地離開了濱底。

　　今夜星光燦爛！丑生一個人走在含山塘邊，感受著勝利的喜悅。他恨不得叫醒含村所有的父老鄉親，一同分享他雪恥之後的快樂。但是今夜的含村分外的岑寂，其實這跟此地養蠶的風俗有關。

　　蠶寶寶在吃夠一定數量的桑葉後，身子便漸漸成熟了。成熟了的蠶兒全身亮晶晶的憋足了勁頭，它要吐絲了。與此同時，它也開

始做夢。李商隱說「春蠶到死絲方盡」，是說蠶兒一旦吐絲它就無法遏止，直到吐盡並把自己纏死才罷。變成繭子的蠶兒生命已經涅槃，而它的夢還在繼續，非到開房採繭那一刻不能圓滿。蠶農是絕對不肯攪擾蠶寶寶的夢的，因為蠶寶寶的夢也是他們的夢。

這風俗對於今夜的丑生真是太實用了。他一無阻礙風快地穿過村街，來到村外的天花蕩。這時，隔老遠，那輛熟悉的「寶馬」睜亮了一對複眼，並且迅速向丑生靠攏。到了跟前，小魏搖下車窗玻璃說：「董事長，事情妥當了吧？」

丑生沒有回答。他靠在車頭上，掏出煙來點燃。遠遠的含村在夜色迷離裡有些玄虛的渺茫。

冬妮這會兒走在去西平壩的山路上。她一路走一路思慮如何跟她爹說這事，她爹知道了會有怎樣的反應，她又怎樣應對她爹。她深知爹的脾氣，設想了幾套應對的言詞都覺得不妥，這才後悔不該不聽丑生的勸。也許以後回來陪罪是唯一合適的選擇，但是……這麼想著時，她已經來到了壩上。

壩的東邊那幢三層樓房是她和亥生共同生活了十五年的巢穴，那裡面曾經演繹過多少實實在在的生活場景啊，現在卻要在一夜之間一筆勾銷了。壩西邊那三間低矮的平屋她再熟悉不過了，她就是在那裡出生，然後是童年，少年，青年。現在這屋還住著她的兩個親人，她那日趨衰老的父親和永遠長不大的兄長。她現在要去向爹辭行，告訴他她將丟下他和弱智的哥哥跟丑生遠走他鄉。她要請他原諒，告訴他自己選擇丑生，一方面丑生是自己的初戀情人，自己

從前虧欠了他，另一方面是丑生有了大的事業，他會給自己帶來後半輩子的幸福生活……這麼想著時她不知不覺流下了眼淚。

恰在這時，手提包裡的手機響了。她不免生出一股怨望，自言自語地罵了句：「僵屍！你急什麼急。」

她賭氣不接電話。手機設置的是維瓦爾第的小提琴協奏曲《四季·春》的主旋律，很美，可此刻冬妮覺得很討厭。她不接，就是不接。但手機很固執，維瓦爾第一地裡演奏個沒完沒了。

冬妮終於拗不過，她歎口氣掏出了手機。打開一看，綠瑩瑩的微光裡是一個陌生的號碼。當然陌生的啊，冬妮不覺自笑起來。她把手機慢慢放到耳邊，想聽聽丑生到底有多著急，不防傳出來一個女人的聲音。那聲音很哆很甜很年輕，年輕得彷彿帶著早晨的露珠，是那種在電視劇裡聽慣的港腔普通話。那聲音說：「董事長，你好狠心喏！你能忍心這麼許多日子不理我，也不給個資訊；你躲著我，是想要在我的視線裡消失啊？才怪！這不，給我抓住了吧。你瞧瞧，你的麗麗多有本事！哦對了，董事長，難道你不想我嗎？我可是想死你了。董事長，不是我怨你，你不公，你就是不公嘛。你對媛媛、娟娟那麼好，對我就薄情寡義。是你安排她倆去的杭州，對吧？你怎麼就不安排我呢？我真的吃醋了，我還哭了呢。真的，不騙你，我哭了，哭得好傷心好傷心喏。好了好了，不跟你磨嘴皮子了，你快點回來吧。快點回來吧，董事長。董事長，董事長，人家跟你說話啦！怎麼，生我氣了？董事長，董事長……」

冬妮擎著手機呆掉了。她喉頭發乾，背上沁出了冷汗，彷彿一場噩夢剛剛醒來。一切都明白了，一切。她掂了掂還在喋喋不休的

手機，手一揚，手機就從她的手裡飛了出去，像一隻受傷的小鳥落進壩下的樹叢裡。

她一屁股坐到地上，捧住臉，嗚咽起來。不知過了多久，有毛絨絨的東西在她身上挨挨蹭蹭，冬妮一下把這東西抱住，嗚咽立刻變成了哭泣。

花點子英國公狗在冬妮懷裡嗚嗚著，像親人一樣安慰它的女主人。

天快亮的時候，眼見得滿天的星星一顆一顆凋零了。寶馬車的車身旁落下一堆的煙頭，丑生就明白，冬妮不會來了。奇怪的是，他對冬妮的慾念不像以前那麼強烈了；她不來，彷彿是意料中的事。仔細追憶起來，其實在「之江」與她春風一度之後，那種慾念已經開始枯萎。確切地說，當他一褪去冬妮的衣服，那種慾念已經沖淡了下來，平靜了下來，甚至可以說冷落了下來。當時他還懷疑是自己出了什麼問題，現在才明白不是，至少不完全是；出問題的應當是她。她的肉體已不再青春四溢充滿性的誘惑力，而是非常一般，甚至可以說像一扇門板那麼乾澀，平板，皺褶四起。現在回想起來，當時他褪去她的衣衫，最先注意到的是她的乳房。最初的觀感是，她的乳房依然豐滿堅挺，這讓丑生好一陣的激動。可是當他的手試圖撫摸上去的時候，卻意外發現那上面已經覆蓋著一隻手。他擦擦眼睛再一細看時，那隻手不見了，但冬妮的兩個乳房已經像兩個採摘多時的菜瓜，鬆鬆垮垮了。想到這樣一具女體，十五年來還一直為另一個男人所佔有，丑生不由一陣反胃。

　　但是，他是真心實意要帶冬妮走的，現在看來是沒有指望了，不免有些黯然，有些無奈，也有些悲哀。

　　於是丑生對小魏說：「小魏，我們走吧。」

　　小魏弄不明白，說：「就這麼走了？不接走她了？」

　　丑生說：「你不見天都大亮了嗎？」

　　小魏說：「天亮了又有什麼關係呢？」說著掏出手機，「要不，跟她聯絡一下？」

　　丑生說：「不用了。她不會來了。」

　　小魏說：「她不會來了？莫非那個該死的亥生又從中作梗了？」

　　丑生說：「我操他八輩子的祖宗！」

　　丑生把手裡最後一個煙頭扔下，踩滅，說：「人生沒有草稿啊。我們走吧。」

　　當那輛豪華的寶馬車流淌著血一樣的朝暉緩緩駛離天花蕩時，遠遠的含山村新的一天開始了。

國家圖書館出版品預行編目

四月的丁香：張振剛中短篇小說集 / 張振剛著.
-- 一版. -- 臺北市：秀威資訊科技, 2009.10
　　面；　　公分. -- (語言文學類；PG0278)
BOD 版
ISBN 978-986-221-280-6 (平裝)

857.63　　　　　　　　　　　　　98014832

語言文學類　PG0278

四月的丁香——張振剛中短篇小說集

作　　者 / 張振剛
主　　編 / 蔡登山
發 行 人 / 宋政坤
執行編輯 / 林泰宏
圖文排版 / 陳湘陵
封面設計 / 蕭玉蘋
數位轉譯 / 徐真玉　沈裕閔
圖書銷售 / 林怡君
法律顧問 / 毛國樑　律師
出版印製 / 秀威資訊科技股份有限公司
　　　　　 台北市內湖區瑞光路 583 巷 25 號 1 樓
　　　　　 電話：02-2657-9211　　　傳真：02-2657-9106
　　　　　 E-mail：service@showwe.com.tw
經 銷 商 / 紅螞蟻圖書有限公司
　　　　　 台北市內湖區舊宗路二段 121 巷 28、32 號 4 樓
　　　　　 電話：02-2795-3656　　　傳真：02-2795-4100
　　　　　 http://www.e-redant.com

2009 年 10 月 BOD 一版
定價：420 元

讀　者　回　函　卡

感謝您購買本書，為提升服務品質，煩請填寫以下問卷，收到您的寶貴意見後，我們會仔細收藏記錄並回贈紀念品，謝謝！

1.您購買的書名：_____

2.您從何得知本書的消息？

　　□網路書店　□部落格　□資料庫搜尋　□書訊　□電子報　□書店

　　□平面媒體　□ 朋友推薦　□網站推薦　□其他_____

3.您對本書的評價：(請填代號　1.非常滿意 2.滿意 3.尚可 4.再改進)

　　封面設計____　 版面編排____　 內容____　 文/譯筆____　 價格____

4.讀完書後您覺得：

　　□很有收穫　□有收穫　□收穫不多　□沒收穫

5.您會推薦本書給朋友嗎？

　　□會　□不會，為什麼？_____

6.其他寶貴的意見：_____

_____

_____

_____

讀者基本資料

姓名：_____　年齡：_____　性別：□女 □男

聯絡電話：_____　E-mail：_____

地址：_____

學歷：□高中(含)以下　　□高中　　□專科學校　　□大學

　　　□研究所(含)以上 □其他_____

職業：□製造業 □金融業 □資訊業 □軍警 □傳播業 □自由業

　　　□服務業 □公務員 □教職　□學生 □其他_____

- -

(請沿線對摺寄回,謝謝!)

秀威與 BOD

BOD（Books On Demand）是數位出版的大趨勢，秀威資訊率先運用 POD 數位印刷設備來生產書籍，並提供作者全程數位出版服務，致使書籍產銷零庫存，知識傳承不絕版，目前已開闢以下書系：

一、BOD 學術著作—專業論述的閱讀延伸
二、BOD 個人著作—分享生命的心路歷程
三、BOD 旅遊著作—個人深度旅遊文學創作
四、BOD 大陸學者—大陸專業學者學術出版
五、POD 獨家經銷—數位產製的代發行書籍

BOD 秀威網路書店：www.showwe.com.tw
政府出版品網路書店：www.govbooks.com.tw

永不絕版的故事·自己寫·永不休止的音符·自己唱